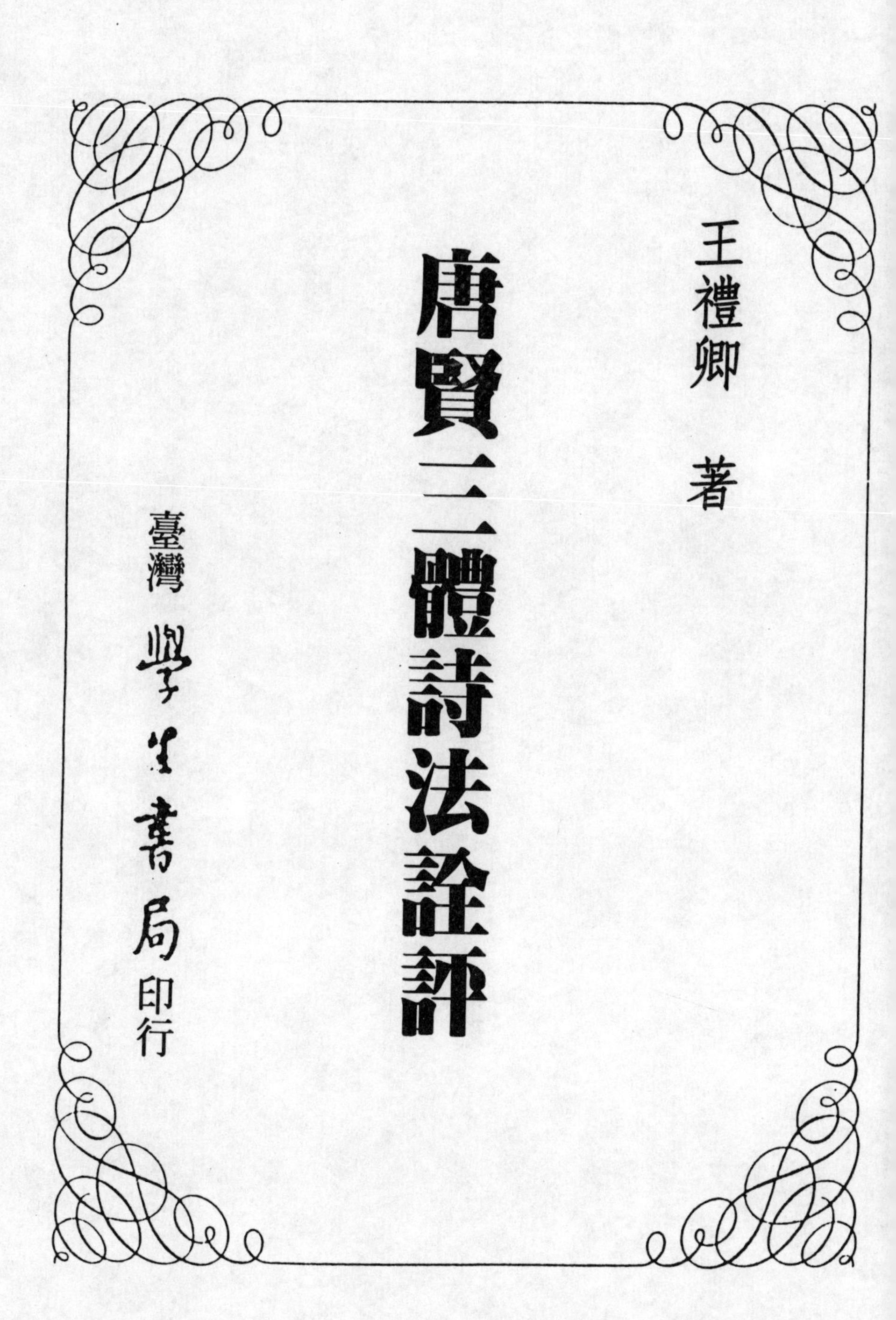

唐賢三體詩法詮評

王禮卿 著

臺灣學生書局印行

唐賢三體詩法詮評

目次

卷三　用事

卷四　前對

卷十　前虛後實

（五言律共一百七十六首）
（三體詩共四百六十一首）

唐賢三體詩法詮評 序

道爲詩體，法爲詩用。道者、「致廣大而盡精微，極高明而道中庸」。故三百篇與道爲一體，列入經學，覃溥諸子。慨自五四後，詩道淪亡，尠有專治經學之著述，愚著「四家詩恉會歸」，妄殿經學終局而作也。

法者、「雕琢情性，組織辭令。情以物興，物以情觀。情欲信，辭欲巧。割情析采，籠圈條貫」。故詩本道體之廣精，融合情物，以巧采運之。惜繼詩經學之亡，捨己從人，辭雅而淪於俚，情正而陷於詭，音韻寂然無聞，象徵晦澀莫辨，千古精藝，幾失其傳。今著「唐賢三體詩法詮評」，希勵藝文復正而作也。

研詩法之存於今者，專書、詩話、專集選編之評論，時亘古今，體括長篇短製，深則超相以入神，闊則賅常以極變，如淵海之無盡。茲獨取元人周弼「唐賢三體詩法」，爲之詮評者，以其惟選近體，略分數法，篇短格簡，初階易於領會。惜其法疎而不密，故發詮評以備之，望法溥而詩得復焉。

所以名詮評者，一詩爲一整體，一整體具一主恉，雖籠圈多端，而條貫爲一，斯即「篇法」是也。詮者、先解此法，明一詩之全體，奠法之基。兎詩話但取一二句解一詩，授詩譯詩者句皆分立而不貫，無整體主恉之失也。又一詩成一風格，一風格復具多巧，雖諸巧參變，而融化爲一，斯即「技巧」是也。評者、進解其巧，釐巧之等，以明品流之高卑，爲治詩之歸宿。免評詩者泛論淺斷其工拙，授詩譯詩者付諸無何有之鄉，蔑其歸宿，又一失也。抑篇法質實，技巧靈妙，略舉要巧，以見「隨手之變」。如虛實——景事實而情意虛，化實融虛，託虛落實；對立特形，反正順逆；狀此寄彼，擷彼馭此；移情入物，狀物擬人；轉品變相，依相異辭。如形神——辭狀者形，心會者神；形侔造化之肖物，神傳無字之風流；一著言內，爲寫而寫，一餘言外，不寫之寫。如剛柔——性本陰陽，剛者：雄渾、警健，挺拔，勁快，沉鬱、壯麗，氣盛，調響，一氣揮灑，一逕磅礴。柔者：婀娜，瀟灑，輕靈，飄逸，清新，生秀，低徊，宛轉，層疊，迴環，寄託遙深，含蓄不盡。如比興——源出六義，比顯興隱，比直興婉，比簡興繁，比切興離，比實興虛，比淺興深，興多兼比，比少兼興。三百篇興法，至數十類之富（參見拙著四家詩恉會歸），漢魏至唐，盛衰遞減，深淺遞降，效多搿少，仍居巧之要。至鍊字鍛句，聲色境態，濃淡遠近，平陗隱顯，屬巧之常法。凡此，並具詮評中，皆所以極巧之用也。爰述著作之意，以弁端云。

中華民國八十四年乙亥重陽王禮卿序於新營時年八十有七

唐賢三體詩法詮評 凡例

一、周弼著「唐賢三體詩法」，凡二十卷，釋圓至註，方回序。元大德九年刊行。今所據本，爲廣文書局影印中央圖書館藏鮹元刊本。

二、原書詩及註字，各首不同，有正體（同用字），帖體，俗體，簡體，草體，異體，參差錯雜，甚至一首中字即不一。字體難歸畫一，自不得悉仍其舊，雖鈔錄原書，而有所持擇，大抵多取正體，閒取帖體，異體，偶及他體，庶不失字之雅正通變，猶存原書之面目焉。

三、原書閒有脫落剝蝕，甚多漫漶塗黑，或缺上餘下，誤彼成此。惟依字形文義推求，反覆參詳，始得八九，費時多而用力苦，終有蓋闕。緣所引諸籍，插架者既寥寥無可檢，借公藏又體力所難勝，闕誤在所不免，望識者有以教之，更圖補正。

四、原書於各詩體中，復分「以上共若干首」，惜未顯言其旨。圓註以七絕第三句法同勢似者，聚寄一類爲例解，稱其揣摩深入忽微。愚按不獨集異中之同，且區同中之異，其別自委曲深密，今爲之一一疏明，見體格之變賾。又於虛實外各體，亦作異同之證辨。皆以極技巧深微之較境。

五、原書所選詩，初盛少而中晚多，高品稀而常品賾。與漁洋唐賢三昧集、唐詩十種選，選詩而不言法，宏深尠常泛者殊，蓋才性異故所見異，體裁別故所取別。今於高者深析詳評，常者略舉其瑜，使高卑顯呈，由常識高，符其選恉。

六、又於高品名作，多爲引證比論，特顯巧之異曲同工，才之異畛同歸，爲比較觀，入三昧地。常品相類者，本集已多具，覽者足自得之。

七、原書句傍無圈，今仿昔賢圈點慣例，加單圈貫圈，用輔評騭之高下，並助欣賞之情趣，庶了然於目，餘味涵胸。

八、不別解技巧術語之詞義者，以其用變化多端，毫芒閒同此異彼，拘執一二例證，不足盡其致。覽者就詩與評比觀參證，自會其意義焉。

唐賢三體詩法詮評　卷一

諸城　王禮卿　學

實接

周弼曰：絕句之法，大抵以第三句爲主，首尾率直而無婉曲者，此興時所以不及唐也。其法非惟久失其傳，人亦鮮能知之。以言事寓意，而接用轉換有力，若斷而續，外振起而内不失於平妥，前後相應，雖止四句，有涵蓋不盡之意焉。此其略耳，詳而求之，玩味之久，自當有所得。

華清宮❶

杜　常❷

行盡江南數十程。曉風殘月入華清。❸朝元閣上西風急。❹都入長楊作雨聲。❺

詮評：曉風殘月，景已淒寂；更接以風作雨聲，境尤淒涼；託物象以諷求仙長生之空妄，情景交融，含畜灑脫。而以西風急轉換振起，力餘神遠。

❶ 驪山溫泉宮，太宗所建，玄宗天寶六載，改名華清宮。又於其間起老君殿，左朝元閣，右長生殿也。

❷ 新舊史及唐諸家小說，並無杜常姓名，惟孫公談圃，以杜常爲宋人。西清詩話亦曰：世有才藻擅名，而詞不工者；有不以文藝稱，而語驚人者，如近傳華清宮二絕，乃杜常；武昌阻風，乃方澤也。按二說，則杜常方澤乃宋人。伯弼詩學傳家，列之於唐，必有據，更俟博聞者定之。

❸ 華清自祿山亂後，空宮希復遊幸，故其景如此。

❹ 朝元閣，降聖閣也。天寶七載，老君降於朝元閣，改曰降聖閣。程大昌雍錄曰：長生殿、齋殿也。有事于朝，尤闕時齋沐於此殿，蓋朝元閣乃祠玄元之所。

❺ 三輔黃圖云：長楊秦宮，漢武修之，以備巡幸，在盩厔縣東南三十里。風作雨聲，皆空宮淒涼之象也。此詩蓋譏玄宗惑於神仙之事，與秦皇漢武同，遺迹荒涼，俱爲後人感慨之具。長楊、華清、相去道里遼遠，況秦漢舊宮，至唐惟未央尚在，長楊已不存，乃詩人寓言，以託諷耳。王建華清宮亦云：武帝自知身不死，看修玉殿號長生。其譏意亦同，但不若此詩語意含蓄，情景渾融耳。

宮詞

王建❶

金殿當頭紫閣重仙人掌上玉芙蓉❷太平天子朝元日五色雲車❸駕六龍❹

詮評：但寫殿閣高重，仙掌玉盃，雲車六馬，諷求仙長生之意自見，境深語巧，含蓄不盡。

❶ 大曆十年，第二進士。大和中爲陝州司馬。初爲渭南尉，與宦者王守澄有宗人之分，澄以弟呼之，故多知禁掖故事，作宮詞百篇。

❷ 玉芙蓉、玉盃也。漢武帝故事曰：上作承露盤、仙人掌、擎玉盃，以取雲表之露，和玉屑飲之，求不死。三輔黃圖謂仙掌在甘泉宮通天臺上。按古人於口器多作芙蓉，如華清池中玉芙蓉是也。

❸ 或作中者非，今從本集。

❹ 五色雲車、畫雲氣車也。郊祀志：文成言：上欲與神通、宮室被服非象神，神不至。乃畫雲氣車，甲、丙、戊、庚、寅，曰：各以其色駕之。甘泉賦曰：於乘輿乃登鳳凰兮翳華芝，駟蒼螭兮六素虯。注曰：六馬也。此篇幾全用甘泉宮事，以刺世主違禮而好怪。禮：奇器不入宮，君子乘奇車，況作非禮之器爲服食，以求不死，御鬼神之車輿，以口祀乎。辭惟

序事，而譏自見，此杜元凱所謂具文見意者也。人多以宮詞為情詩者，非也。按建宮詞百篇，有情者，有事者，有怨者，有刺者，指不一也。而或者槩以情怨說宮詞，誤矣。

吳姬

薛能❶

自❷是三千第一名❸內家叢裏獨分明❹芙蓉殿上中元日❺水拍銀盤弄化生❻

詮評：以自述寵，見懷才不遇之意於言外。前逕述，後以戲事換承，輕重融合。顯狀才寵事象，隱寄不遇之感，正反對映，深曲俊逸。

❶字至拙。會昌六年進士。後鎮口，移鎮許，是軍敗而亂。

❷一作曰。

❸三千者，宮女之數有此，以下皆自述其若曰才寵如此。

❹崔令欽教坊記曰：妓女入宮，春院謂之內人，亦曰前頭人。其家在教坊，謂之內家。

❺芙蓉殿在曲江。

❻唐歲時紀事曰：七夕俗以蠟作嬰兒形，浮於水，以為戲，為婦人有子之祥，謂之化生。本

出西域，謂之摩喉羅，今富貴家猶有此。以上皆自述昔日才寵如此。此詩鑿說者不一，多失作者之意。今觀薛能吳姬詞共八首，皆以女自喻，古詩多有此體，如妾薄命之類是也。蓋能早負才名，自謂當作文字官，及爲將，常怏怏不平，數賦詩以見意。此詩乃矜其少日才望之盛，而不平之意，隱然言外。

已上共三首

圓至曰：伯弜立此，而不箸其說。以余觀之，其例不一：若絕句，則以第三句爲上，或以其句法相似，或字句相同；或三句喚第四句者，或不喚而第四句申其意者；或純以景物者，或景物中有人者；其第三句皆如是，則聚寄一類，曰已上若干首。其首尾三句則不必同，而又必篇篇聲勢輕重相似。其揣摩稱停，用心之精，可謂深入忽微，非偶然者。故不顯言其旨，欲使觀者自得焉。

銓評：三首皆託景物，見意言外，故集爲一格。

歸鴈

錢起❶

瀟湘何事等閑回❷水碧沙明兩岸苔二十五絃彈夜月❸不勝清怨却飛來❹

詮評：以「歸」意爲立，以「怨」意爲申，發興之格也。詩謂月下有二十五絃瑟聲，不勝其清怨之切，故鴈感而飛回。泛寫即盡詠歎意致，不必如註謂「我」謂「湘妃」，致失之固。註尚不及又說解當。

❶湖州人。天寶十年李巨卿榜及第。

❷衡陽有回鴈峯，鴈至此不南去。

❸漢書：泰帝皮素女鼓五十絃瑟，瑟聲悲而禁不得，破絃爲二十五絃。

❹瑟中有歸鴈操。詩意謂瀟湘佳境，水碧沙明，何事即回？我瑟夜彈方怨，汝却飛來乎！又一說，以二十五絃彈夜月，爲湘妃鼓瑟。詩意瀟湘佳境，鴈不應回，乃湘瑟之怨，不可留耳。此詩人發興之言，其說亦通。

逢賈島

張 籍❶

僧房逢著欵冬花❷出寺行吟日已斜❸十二街中春雪遍❹馬蹄今去入誰家❺

詮評：以「逢」意爲主，以所逢景物，比遭逢不偶，抒情之格。通首全用比體，註謂所比用四愁詩序意，得之。風騷遺槼，格高韻長。

❶ 字文昌。和州人。貞元十五年封孟仲牓進士。

❷ 本草：欵冬花主出雍州南山及華州，十一十二月採其花。島初爲僧，名無本。此詩有僧房出寺之語，當是島未加冠中時作。

❸ 鮑昭詩：京城十二衢。

❹ 按張衡四愁詩序云：效楚詞，以香草比君子，以雪霏水深比小人。此詩用其體，以款冬花耐寒寂比島，以春雪比小人，以日斜比時昏，而傷已與島未知所稅也。杜云：風濤暮不穩，

❺ 捨棹宿誰門。全用杜意。

江南春

杜　牧❶

千里鶯啼綠映紅。水村山郭酒旗風。南朝四百八十寺。多少樓臺煙雨中。❷

詮評：以「千里」廣境為主，寫其間景物，略山川而狀村寺，澹宕瀟灑，飄逸生動，寫景之格也。調響韻永。舉煙雨中寺樓四百八十之多，極「江南春」意象。

❶ 祐之孫。字牧之。京兆人。太和二年及第，任至中書舍人。

❷ 余觀本集，此詩蓋牧之赴宣州時，紀道中所見景耳。

已上共三首

詮評：三首皆一意旋轉，摶成一體，故集為一格。而有託興、抒情、寫景之異。

別李浦之京

王昌齡❶

故園今在灞陵西。❷江畔逢君醉不迷。小弟鄰莊尙漁獵。❸一封書寄數行啼。❹

詮評：由故園所在地，接出相別之京，更即述事入抒情，別出不迷情致，轉接自然，註所謂「此仁人愛弟之情」，是也。此別詩創新之格，異惜別恆調。

❶江陵人。字少伯。登開元十五年第。
❷灞陵、秦芷陽也。文帝葬其上，改曰灞陵，在長安城東七十里。
❸莊猶村，唐人呼別業爲莊。
❹漁獵者、少年放逸之習，有小人之事也。憂其弟樂小人之事，故在外以書戒，又繫以泣，此仁人愛弟之情也。孟子曰：涕泣道之者，親之也。此詩近之矣。

題崔處士林亭

王維❶

綠樹重陰蓋四鄰。青苔日厚自無塵。科頭箕踞長松下。❷白眼看他世上人。❸

詮評：形幽寂之景境，著倜儻之品相，形神翕合，窈渺不盡。既有興象，兼之故實，寫高人風度逼眞，詩中畫品。

❶ 字摩詰。太原祁人，開元九年及第。

❷ 科頭、不冠也。管寧元：吾嘗一朝科頭，三邊要起。張耳傳：高祖箕踞嫚罵之。注曰：謂伸兩腳，其形如箕。

❸ 阮籍能爲青白眼，見禮俗之士，白眼對之。

楓橋夜泊

張　繼❶

月落烏啼霜滿天江楓漁火對愁眠姑蘇城外寒山寺夜半鐘聲到客船❷

詮評：前敘因愁不眠，直至天曙；後述夜半鐘聲，益警愁思；爲先後迴環，溯洄往復，寫境抒情，巧變之篇體，篇法高奇。此千古名作，而解者衆說紛紜，莫衷一是，皆由對此詩篇法，誤解爲先後兩截，致無以圓其說。愚謂迴環之格，以篇法證之，庶幾近焉。

❶字懿孫。襄州人。天寶十二年楊衆榜及第。

❷霜夜客中愁寂，故怨鐘聲之太早也。夜半者、狀其太早，而甚怨之之辭。說者不解詩人活語，乃以爲實言夜，故多曲說，而不知首句月落烏啼霜滿，乃欲曙之時矣，豈眞半夜乎！孟子曰：周餘黎民，靡有孑遺，信斯言也，是周無遺民也。故說詩者不以文害辭，不以辭害意。斯亦然矣。

贈殷亮❶

戴叔倫❷

日日河邊見水流傷春未已復悲秋❸山中舊宅無人住❹來往風塵共白頭❺

詮評：首傷流年奄忽，悲思緜聯；進念舊宅不歸住，益興風塵白頭之感，此感蓋與殷共之，故贈以此詩。語淡意深，悠然不盡。

❶殷亮陳郡人。仕終刺史。

❷字幼功。潤州金壇人。爲撫州刺史，遷容管經略使。

❸九辯曰：悲哉秋之爲氣也。

❹叔倫舊宅，今饒州薦福寺是也。

❺叔倫貞元中竟爲道士，觀此詩，見其雖處塵俗，不忘山林也。

湘南即事

盧橘花開楓葉衰❶出門何處望京師沅湘日夜東流去不爲愁人住少時❷

詮評：首寫夏去秋來，望京師在何處？託水之流去，不爲人少住，傷己之不能去。託景興情，即三百篇反興之格也。婉轉新秀。

❶廣州謂盧橘皮厚，氣色大如湘酢，夏熟，土人呼爲壺橘。

❷身不得去，故怨水之去，所以自傷己不能去也。蓋叔倫事曹，止於湖湘，故有是作。秦少游謫郴州，有詞云：郴江幸自遶郴山，爲誰流下瀟湘去。正用此意。

送齊山人

韓翃❶

舊事僊人白兔公❷掉頭歸去又乘風❸柴門流水依然在一路寒山萬木中

詮評：寫山人歸去，居逦人遠，長途極幽寂窈渺景象；即境寓情，而離情不盡，神餘言外。

❶字君平。南陽人。天寶十三年及第，德宗朝知制誥。
❷抱朴子云：白兔公、彭祖弟子也。
❸列子御風而行。

送元史君自楚移越

劉　商❶

露冕行春向若耶❷野人懷惠欲移家東風二月淮陰郡惟見棠梨一樹花❸

詮評：首以兩故實寫其德盛；末更用甘棠故事，寫一樹以表德政。通首賦冕詠花，宛轉關生，典重而流逸。

❶彭城人。後居長安。大曆中爲檢校禮部郎中。
❷後漢郭賀爲荊州刺史；百姓歌曰：厥德仁明郭喬卿。帝賜三公之服，使賀去襜露冕，令百姓見，以彰有德。後漢鄭弘爲臨淮太守，行春，有白鹿當道，夾載而行。若耶溪在越州。
❸詩甘棠。陸璣草木疏曰：棠、棠梨也。昔召公聽訟於棠樹下，民思其德，不伐甘棠。此詩以召公比元也。

竹枝詞❶

李　涉❷

十二峯頭月欲低。❸空舲灘上子規啼。❹孤舟一夜東歸客。泣向春風憶建溪。❺

詮評：寫淒涼之景，接憶昔之情，關合自然，情景悽冷有致。

❶解題見劉禹錫詩下注。
❷洛陽人。渤之兄。太和中爲博士，號清溪子。
❸十二峯在夔州巫山縣。
❹空舲灘在歸州三峽。
❺建溪在建寧府，出武夷山。嘗謫武陵，故有是作。

香山館聽子規

竇　常❶

楚塞餘春聽漸稀。❷斷猿今夕讓沾衣。❸雲埋老樹空山裏。彷彿千聲一度飛。

詮評：以斷猿讓沾衣，極形鵑聲之悲，鍊字之工。以千聲合爲一度，極形其悲之重，運意之精。悲意遞進之格也。妙於寫物，撰語奇肆。

❶ 字中行。扶風平陵人。與弟羣、牟、庠、鞏、俱有名。大曆十四年王縉榜及第，終國子祭酒。

❷ 華陽風俗記：杜鵑春至則鳴，聞者有別離之苦。

❸ 宜都山川記曰：峽中猿鳴，行者歌曰：巴東三峽，猿鳴長悲，猿鳴至三聲，聞者淚沾衣。讓沾衣者，謂猿雖悲人，未若今夕子規尤悲也。

長慶春

徐　凝❶

山頭水色薄籠煙。❷遠客新愁長慶年。❸身上五勞仍病酒。❹夭桃窗下背花眠。

詮評：先寫春愁，接出衰體病酒，背花獨眠，事眞情苦，言愁微妙。

❶ 元和人。

❷ 謂薄煙色如水。

❸ 長慶、穆宗年號。

❹ 陳無擇三因方曰：五勞乃五臟之勞，如酒色致羸，此名瘵疾，今人多誤以瘵爲勞。

宮詞二首❶

王　建

金吾除夜進儺名。❷畫袴朱衣四隊行。❸院院燒燈如白日。❹沉香火底坐吹笙。

❺ 詮評：摹寫宮廷除夕儺會之盛，諷君之奢於言外，即葩經「若美實刺」之格。有聲有色。

❶ 後首或以爲杜牧之作。

❷ 應劭曰：吾、禦也，執金革以禦非常。顏師古曰：金吾、鳥也，執此象故以名官。

❸ 此章皆隋宮事。隋用齊制，季冬晦、選樂人二百四十人爲儺，赤幘韝衣，赤布袴，以逐惡鬼於禁中。其日戒夜三唱儺集。上水一刻，皇帝御殿，儺入。春秋冬皆儺，冬八隊，春秋四隊。

❹ 南部新書曰：除夜燈入殿前，然蠟熒煌如晝。

❺續世說：太宗問蕭后，隋主何如？后曰：每除夜殿前設火山數十，每一山焚沉香數車，𦦨起蔽天，用沉香百餘車。太宗口刺其奢，心服其盛。

銀燭秋光冷畫屛，輕羅小扇撲流螢。玉階夜色涼如水❶，臥看牽牛織女星❷。

詮評：摹寫宮人七夕閒戲等事，寄少女怨傷之情於言外，即葩經「怨悱不亂」之格。綺靡秀逸。

❶三輔黃圖曰：明光殿玉堦金戺。

❷曹植九詠註曰：牽牛爲夫，織女爲婦，二星各居。七月七日相會。燭光屛冷，情之所以生也。撲螢以戲，寫憂也。臥觀牛女，羨之也。蓋怨女之情也。

城西訪友人別墅

雍　陶❶

澧水橋西小路斜❷，日高猶未到君家。村園門巷多相似，處處春風枳殼花。

詮評：但寫林園處處枳花，不及其他，景淡韻長，意新語雋。

❶字國鈞。太和八年進士。

❷郭璞曰：澧水出南陽。

貴池縣亭子❶

杜牧

勢比凌敲宋武臺❷分明百里遠帆開。蜀江雪浪西江滿。強半春寒去却來。

詮評：由百里遠望帆開，因春寒積雪溶遲，寫雪浪滿江，去來相接。生動渺闊，極江天氣象。詠亭而寫江，所謂味外味也。

❶郡縣志：貴池在池州，梁昭明太子以其角美封貴也。

❷凌敲，見七言律。

送隱者

許渾❶

無媒逕路艸蕭蕭自古雲林遠市朝公道世間惟白髮貴人頭上不曾饒

詮評：媒爲相因而生之義，首言無外因而逕草自然盛長，猶隱逸而自然與市朝相遠，此正興也。再進言人生白髮，亦無外因而自然，而貴賤則相同，非如朝隱相遠之異，最爲公道，此反興也。由隱義洐出草髮兩興義之理，以慰詞表傷意。由通首用興體，故意境深曲，必沉潛翫味，始貫其旨。遂成言理之名句。

❶字用晦。丹陽人。太和六年進士。歷睦郢二州刺史。後居潤州丁卯橋，故詩號丁卯集。

送宋處士歸山

賣藥修琴歸去遲山風吹盡桂花枝❶世間甲子須臾事❷逢著仙人莫看碁❸

詮評：先言賣藥修琴而歸遲，託出花盡；接入人生年壽苦短，反用遇仙觀碁事，深致恐不及見之感傷，悲意無痕，亦言情巧句。

❶一本作吹落桂花時。言隱者多言桂，蓋本招隱所謂桂樹叢生兮山之幽者也。

❷一甲子六十日，絳縣老人曰：臣生正月甲子，四百四十五甲子矣。

❸述異記：晉王質伐木，至信安郡石室山，見數童子圍碁，與質一物如棗核，含之不飢。局未終，斧柯爛盡。徑歸，無復時人。詩意謂我世間人無久生之勢，汝見仙人莫看碁，恐出山時不見我矣。

秋思

琪樹西風枕簟秋❶楚雲湘水憶同遊高歌一曲掩明鏡昨日少年今白頭❷

詮評：起述秋時思舊友，由昔入今，接言人生奄忽，少壯幾時，自少入老，如昨日今朝之速，故掩鏡莫照老容。極形老至之易，深致傷感之情。結用當句對轉，意婉語工，亦言理名句。

❶呂延濟曰：琪樹、玉樹也。然圖經云：建康府寶林寺有琪樹，則謂樹綠如玉。

❷謂思少年之時如昨日，今日白頭矣。言老之易也，非眞謂昨日少年而今日白頭。不可以辭害意。此與夜半鐘聲法同。

黃陵廟❶

李羣玉❷

黃陵廟前莎草春。黃陵女兒茜裙新。❸輕舟短棹唱歌去。木遠山長愁殺人。

詮評：首寫綠草茜裙相映，色態濃妍：接以少女輕舟歌去之樂，與旅人水遠山長之愁，對形並寫，意巧格奇。若解爲湘女習水，第愁與水遠之險，亦婉轉低徊，則爲欣賞逕下之格，有類竹枝詞。

❶ 廟在湘陰縣北九十里。

❷ 字文山。澧州人。太和中爲弘文館校書。

❸ 茜草染紅草也。

贈彈箏人❶

溫庭筠❷

天寶年中事玉皇。曾將新曲教寧王❸鈿蟬。金鴈。皆零落❹一曲。伊州。淚萬行。❺

詮評：敘少年宮廷往事；寫今時箏曲零落；狀箏人今昔之悲懽，即以傷先朝之奄忽。哀感頑豔，神餘言外。

❶風俗通曰：箏，秦聲。或曰蒙恬獨造，五絃，筑身，并涼二州，箏形如瑟。
❷字飛卿。太原人。終於國子助教。
❸玄宗兄，開元四年封寧王。
❹劉禹錫云：河南房處士得善箏人而夭，作傷妹行曰：致昭寶柱秋鴈行。又溫庭筠詩：鈿箏絃絕鴈行稀。蓋鈿蟬者箏飾，金鴈者箏柱也。
❺類要云：天寶中，西京節度蓋嘉運進北庭、伊州、樗蒲三曲。

韋曲❶

唐彥謙❷

欲寫愁腸愧不才多情練漉已低摧窮郊二月初離別獨倚寒林齅野梅❸

詮評：先言無才寫愁，以引歎昔日拔己之人；接述昔之初別，影用義之嗅花事，寄悲憂之意。以其活用實寫，故象直意婉。詩蓋念舊傷時之作，深於言情，第以長安別地題紀耳。練漉未詳，或謂重榮加己嫻練滌濯歟！

❶ 韋杜二曲，皆在長安。
❷ 字茂業。咸通進士，閬州刺史。
❸ 此詩暗用王羲之事。羲之當晉亂，終日撚花嗅香無言，時人不會其意，蓋憂晉亂也。按唐史云：彥謙乾符末河南北盜起，兩都復沒，旅於漢南，為王重榮參佐。光啓末，重榮殺死，所謂練漉低摧者也。故末句憂思之意，悠然見於辭，諷之愈有味。

曲江春望❶

杏豔桃嬌奪晚霞。樂遊無廟有年華。❷漢朝冠蓋皆陵墓。十里宜春下苑花。

詮評：首寫曲江春景之麗，接以無廟有年華，領起下意，意新語雋。下即以冠蓋陵墓，宜春苑花，相對承寫，人與境蕭寂繁盛，同時並現，勒出弔古悲情，姿態妙婉。

❶ 西京雜記：京城龍華寺南有流，以屆曲謂之曲江。秦時為宜春苑，漢為樂遊苑。唐開元中玄宗鑿池引水，花木為勝遊之地。長安志曰：在城東南昇道坊。三輔黃圖：名宜春下苑。
❷ 關中記：漢宣帝立廟曲江之北，名曰樂遊廟，因苑為名。

鄴宮❶

陸龜蒙❷

花飛蝶駭不愁人水殿雲廊別置春曉日靚粧千騎女白櫻桃下紫綸巾❸

詮評：先言花飛不足愁，以有別置之春光，爲以反蹙正；後即以千女靚粧豔飾，形別置春之盛美，爲注神於正。譏鄴宮石朝之奢華也。反正對形中，並具抑揚，格奇意巧。

❶魏所建，石氏、慕容氏、高氏，皆名之。此詩用石氏事。

❷字魯望。號天隨子，又號丘湖散人。

❸張楫曰：靚粧，謂彩白黛黑也。白櫻桃、有實白者，有花白者，唐人所賦，如于武陵白櫻桃詩是也。實白者，如郭義恭廣志曰：櫻桃有三種，有白色多肌者是也。宮中多植櫻桃，洛陽宮殿簿曰：顯陽殿前櫻桃六株，徽音乾元殿前三株，是也。宮中記曰：石季龍常以女騎二人爲鹵簿，著紫綸巾，熟錦袴。詩意謂花飛春去不足愁，則有春在，即白櫻桃下千騎女是也。

閿鄉卜居❶

吳　融❷

六載抽毫侍禁闈❸可堪衰病決然歸五陵年少如相問❹阿對泉頭一布衣❺

詮評：憶昔傷今，著今泯昔，貴賤對詠，不勝俯仰低徊之情，寄諸輕便婉轉之致。

❶ 地理志：陝州閿鄉縣，去州西百七十里。
❷ 字子華。越州山陰縣人。龍紀元年進士，仕終翰林承旨。
❸ 融昭宗時爲翰林承旨。
❹ 五陵：長陵、安陵、陽陵、茂陵、平陵。
❺ 自注：阿對是楊伯起家童，嘗引泉灌蔬，泉至今在。

尤溪道作❶

韓　偓❷

水自潺湲日自斜❸盡無雞犬有烏鴉一村萬落如寒食不見人煙空見花❹

詮評：水日仍舊，無雞犬惟有野鳥；村落全非，空見花不見人煙；寫兵後景象，狀溢目前，沉痛感人，極傷亂意致，音調悲長。

❶ 尤溪縣在南劍州。

❷ 字致堯。一作致光。京兆人。龍紀元年進士，昭宗時學士。

❸ 李周漢曰：潺湲流貌。

❹ 時泉州口，過江人家盡空，致堯晚衣王氏，見兵後之景如此。

已上共二十四首

詮評：或敘事，或寫景，或言情，或寄興，總歸於託通首之主意，寄言外之微旨。而轉接處皆用實寫，挺峭有力，故集爲一格。

丹陽送韋參軍

嚴　維❶

丹陽郭裏送行舟。❷一別心知兩地秋。❸日晚江南望江北。寒鴉飛盡水悠悠。

詮評：首二句盡題旨；後以冷景託離情，意餘言外，亦所謂「不著一字」法也。

❶字正文。越州人。至德二載進士。
❷丹陽，今鎮江。
❸心知，猶言心友。

寒食❶

韓　翃

春城無處不飛花。寒食東風御柳斜。日暮漢宮傳蠟燭❷輕煙散入五侯家❸

詮評：首寫寒食景物；接寫五侯家寒食宮賞之盛，若美實刺，所謂「主文譎諫」，三百篇遺槼，境活意婉。故以此得知制誥，或未悟其刺意故歟！以煙散輕微之象，寓專權亂政之貴，又即小以見大也。

❶荊楚歲時記：清明前二日，謂之寒食。
❷燭用以傳火，元宵用，謂特勑宮中許燃燭，是也。唐輦下歲時記：清明日、取榆柳之火以賜近臣也。

❸宦者傳：桓帝封單超新豐侯，徐璜武原侯，貝瑗東武侯，左悺上蔡侯，唐衡汝陽侯，五人同日爲侯，世謂五侯，自是權歸宦者，朝政日亂。唐自肅代以來，宦者權盛，政之衰亂侔漢矣。此詩蓋刺也。本集詩謂翃德宗時，以此詩得權知制誥。

上陽宮❶

竇　庠❷

愁雲漠漠草離離。太掖勾陳處處疑。❸薄暮毀垣春雨裏。❹殘花猶發萬年枝。❺

詮評：首以雲漫草蕪，廷池迷茫，寫宮景之荒寒疑似；接以雨瀟垣毀，殘花猶發，進寫宮境之淒殘；往復澹宕，託景以抒弔古之情，神餘言外，音悲調響。

❶在東都洛城外，武后嘗居之。

❷字胥卿。嘗爲東都判官時作。

❸西都賦曰：間以勾陳之位。注曰：勾陳、王者法之，以主行宮。隋天文志：勾陳六星，在紫宮中，以天子殿前亦有勾陳。郊祀志：武帝於建昌宮北治大池，曰太掖。上陽宮不應有太掖池，然未央宮有漸臺，而魯靈光亦有漸臺，則上陽宮亦有太掖池。

❹西征賦：步毀垣而延佇。

❺方勺泊宅編云：徽宗興畫學，嘗試諸生，以萬年枝上太平雀爲題，無中程者。或密扣中貴，答曰：萬年枝、冬青樹也。太平雀、頻伽鳥也。

贈楊鍊師❶

鮑 溶❷

紫煙衣上繡春雲。❸清隱山書小篆文。❹明月在天將鳳管。❺夜深吹向玉宸君。❻

詮評：首寫鍊師衣貴書古；接以月下吹鳳管，交禮玉宸仙君，以擬想作實境，縹緲空靈，託境寫人，美其道高，言外傳神。

❶唐六典云：道士修行，其德高思精，謂之練師。按此則鍊當作練。然魏李順興嘗著道士冠，時人號爲李鍊師，則作鍊亦可。

❷元和四年進士。

❸唐代宗時，李泌乞爲道士，賜衣。道士衣紫自此始。

❹大洞玉經云：清隱書在九華宮中，道書云：碧篆之文，紫庭之誥。

❺律曆志：黃帝取竹於嶰谷而吹之，以聽鳳鳴，其雄鳴爲六，雌鳴亦六。

❻黃庭經曰：太上大道玉宸君。眞誥曰：太上者道之子孫，即玉宸大道君也。

和孫明府懷舊山❶

雍陶

五柳先生本在山❷偶然為客落人間。秋來見月多歸思。自起開籠放白鷴❸

詮評：前述明府本在山而落人間，見月而懷山思歸。緊接以白鷴歸飛不得，與己亦歸思莫遂，因物傷己，推己及物，故以放鷴抒己思歸之情。形神合一，深曲窈渺。見月思歸，兼寫孫與己，所以致和詩之意。而一句兩用，格法亦新異。

❶明府、縣令也。

❷陶淵明門種五柳，作五柳先生傳以自述。淵明嘗為彭澤令，故以比縣令。

❸蕭穎士白鷴賦序云：白鷴羽族之奇，處於雕籠，致以驛騎，將集長楊，遊太掖。予旅東陽，適借至傳舍，感而賦之。其略曰：越水兮鏡色，吳山遠兮天碧，虛心賞兮睽違，念歸飛兮何極。詩意正類此。謂己有山林之志，拘而不遂，猶白鷴困於籠，故因己思歸，起而樂之。蓋穎士因物而感己，此詩推己以及物，異而同者也。

贈日東鑑法師❶

鄭谷❷

故國無心渡海潮。老禪方丈倚中條。❸夜深雨絕松堂靜。一點山螢照寂寥。

詮評：首述禪師渡海居中條山，承寫雨後螢照，以冷寂之景，狀禪定之象，傳神正不在多。

❶日東，即日本也。

❷字守愚。袁州人。光啓二年進士，爲都官郎中，詩名雲臺編。

❸唐顯慶中，王玄策使西域，至毘邪城維摩室，以手板縱橫量得十笏，故名方丈。中條山、在河中府虞鄉縣。

旅懷

杜荀鶴❶

月華星彩坐來收。嶽色江聲暗結愁。半夜燈前十年事。一時和雨到心頭。

詮評：先言晴夕，已月下結愁；進寫雨宵，半夜燈前，更往事和雨上心；即景言情，人同此感。詩能盡人之情，即是千古名句。蓋雨聲感人最切，愁緒與雨絲之繁最似，以和雨傳愁之神，工巧至極。

❶字彥之。九華山人。大順七年第一人，官員外。

已上共七首。

詮評：此皆託景、事、以寄意抒情，傳神詞外，神最窈渺靈妙，故集爲一格。

寄別朱拾遺

劉長卿❶

天書遠召滄浪客❷幾度臨歧病未能江海茫茫春欲遍行人一騎發金陵❸

詮評：衹述被召遠行一事，而寫海天遼闊，一騎獨行，便有蒼茫不盡之感。景闊情孤，神味固超常意之外。

❶字文房。河間人。開元二十年徐徵榜及第，終於臨州刺史。
❷滄浪客，謂逐佳也。楚辭：滄浪之水清兮，可以濯我纓。
❸金陵、建康府，楚置金陵邑。以地有王氣，埋金鎮之。或曰：地接華陽金壇之陵。

題張道士山居

秦系❶

盤石垂蘿只是家回頭猶看五枝花❷松間寂寂無煙火應服朝來一片霞❸

詮評：前述居處有異花，接寫不食人間煙火，只食朝霞，託景境以寫人，仙氣自饒。

❶字翁緒。會稽人。天寶之亂，客居泉州九日山。
❷山海經曰：玉室山有李，其花五瓣。
❸列仙傳：陵陽子言：春食朝霞，夏食沆瀣。

寄李渤

張　籍

五渡溪頭躑躅紅。❶嵩陽寺裏講時鐘。春山處處行應好，一月看花到幾峯。❷

詮評：首述已至渤處五度賞花，聽其講經情事；再就嵩峯之多，詢其春至看花，蕭散之趣；前後以花緜亙，即興寓情之格，有類札訊。澹宕清新。

❶五渡溪，在嵩山。常建云：仙人得道處。蓋渤隱嵩山少室。本草：躑躅即杜鵑花，羊食則死，見之躑躅，以此得名。
❷嵩陽有三十六峯。

南莊春晚

李羣玉

草暖沙長望去舟。微茫煙浪向巴丘。❶沅湘寂寂春歸盡。水綠蘋香人自愁。

詮評：寫江湘景色，起春晚愁思，情景交融。但言水綠，見其爲春水之沉清；但言蘋香，見其爲春殘之餘花；故撩春愁，撰語婉妙。

❶十道志曰：巴陵縣本漢下雋縣之巴丘。

長溪秋思

唐彥謙

柳短莎長溪水流。雨微煙暝立溪頭。寒鴉閃閃前山去。杜曲黃昏獨自愁。

詮評：柳莎傍水，雨微煙暝，獨立寂境；暮色微茫中，但見寒鴉點點，隨意歸山，猶有伴侶，益觸孤獨愁思；情景翕合，音調悽婉。

已前共五首

詮評：此皆情景關生，境情互映之體。故集爲一格。

隋宮❶

鮑溶

柳塘煙起日西斜。❷竹浦風回鴈弄沙。❸煬帝春遊古城在。壞宮芳草滿人家。

詮評：煙起日斜，風回鴈沙，而宮草已皆入民家，寫荒寒景象，寄弔古之懷，文情一片。以芳草屬之壞宮，尤語新意婉。

❶煬帝自長安至揚州，置離宮四十餘，此詩意蓋指揚州也。
❷柳、隋帝所種。
❸揚州謂之竹西。

綺岫宮❶

王　建

玉樓傾側粉墻空。重疊青山遶故宮。武帝去來紅袖盡，❷野花黃蝶領春風。

詮評：先言故宮樓傾墻空，惟青山仍舊；續承以繼武帝後宮人盡，惟花蝶領春；景境荒涼相映，寄弔古之情，語意新雋。

❶在東都永寧縣西五里，顯慶三年置。

❷武帝謂玄宗也。天子崩，謚曰某，有功德在上，廟號曰某宗，以爲不遷之廟，至漢猶然。然則某宗者非謚也。及唐則不論功德，廟號皆曰某宗。然臣稱其主，猶或以尊號中最下一字曰某皇帝，如則天稱太宗曰文皇帝，詩人稱玄宗爲武皇帝，是也。至宋則直稱曰某宗，無稱某皇帝者矣。

送三藏歸西域❶

李　洞❷

十萬里程多少。瀧沙頭彈舌授降龍。❸五天到日頭應白。❹月落長安半夜鐘。❺

詮評：首述長途傳法之功勤道高；接以頭白形路遠，以夜鐘形思切，語若平淡不倫，對詠則語意新奇，情婉韻長。

❶三藏、朗公，西域人，見耿偉詩。

❷字才江。唐宗室，雍州人。

❸奘公彈舌念梵語心經，以授流沙之龍。

❹五天者、東西南北中天竺也。

❺頭應白者，程之遠也。半夜鐘者，思三藏之時也。

已前共三首

詮評：此皆語意奇創，字鍊句鍛之體，故集爲一格。

長信秋詞❶

王昌齡

奉帚平明金殿開❷且將團扇共徘徊❸玉顏不及寒鴉色猶帶昭陽日影來❹

詮評：前寫奉帚掃殿，所事微賤；同團扇之恩情中絕，共徘徊而情思悽苦。後承以玉顏不及鴉色，猶帶來昭陽日影，得稍沾恩幸。以物色反比人顏，以日影擴攏宮舍，再進以宮舍正興昭儀之得幸。虛實關生，比興並用，委婉含蓄，傳怨情神餘言外。故奇秀深遠，備集眾美者在此，是以前無古人，後無來者。而怨而不怒，三百篇之遺響，昔賢謂爲唐七絕之壓卷，固不虛也。

❶漢班倢伃大幸。其後趙飛燕姊弟有寵，倢伃失寵，飛燕譖之，倢伃恐，乃求共養太后於長信宮也。

❷奉帚、洒掃也。按倢伃賦云：奉共養於東宮兮，託長信之末流，共洒掃於幃幄兮，永終死以爲期。

❸倢伃團扇歌云：常恐秋節至，涼飆奪炎熱，棄捐篋笥中，恩情中道絕。

❹飛燕昔成帝立爲皇后，寵少衰。弟絕幸，爲昭儀，居昭陽舍。詩意謂己與君隔，不及寒鴉猶得承昭陽日影。

吳城覽古

陳　羽❶

吳王舊國水煙空，❷香徑無人蘭葉紅。❸春色似憐歌舞地，年年先發館娃宮。❹

詮評：先寫舊國煙空人杳，惟徑蘭葉紅，領起下意。再由宮花先發，見春色之偏憐；以偏憐見當年歌舞之美；更進想西施之豔於此層層遞進之深微。而以春色無知之虛，轉爲「似憐」之實，此化想爲眞之微妙。故意曲境新，覽古創格。

❶江東人。貞元八年進士。

❷謂姑蘇。

❸西施採香徑，在今靈岩寺山之下。

❹館娃宮，今靈岩寺是其地。

江南意

于　鵠❶

閑向江邊採白蘋。還隨女伴賽江神。衆中不敢分明語。暗擲金錢卜遠人。

詮評：此樂府題也。述思婦隨女伴採蘋賽神，不敢明語，暗擲金錢，卜遠人休咎歸期。寫思婦深心秘迹，微妙入神。亦樂府體也。

❶字鶴高。隱於漢陽。大曆中爲諸府從事。

閑情

孟　遲❶

山上有山歸不得❷。湘江暮雨鷓鴣飛❸。蘼蕪亦是王孫草❹。莫送春香入客衣。

詮評：以夫出不歸；鷓鴣飛翔暮雨中，「不如歸去」之鳴聲，已足撩旅人歸思；蘼蕪亦是興王孫歸思之春草，故囑其莫再送香入衣，益滋遲留。語無知之鳥草，挽有思之遠人，託癡語表癡情，妙遠不盡。

❶ 字遲之。會昌五年進士。
❷ 古樂府：藁砧何處去？山上更安山。謂出也。
❸ 客思所以生也。
❹ 本草：芎藭名蘼蕪。招隱曰：王孫遊兮不歸，春草生兮萋萋。

曲江春艸

鄭 谷

花落江隄簇暖烟。雨餘草色遠相連。香輪莫輾青青破。留與遊人一醉眠。❶

詮評：以花落領起，寫出雨後草色遠連景象；語以香輪莫輾，即愛草之情，展醉眠之趣。寄興萋萋之色，靈秀輕逸，雅韻欲流。

❶ 唐李綽歲時記：上巳錫宴曲江，都人於江頭禊飲，踐踏青草日踏青。此詩蓋即事發興。

山路見花

崔　魯❶

曉紅輕坼露香新。獨立空山冷笑春。春意自知無主惜。恣風吹逐馬蹄塵。

詮評：以獨香空山而冷笑春光，蓋以春意竟無主惜，惟付之恣風逐塵。轉無知之春意為有知，化應知惜而不主惜，故變新紅之穠香為塵土。寄懷才不遇之情，諷有才不用之失，此比興體也，意境自深，得三百篇正槼。

❶大中進士。有無機集三百篇。

已前共六首

詮評：此皆隱深微妙之意境，而以輕靈宛轉出之，若不著力，祇在傳神，故集為一格。

逢入京使

岑　參❶

故園東望路漫漫。雙袖龍鍾淚不乾。❷馬上相逢無紙筆。憑君傳語報平安。

詮評：寫思鄉下淚，而馬上逢人不得寫書，惟有傳語報安。事簡語婉，而致不盡如願之惋惜，即事寓情，眞切中饒神韻。龍鍾、解義甚多，或云戰抖，是也。

❶南陽人。文本之孫。天寶三年進士第二人。

❷埤蒼云：龍鍾、行不進貌。

送客之上黨❶

韓　翃

官柳青青匹馬嘶。❷回風暮雨入銅鞮。❸佳期別在春山裏。應是人參五葉齊。❹

詮評：首寫景事，以盡題旨；承以別時，轉入即地寫物，託物美隱祝人健，並寄離情；三百篇亦有此體。

❶上黨潞州。
❷陶侃傳：都尉盜西門官柳。官柳之名始此。
❸銅鞮縣，屬潞州，太平興國三年，置威勝軍。
❹本草：人參生上黨，含而走者不喘。高麗人作人參贊曰：三椏五葉，向陽向陰。

病中遣妓

司空曙❶

萬事傷心在目前。一身憔悴對花眠。黃金用盡教歌舞。留與他人樂少年。❷

詮評：先寫傷心事近，緣病久憔悴，對花亦眠而莫賞；落入遣妓傷心事，乃知此失彼得，輪轉無常；此費彼享，悲懽互易；世事如此，皆屬虛相；世相如斯，總歸空無。洵言理之名言，亦娛聲色者之切警，所謂「驚心動魄」者近之。磊落飛動，音調悲切，情亦感人深至。

❶字文明。廣平人。貞元中水部員外郎。唐書：字文初。

❷此詩文苑爲韓滉作。

華清宮

王　建

酒幔高樓一百家。宮前楊柳寺前花。❶內園分得溫湯水❷。二月中旬已進❸瓜。

❹詮評：此譏明皇違時求口體之奉，以悅婦人，註解得之。由酒樓進寫宮寺柳花，更進述內園溫湯，分得之以種瓜蔬，二月瓜已熟。第分寫物象，關聯在有意無意之間，祇取其參差掩映之致，專注於敘事刺上，故於技巧不落言詮。

❶風俗通曰：尙書御史所止皆曰寺。天寶四載，置百司於湯所，故有寺。

❷雍錄云：溫湯在驪山之北，去臨潼縣一百五十步。貞觀八年，營宮殿；明皇改華清宮，益治湯井，與貴妃遊樂；白樂天所謂賜浴華清池也。

❸作破字者非，今從本集。

❹唐置溫湯監監丞，種瓜蔬，隨時貢奉。瓜夏熟者，二月而進，蓋譏明皇違時及物，求口體奇巧之奉，以悅婦人。杜牧華清宮：一騎紅塵妃子笑，無人知道荔枝來。亦譏以口腹勞人也。或問子說佳矣；柰二月非瓜時。答曰：惟驪山溫湯地暖，可以人力爲之。按衛宏古文奇字曰：秦始皇密令人種瓜驪山硎谷中，實成，使人上書曰：瓜冬有實。乃詔諸生往視，因坑之。然則溫湯方冬已瓜矣，何待二月。

宣州開元寺❶

杜牧

松寺曾同一鶴棲。❷夜深臺殿月高低。何人爲倚東樓柱❸正是千山雪漲溪。❹

詮評：此詩以鶴比人，註解自是。前言昔偕侶棲，同賞明月，由高而至低，寫昔時懽會情事；今獨重來，無人倚樓共望，亦無明月高低，寫今時傷離情景；情象反對，較詠成篇。此觸境憶往，傷別懷人，豔情之詠，而以淡遠出之，無一字涉豔，唐詩之所以高雅也。

❶開元寺、東晉時置。

❷杜傳聞爲宣州羣牧從事，後又爲宣州判官，此詩蓋再至時作，故曰曾同。

❸ 爲倚、猶言共倚也。

❹ 或謂月色高行，如千山之雪者，非也。此詩乃雪後月霽，登樓孤賞，思昔日之懽遊，而嘆今夕之無侶，詳味詞意，情思殊甚。首句所謂同鶴棲者，恐是與婦人同宿，託名鶴爾。唐人多如此，退之園花巷柳，李商隱錦瑟，韓翃章臺柳，皆是也。

山行

遠上寒山石徑斜。白雲生處有人家。停車坐愛楓林晚。霜葉紅於二月花。

詮評：寫山景緲茫如畫。而以霜楓紅逾春花，當句反對，高下畢呈，尤極會心之賞，有頰上三毫之妙，寫景聖手，風韻不盡。

寄山僧

張喬❶

大道本來無所染。白雲那得有心期。遠公獨刻蓮花漏。猶向山中禮六時。❷

詮評：首言道本無染，如雲無期；反轉遠公獨刻漏禮時，乃有「時」之證，無「期」之念，蓋若著相而不著相也。此詠禪定之境。以無所染期明道本，有所定時明道用，宛轉關合，極深微之理，蘊妙婉之致。

❶大順進士。後隱九華。

❷遠法師取銅葉製爲蓮花漏，置盆水上，成孔漏水，半之則沉，每晝長十二沉漏，行道之節。

寄人

張侹

酷憐風月爲多情。還到春時別恨生。倚柱尋思倍惆悵。一場春夢不分明。

詮評：爲多情而生別恨，愈思愈悵，惟付之迷離之春夢。悵實夢虛，悵眞夢妄，悵至倍增，惟付悵於夢，以妄塞悲，視爲夢境。寫無可奈何之情思，極委宛低徊之風致，不著所寄人姓名，豔情之體也。

以前共八首

詮評：此皆述事、明理、寫景、抒情之作，要皆婉而多風，神餘言外，故集爲一體。

過南鄰花園

雍陶

莫怪頻過有酒家。多情長是惜年華。春風堪賞還堪恨。纔見開花又落花。

詮評：首言莫怪頻飲，以情多而惜年華；即承以惜年華，則望花久開不落，今竟旋開旋落，故既賞還恨。「賞開」「恨落」，以兩句正對；又以「賞恨」「開落」，當句反對；顚倒迷離，寫情奇幻。

宮詞

杜牧

監官引出暫開門。隨例須朝不是恩。銀鑰却收金鎖合。月明花落又黃昏。

詮評：甫以例朝得開門出，第非幸恩；旋又鑰收鎖合，仍度月明花落，黃昏寂境。以時朝之須臾得近，夜景之長期寥落，反正較對，無恩有怨。情寓景中，託出宮女悽怨之情，詞工神遠。此宮詞中寫怨之篇。風度音調，俱近樂府。

漢江❶

杜牧

溶溶漾漾白鷗飛。綠淨春深好染衣。南去北來人自老。夕陽長送釣船歸。

詮評：先寫漢江溶漾鷗飛，綠淨染衣，狀其靜象。反轉人之去來自老，夕陽常送歸船，狀其動象，並寄人生奄忽之感。反正對寫，宛轉輕巧，景溢目前，神餘言外。

❶ 即禹貢沔水，源出沔州，貫興元金洋，至湘郢而入江。

寄維揚故人

張　喬

離別河邊綰柳條❶千山萬水玉人遙❷月明記得相尋處城鎖東風十五橋❸

詮評：先寫昔別時情事，再溯寫舊遊景地。以今昔聚散對寫，恰切揚州風味，倍顯瀟灑景情；而相思之意，自見於今昔往復之間，以神韻勝。

❶古樂府有折楊柳，多言別離之意。

❷南史：謝晦、謝琨，風流爲江左第一，宋武帝曰：一時頓有兩玉人爾。

❸揚州有二十四橋。

逢❶友人之上都❷

僧法振❸

玉帛徵賢楚客稀猿啼相送武陵歸潮頭望入桃花去一片春帆帶雨飛

詮評：翫詩意，情詞親切，題作「送」字是。首二句謂在武陵送別而已獨歸也。接寫去者望歸人入桃花境，歸者望行人春帆雨飛，去留對寫，構成一臨別對望之圖畫，即以寓黯然銷魂之離情。調響詞妍，勁氣生動。

❶ 一作送者非，今從弘秀集。
❷ 肅宗上元元年，以京兆爲上都。
❸ 與姚合同時。

已前共五首

詮評：此皆以下境反上，對詠成章，或運用於全篇，或特施於後二句，爲神韻妙遠之體。故集爲一格。

山中

顧　況❶

野人自愛山中宿。況是葛洪丹井西。❷庭前有箇長松樹。夜半子規來上啼。❸

詮評：註謂本愛宿山中仙境，以子規啼樹，寄思歸意，說是。此以景託情，蓋用「興」體，故寄興深遠。

❶字逋翁。海寧人。貞元中隱居不仕，號襄陽山人。
❷葛洪井所在有之，此詩乃題越州雲門大寺。
❸詩意謂本愛山中，宿在仙境之形；言不可留者，以庭樹啼鵑，牽言思也。蓋逋翁蘇人，客越。

酬曹侍御過象縣見寄

柳宗元❶

破額山前碧玉流。騷人遙駐木蘭舟。❷春風無限瀟湘意。欲採蘋花不自由。❸

詮評：先述侍御過象縣；接以己往見意殷，奈負罪不得自由，以瀟湘擬象縣，採蘋比自獻，不自由表拘罪不得往。比賦並用，三意遞下，酬寄意委宛盡情，婉而多風。詞調流逸，異於文之古峭。

❶字子厚。河東人。貞元九年進士，終柳州刺史。

❷騷人，謂曹也。述異記：七里川中，有魯班刻木蘭爲舟，至今在川中，詩家云：木蘭舟，出於此。

❸採蘋花者，喻自獻也。左傳：蘋蘩荇藻，可羞於王公。蓋曹在湖湘，暫過柳州象縣。詩意謂欲自獻於曹，懷意無限，而拘於罪，不自由也。葉夢得詞云：誰採蘋花寄取。但自送蘭寄客興，語意本此。

宿武關❶

李　涉

遠別秦城萬里遊亂山高下入商州❷關門不鎖寒溪水一夜潺湲送客愁

詮評：發端入題；承以溪水不停，若送愁情。蓋從關門不鎖，導入溪水長流，乃以本然無知之物象，引起有知之人愁，化實爲虛，展轉成境。此託境抒情之格，意婉語秀。

❶ 關在商州商洛縣。
❷ 商州有上盤十二繞，其地險隘。

題開聖寺

宿雨初收草木濃。羣鴉飛散下堂鍾。長廊無事僧歸院。盡日門前獨看松。

詮評：首寫雨後草木濃妍，鐘聲中羣鴉飛散，形寺景之清幽。接以寂靜中僧獨看松，寄靜定高遠之意，抒題寺閒適之情，詞淡味永。

宿虛白堂

李郢❶

秋月斜明虛白堂。❷寒蛩唧唧樹蒼蒼。江風徹曉不得寐。二十五聲秋點長。

詮評：首寫斜月照堂，蛩鳴樹蒼，境已蕭瑟。進接以江風徹曉，秋點緜長，聲更悽切，故不成眠。境，聲并寫，託出旅愁主意，輕婉流逸。

❶ 字楚望。大中十年進士。

❷ 杭州圖經云：虛白堂在舊治。

晴景

王駕❶

雨前初見花間葉，雨後兼無葉底花。蛺蝶飛來過墻去❷，却疑春色在鄰家。

詮評：題爲「晴景」，首由雨前，度入雨後晴時，敘葉花倏忽而遞無；蝶亦過牆而去，故有春色在鄰之疑。形春色之渺茫無定，寓盛衰別異之感。詞綺意婉，言盡神餘。

❶ 大順元年楊贊禹榜及第。

❷ 王荊公改飛來作紛紛。

社日

張 演❶

鵝湖山下稻粱肥❷豚柵雞塒半掩扉❸桑柘影斜春社散家家扶得醉人歸

詮評：述粱豐畜富，家給人足，社日鄉飲，盡懽盡醉情事。摹寫年豐稔收，太平樂治興象，眞切而閒雅，委宛而生動，維妙維肖，所謂詩中有畫，妙造自然，感人甚深，故稱名作。

❶咸通十三年鄭昌符榜及第。
❷鵝湖在信州鉛山縣西南十二里，昔有龔氏居山傍，畜鵞成羣，故曰鵞湖。
❸毛公曰：鑿墻而棲雞曰塒。

自河西歸山❶

司空圖❷

水闊風驚去路危孤舟欲上更遲遲鶴群長遶三珠樹❸不借閑人一隻騎

詮評：述水行險難，鶴韋安易，卻不一假；擬新奇之懸想，寄高下相異之慨，意蘊神流。

❶ 河西入京州。

❷ 字表聖。河中人。咸通進士。

❸ 三珠樹、山海經云：在厭火國北，生赤水上，樹上有栢葉皆爲珠。

野塘

韓偓

侵曉乘涼偶獨來。不因魚躍見萍開。捲荷忽被微風觸。瀉下清香露一盃。

詮評：寫野塘景象：萍開露下，皆出天然，以纖景見致。寄良遇可出偶然，非由求得之意。意遠語工，生動傳神。

已前共九首

詮評：此皆託物寄意、寄慨、寄興之體，意境較深婉。故集爲一格。

歲初喜皇甫侍御至

嚴維

湖上新正逢故人。情深應不笑家貧。明朝別後門還掩。脩竹千竿一老身。

詮評：首寫故人不笑貧而相訪，由交久情深；接以明朝門掩，仍竹伴老身，寫依然貧寂生涯；語淡意長。

送魏十六

皇甫冉❶

清夜沉沉此送君。陰蛩切切不堪聞。❷歸舟明日毘陵道。❸迴首姑蘇是白雲。

詮評：首寫別景淒涼；想像別後行者迴首，別處惟白雲迷漫；離情何託？兩地同傷，意餘詞外，情在箇中。

❶ 字茂政。丹陽人。曾之兄。天寶進士。

❷ 顏延年詩：陰蛩先秋聞。

❸ 毘陵、常州。

送王永

劉商

若去春山誰共遊。鳥啼花落水空流。如今送別臨溪水。他日相思來水頭。

詮評：想像別後無人同遊，鳥啼花落，春歸境寂，水亦空流，無觀賞者；今仍臨水送別，致低徊之意；望後日水邊重會，盡久別懽聚之情。宛轉三疊，皆託水言情，而情傳詞外，意新格奇。

酬楊八副使赴湖南見寄

劉禹錫❶

知逐征南冠楚材。❷遠勞書信到陽臺。❸明朝若上君山望。❹一道巴江自此來。

❺
詮評：首稱副使材職，並酬寄書。接以寄詩之相思，但寫巴江經朗州而至岳州，爲彼此所處之地，寄己在朗思副使之情。借一江經流以表旨，詞爽語直，而情意隱微曲折，詩家巧變無窮。

❶字夢得。中山人。貞元九年進士，檢校禮部尚書。
❷晉杜預爲征南將軍，以比正使，楊爲副使，故云逐也。左傳：楚雖有材，晉實用之。
❸陽臺、巫山。
❹君山在岳州洞庭湖中。
❺夢得時謫朗州，巴江出峽，經朗然後至岳。

逢鄭三遊山

盧仝❶

相逢之處花茸茸。峭壁攢峯千萬重。他日期君何處好。寒流石上一株松。

詮評：以今逢之處，花盛峯奇；與後期之處，石古松孤；相映成趣，興會自饒。

一松亦寄高介相期之意。

❶ 濟源人。號玉川子。

重贈商玲瓏兼寄樂天

元稹❶

休遣玲瓏唱我辭我辭多是寄君詩❷明朝又向江頭別月落潮平是去時

詮評：由玲瓏唱已辭，多爲寄樂天詩，兼及樂天，關合輕巧。始承上唱辭，敘入今玲瓏之別，但寫別時景象，便覺離情無限，以「又向」「是去」虛字傳神，搖曳不盡。

❶ 字微之。河南人。

❷ 脞說云：商玲瓏爲杭州歌者，樂天作郡日，賦歌與之。元微之在越，厚幣邀至，月餘使盡歌所唱之曲，作詩送行，兼寄樂天。

採松花

姚　合❶

擬服松花無處學。嵩陽道士忽相教。今朝試上高枝採。不覺傾翻僊鶴巢。

詮評：以前無所學，今得教法，而採松花竟傾鶴巢，非想所及。寫出未嫺逸趣，興象恬然。

❶崇之孫。元和十一年鄭解榜進士。

哀孟寂

張　籍

曲江院裏題名處。❶十九人中最少年。❷今日風光君不見。❸杏花零落寺門前。

詮評：溯述杏園勝地，題名最少之勝迹；翻轉花落門前，今日不見之哀感；以今昔悲懽對形，極嗚咽低徊之致。情韻深長，音調悽切。

❶ 慈恩寺也，在曲江杏園。唐韋肇及第，偶於慈恩寺鴈塔題名，後人效之，遂成故事。

❷ 唐進士登科記：孟寂乃中書舍人高郢所取第十六名，其年進士十七人，博學宏詞二人，故曰十九人。

❸ 君不見者，不見君也。

患眼

三年患眼今年較，免與風光便隔生。昨日韓家後園裏，看花猶自未分明。

詮評：較眼疾今昔之輕重，相對寫去；以風光與看花爲言，語意淡雅。隔生爲倒詞，亦或爲語助詞，如「太瘦生」是已！

感春

遠客悠悠任病身，誰家池上又逢春。明年各自東西去，此地看花是別人。

詮評：今年已以病身逢春，明年佗去而花歸人賞，寫境同花同，而前後看花人異。寄遊處惓惓之思，及人生變易之感，宛轉盡情。

西歸出斜谷

雍　陶

行過險棧出褒斜❶出盡平川儼到家無限客愁今日散馬頭初見米囊花❷

詮評：首述題旨；接以初見平川花，昔愁今散，寫情之忻戚，變換倏忽，詩人之善於形容。

❶褒斜谷在興元府。涼州記曰：南口曰褒，北口曰斜。斜谷道至鳳州界百五十里，有棧閣二千九百八十九間，板閣一千九百八十一間。

❷本草：罌粟一名米囊。陶嘗刺簡州，故有是作。

宿嘉陵驛❶

離思茫茫正值秋每因風景却生愁今宵難作刀州夢❷月色江聲共一樓

詮評：言離思值秋，因景生愁，雖不得爲益州之夢想，惟月色江聲，能共此嘉陵之一樓。已形隔神合，情思飛越。渺茫不盡，興象空靈，較上首之形容，益難而益工也。

❶ 嘉陵驛在利州。

❷ 晉王濬夢懸三刀於屋梁，須臾又益一刀。李口曰：三刀爲州守也，又益一刀者，明府也，應益州。果刺益州。

醉後題僧院

杜 牧

觥船一掉❶百分空。❷十歲青春不負公。❸今日鬢絲禪榻畔。茶煙輕颺落花風。

詮評：少年酣酒，老去修禪，今昔對形，今是昨非。而以榻畔茶煙，花風輕颺，寫禪定空靈境象，語足傳神。

❶ 或作棹，從洪邃本。

❷ 觥船、酒杯。一掉百分空者，一舉無餘瀝。

❸ 古人多自稱曰公，如惱公之類是也。

經汾陽舊宅❶

趙　嘏❷

門前不改舊山河。❸破虜曾經馬伏波。❹今日獨經歌舞地古槐疎冷夕陽多。❺

詮評：寫昔之帶礪無改，大勳猶著，而今經歌舞舊地，唯殘照中古槐疎冷。今昔對形，盛衰奄忽，境淒情痛，感人至深。蓋於德宗對汾陽之薄，有不平之諷意，所謂「吟詠情性，以風其上」，即三百篇正槼。骨秀神寒之作。

❶郭子儀封汾陽王。長安志：郭汾陽宅在親仁里，居其里四分之一，中心永巷。

❷字承祐。山陽人。會昌二年鄭言榜進士。

❸漢書：封功臣之誓曰：使黃河如帶，泰山若礪，國以永存，延及苗裔。

❹馬援爲伏波將軍。言子儀平安吏吐蕃之亂，再造唐室，伏波未足比也。

❺張籍法始寺陳樓詩云：汾陽舊宅今爲寺，云有當時歌舞樓，四十年來車馬路，古槐深巷暮蟬愁。觀此則宅已爲寺矣。然所謂郭氏子孫，富貴封爵，至開成後猶不絕，則其宅不應在貞元元和中已爲寺也。然郭晞傳云：盧杞秉政，多論奪郭氏田宅。德宗稍聞，乃詔曰：子儀有大勳，嘗誓山河即金石，自今有司毋得受按。此詔雖禁有司論奪，未嘗以已奪者還之也。豈宅爲寺，在此時乎！夫以子儀之勳，肉未寒而不保其室，德宗待功臣何菲耶！故此詩第一第二句深致意焉。

十日菊

鄭谷

節去蠭愁蝶不知。曉庭還繞折殘枝。自緣今日人心別。未必秋香一夜衰。

詮評：題之十字，按詩意，疑一字之譌，待攷。言蝶繞折餘之枝，見蝶猶有惜花情意；反轉人心之別，竟以一日爲名，形其易殘，其實未必一夜即衰。傷有知之人心，不及無知之蝶厚，託花名諷世之作也，題殊意新。

老圃堂

薛能

邵平瓜地接吾廬。❶穀雨乾時偶自鋤。昨日春風欺不在。就牀吹落讀殘書。

詮評：寫老圃鋤瓜，風吹書落，心閑境寂，情趣超遠，語淡味永。

❶ 蕭何傳：邵平故秦東陵侯，秦破，平爲布衣。種瓜城東，瓜美，世謂東陵瓜。

偶興

羅隱

逐隊隨行二十春曲江池畔避車塵❶如今贏得將衰老閑看人間得意人❷

詮評：敘昔之不第，長避及第得意者之車塵；反轉今日幸以此取得衰老，免名士濁流之禍，閑看得意者付流之痛；抒免禍之幸，明倚伏之理。語淡意隱，心和氣平，無幸禍嘲意，得詩人忠厚之旨。

❶ 唐進士賜宴曲江杏園，隱屢舉不第，故曰避車塵。

❷ 詳此詩蓋為白馬之禍作也。史謂隱屢舉不第，唐亡，依錢氏。李口亦屢舉不第，及後朱溫篡唐，盡取名士，投之白馬津，曰：此輩自謂清流，可投之濁流。得意人蓋指名士也。詩意謂當時曲江池畔，彼皆得意，我二十年避其車塵。豈料今日，我以不第獨存，乃及見其受禍也。第三句贏得二字，殊有意焉。

悼亡奴

朱　褒❶

魂歸溟溟魄歸泉只住人間十五年昨日施僧裙帶上❷斷腸猶繫琵琶絃

詮評：首悼奴十五歲而亡；接以覩物思人，悲情益切。所繫琵琶絃，見稚奴巧擅歌樂，尤足惜也。清便婉轉，相題之作。

❶溫州刺史。
❷唐人亡者過七日，則以亡者衣物施僧，事見唐楊氏喪儀。

已上共十八首

詮評：此皆以時之先後，託景敘事，相形立境，以抒情明志。或隱或顯，或曲或直，饒意餘言外之妙。故集爲一格。

送元二使安西

王　維

渭。城。朝。雨。浥。輕。塵。客。舍。青。青。柳。色。新。❶勸。君。更。盡。一。盃。酒。西。出。陽。關。無。故。人。❷

詮評：首述送別景象，清新秀逸。接以安西沙漠荒涼，惸無故友，勸珍今日之離杯，惜傷異時之孤寂，情深意懇，娓娓如話。慰遠客絕漠者之深心，爲千古不刊之名作。

❶ 渭城在咸陽東北，故杜郵也。
❷ 輿地廣記：陽關在沙州壽昌縣西六里。

三月晦日贈劉評事

賈 島❶

三月正當三十日。風光別我苦吟身。共君今夜不須睡。未到曉鐘猶是春。

詮評：先述暮春末日，風光了別；接約劉共享現在一夜餘光；見惜春情切，騷人雅抱。巧發題旨，意婉語新，瀟灑盡致，有殊島瘦。

❶ 范陽人。

武昌阻風

方　澤

江上春風留客舟無窮歸思滿東流與君盡日閑臨水貪看飛花忘却愁

詮評：當客舟留江上之際，正歸思逐前流之時，而以看花暫忘此愁思。皆以時之流動，寄情之變換，運思微杳，一氣揮灑。

己亥歲❶

曹松❷

澤國江山入戰圖❸生民何計樂樵蘇❹憑君莫話封侯事一將功成萬骨枯

詮評：述黃巢構亂害民，即有一將功成，亦萬民枯骨。設令形後，憂國哀民，情深痛切，調響氣勁。而以一將封侯，與萬骨枯槁對形，足爲千古戰禍之戒，故爲名句。

❶ 廣明元年。

❷ 字夢徵。舒州人。光化四年口篤榜進士。同榜皆七十餘歲，日五老榜。授校書郎而卒。

❸ 時巢口木江淮。

❹ 史記：樵蘇后爨。

已前共四首

詮評：此皆以時之「現在」「未來」對形，撫今傷後，寄慨深婉緲遠。故集爲一格。

唐賢三體詩法詮評　卷二

諸城　王禮卿　學

虛接

周弼曰：謂第三句以虛語接前兩句也。亦有事雖實而意虛者，於承接之間，略加轉換，反與正相依，順與逆相應，一呼一喚，宮商自諧，如用千鈞之力，而不見形迹，繹而尋之，有餘味矣。

伏翼西洞送人

陳　羽

洞裏春晴花正開。看花出洞幾時回。慇懃好去武陵客。莫引世人相逐來。❶

詮評：先言洞裏花開，出洞幾時可回？即以桃源比此洞，言莫引世人入桃源，虛擬相戒。與看花出洞，逆應反接，形容洞之高雅，人之風流，灑脫有致。

❶桃花源記：太康武陵人捕魚行溪，忘遠近，忽見桃花夾岸，云秦時避世至此。既出，復尋之，迷其所矣。

題明惠上人房

秦　系

磬前朝暮雨添花。八十吳僧飯熟麻。入定幾時還出定不知巢燕污袈裟。

詮評：先寫上人居處景事；接以虛問出定之時，實寫泥污之事，則入定之久可知。虛實相應，宛然無迹，狀出上人禪定功深，清空如畫。

寄許鍊師

戎　昱❶

掃石焚香禮碧空。露華偏濕蕊珠宮。❷如何說得天壇上萬里無雲月正中。

詮評：先寫禮空時露華溼珠宮；接以如何卻說「天上無雲，明月正中。」虛擬其見天壇之景，空實反應，形鍊師仙力之高，意曲境奇。

❶ 李夔廉察桂林爲幕賓。李欒尹京欲奏之，令改姓，昱固辭。建中中刺處州。

❷ 黃庭經注云：仙宮有寥藟之殿，蘂珠之宮。

秋思

張籍

洛陽城裏見秋風，欲作家書意萬重。復恐怱怱說不盡，行人臨發又開封。

詮評：寄書是實，開封重補不盡，則出虛慮，以虛合實，見對家心懷稠疊審細，妙於言情。與「馬上傳語平安」，一欠所願，一盡所懷，各極其難形之勝境。

懷吳中馮秀才

杜牧

長洲苑外草蕭蕭，❶却算遊程歲月遙。惟有別時今不忘，暮煙秋雨過楓橋。

詮評：由計長洲別後之歲月，溯寫楓橋別時之煙景，即景表情，淒清瀟灑。格法與張喬寄故人相同，時之先後則異。

❶ 寰宇記：蘇州長洲、吳長洲苑也。圖經曰：在西南七十里。孟康曰：以江水洲爲苑。

念昔遊

李白題詩水西寺。❶古木回巖樓閣風。半醒半醉遊三日。紅白花開煙雨中。

詮評：溯遊地，爲古木回巖之古寺；憶昔遊，爲醉中煙雨之花間；興會瀟脫，有態有境。後亦借惝怳之虛意，反應流連之實景。

❶ 水西寺在宣洲涇陽。

寄友

李羣玉

野水晴山雪後時。獨行村路更相思。無因一向溪橋醉。處處寒梅映酒旗。

詮評：先述雪晴獨行，致相思意；接寫雪後處處梅開，酒旗相映，虛作同醉之望，實狀觸景之情，參差掩映以盡致，意婉語工。

經賈島墓❶

鄭谷

水邊荒墳縣路斜，耕人訝我久咨嗟。重來兼恐無尋處，落日風吹鼓子花❷。

詮評：首述水邊墳荒，人訝久嗟；接寫今時荒墳野花，境已淒涼，想像重來時，恐併此亦無尋處。以虛境加甚迷茫之感，意曲情惻，益足感傷。

❶ 島爲普州司戶卒，墓在遂州長江縣。

❷ 鼓子花，今米祥根花，或以爲牽牛花者，非也。按本草，牽牛花如鼓子花，明牽牛花非鼓子也。詩意謂豈特今落日風花可吊，恐重到時兼無尋處矣，所以久嗟。

修史亭❶

司空圖❷

烏紗巾上是青天❸檢束酬知四十年❹誰料平生臂鷹手❺挑燈自送佛前錢❻

詮評：前述誓天酬知，垂四十年；接言昔擬以功名答知己，誰料今以豪俠之手，爲香火之事。今昔對映，志背願違；反正相形，有類咄咄書空之感。語直情切，激昂頓宕。

❶司空圖山居記曰：中條五逢峯，類然王昌齡佛宮，因爲我有，本名王官谷，易之曰貞陵溪。乃刺大慈像，構亭其右，曰擬綸，志其所著也；擬綸之右亭曰修史，勗所職也。

❷自號知非子。

❸指巾上之天以自誓。

❹檢束此身，以酬知己。撰北窗瑣言。圖爲王文公凝所知，後分司，又爲濟相盧公所知。

❺南史：張充方出獵，左臂鷹，右牽狗。

❻詩意謂四十年中，欲以功名答知己，天可質也。誰料豪俠之志無所施，遂灰心以修方外香火之事乎。

答韋丹

僧靈徹

年老心閑無外事麻衣艸坐亦容身相逢盡道休官去林下何曾見一人❶

詮評：以韋丹詩言歸休之計，答以盡道休官，實一人莫見。抉仕途之虛僞，虆戀位之實象，遂爲千古名句。妙在先述人之心閑無事，即貧寂亦足容身；接入仕者之戀棧，反正相映，形容盡致，語直意深。

❶丹鎭江西，嘗以詩寄徹云：王事紛紛無暇日，浮生冉冉只如雲，已爲平子歸休計，五老峯前必共君。徹公此答，蓋譏其內懷祿，外能言耳。後丹竟失位，以待辨憂死。

已前共一十首

詮評：此皆下層以時之先後，運實事於虛意，形反象表正情，巧變無痕。故集爲一格。

九日懷山東兄弟

王　維

獨在異鄉為異客。每逢佳節倍思親。遙知兄弟登高處❶遍插茱萸少一人❷

詮評：首述異鄉逢節，倍思親人；接言兄弟登高，少己一人；以虛擬託實事，境切情深；亦反轉兄弟思己之意，對形盡致，韻冷味長。

❶齊諧志：費長房謂桓景：九月九日汝家有災，急令家人縫絳囊，盛茱萸，係臂上，登高飲菊花酒，此禍乃消。九日登高起於此。

❷舊史稱：維閨門友悌，事母孝。觀此詩信矣。維作此詩年十七。

葉道士山房

顧　況

水邊楊柳赤欄橋。洞裏神僊碧玉簫。近得麻姑書信否❶潯陽向上不通潮❷

詮評：先寫山房人境如仙；接以虛問之實事，明仙人無信之反意，以實正虛，構思微妙。但言與麻姑通信，見葉已躋仙侶，美在言外。

❶ 顏魯公麻姑壇記：王方平過蔡經家，遣人與麻姑相聞，有頃人來曰：麻姑再拜，不見已五百年。俄麻姑至，乃是年十八九許好女子。❷ 潮至潯陽而回。詩意謂道路不通，恐麻姑信難得。

宿昭應

武帝祈靈太乙壇。❶新豐樹色遶千官。❷那知今夜長生殿❸獨閉空山月影寒。❹

詮評：先言玄宗建壇，從官之盛；接入反問：今時殿閉，山月影寒；昔盛今衰，以反正對形，致弔古之意，一語悽絕。

❶ 武帝謂玄宗。漢書：亳人謬居奏祠太乙方，天子許之，令太祝領祠之，於忌太乙壇上。❷ 驪山古驪戎國，秦曰驪邑。漢祖徙里民實也，命曰新豐。玄宗分豐會昌縣，尋改會昌爲昭應。❸ 見杜常詩注。❹ 意與杜常華清宮詞同。

江村即事

司空曙

罷釣歸來不繫船江村月落正堪眠縱然一夜風吹去只在蘆花淺水邊

詮評：先寫船不繫之實況，擬想吹去之虛景，各輔以江村月落，蘆花水邊，靜境之美，人在畫圖。興象灑脫，造語靈秀，神韻天然。

宮人斜❶

雍裕之❷

幾多紅粉委黃泥野鳥如歌又似啼應有春魂化爲燕年年飛入未央棲❸

詮評：先寫紅粉委泥，野鳥歌啼實象；擬寫情鍾死後之化燕，仍入宮棲；以想像幻現，委宛出之，傳神之筆。

❶葬宮人之處也。退朝錄及秦京雜記並云：長安舊牆外，長三里，曰宮人斜，風雨夜多聞歌

哭聲。

❷ 貞元時人。

❸ 未央宮、高祖七年蕭何造。

過春秋峽

劉言史❶

峭壁蒼蒼苔色新。無風情景自勝春。不知何樹❷幽崖裏。臘月開花似此人❸。

詮評：首寫境景勝春；接入樹既不知其名，而又臘月花開，且向此人何故？此人，蓋斥己也，言己見此景候迷茫，雖實而若虛，觸起南遊傷感。委曲寄情，含蓄不盡。此詩意不易猝解，註釋近是，今從之。

❶ 皮日休爲墓碑云：不知何許人。然余觀其宿花石浦詩云：舊業叢臺廢苑中。又嘗不就王武俊辟，則趙人也。

❷ 作處者，非今從本集。

❸ 似者、呈似之，似猶言向也。言史北人南遊，見景候之異，不能無感。劉長卿云：江花獨向北人愁。亦同此意。但用破愁字，則不含蓄有餘味矣。

初入諫司喜家室至

竇　羣❶

一旦悲歡見孟光❷十年辛苦伴滄浪不知筆硯緣封事❸猶問傭書日幾行❹

詮評：先述十年苦伴，一旦歡覿，昨賤今貴，悲喜倏忽；接以擬今猶昨，眞幻迷離；此情深曲難達，寫來眞切如繪，洵非才力不克逼眞。註詆非眞隱者，似失之苛。蓋詩以道性情，窮通眞情，非有道高人不免，處士未可全期也。溫柔敦厚，詩之教焉，故論辯之。

❶ 字月岫。

❷ 隱士梁鴻妻字孟光。

❸ 王洙曰：言事欲密，故封以達。

❹ 後魏蔡亮家貧，傭書自給。詩意謂吾妻不知我今已有官守言責，猶以貧賤時問我。蓋羣初爲處士，隱昆陵，韋夏淑以丘園茂異薦之，不報。王夏卿尹京復薦，方拜拾遺御史。此妻所以十年辛苦，伴己於滄浪也。然羣處士，而以窮通爲悲歡，纔得一拾遺，則對妻驚喜，情見於辭，夫豈眞隱者邪！宜末路以反覆貶死也。

寄襄陽章孝標

雍 陶

青油幕下白雲邊❶日日空山夜夜泉聞說小齋多野意枳花陰裏麝香眠❷

詮評：先寫將幕境景空闊；再由「聞說」虛意，接以鹿眠花陰之實境，託出「野意」宜人之推想；風韻悠然，造語新秀。

❶宋劉禹與顏峻書曰：朱脩之三代叛兵，一朝居青油幕下作口，宣明向人。注：青油幕、謂將幕也，以青油縑爲之。襄陽爲節度府，孝標時爲從事。

❷杜詩：麝香眠石竹。注曰：鹿也。又曰：鳥名也。

舊宮人

劉得仁❶

白髮宮娃不解悲滿頭猶自插花枝曾緣玉貌君王寵準擬人看似舊時

詮評：寫舊宮人白髮猶插花，不解悲感；繼言由貌得寵，故迷戀少好，擬似舊時。

情癡入幻，思婉入神，運意微妙，有反虛爲實之巧。

❶貴主之子。開成至大中二朝，兄弟皆貢士，而得仁苦於詩，出入舉場三十年，竟無成而卒。

小樓

儲嗣宗❶

松杉風外亂山青。曲几焚香對石屏。記得去年春雨後。燕泥時汙太玄經。❷

詮評：先言松外山青，焚香對石，實寫今時之幽靜；繼言雨後燕泥汙書，虛溯去歲之閑逸；詞流韻遠。

❶大中十三年第。

❷揚雄著太玄經。

宮詞

王 建

樹頭樹底覓殘紅一片西飛一片東自是桃花貪結子錯教人恨五更風❶

詮評：通首以花擬人，言花貪結子而致早落，是大咎失，竟自是而錯怨風；猶人貪寵成而屆衰棄，是大咎悔，當自責而不怨君。此全章託物兼比之反興也。註釋大致得之。擬議隱微，三百篇興體之遺桀，得其神理，故稱名作。

❶ 此篇蓋比而興也。殘紅、色衰也。東西分飛、君與已相背也。貪、慕也。結子、有寵有成也。五更風、君心之飄忽也。詩意謂使我不貪結子而入宮，則安有今日之愁，不可恨君也。色衰寵去矣，然憬自咎初心，不以怨君，淳之至也。荊公甚愛此詩。

祇役遇風謝湘中春色

熊孺登❶

水生風熟布帆新❷只見公程不見春應被百花撩亂笑比來天地一閑人

詮評：先言勞役不息；繼以遇風暫休，作短暫之閑人，故謝春色。製題工巧，似謝康樂。詩言新帆急駛，騖公程而不見春色；倖以阻風，得被百花亂笑，作暫時閑人。以虛擬落實際，反正應合。而以趣語自嘲，意婉情傷。首言「水生風熟」，謂新行之江水生疎，歷經之江風則熟識，字句生造，亦類謝句之新秀，與全詩相稱。

❶ 貞元時人。

❷ 顧愷之嘗借殷仲堪布帆，遭風大敗。愷之與仲堪書曰：行人安穩，布帆無恙。

過勤政樓❶

杜　牧

千秋佳節名空在承露絲囊世已無❷唯有紫苔偏稱意❸年年因雨上金鋪❹

詮評：以佳節名存實無，惟紫苔猶在，仍上金鋪。今昔對形，空有迥異，景淡意悲，神餘言外。覽古即弔古也。

❶玄宗於宮西置樓，其西有花萼相輝之樓，南曰勤政務本之樓。雍錄云：勤政樓臨朱雀東西四街。

❷玄宗紀：以降誕日宴百僚於花萼樓下。以八月十五日爲千秋節，三公以下獻鏡及承露囊。

❸稱意猶得意。

❹三輔黃圖注曰：金鋪者，扉上有金花，花中作獸及龍蛇，鋪者以銜環也。

送客

李羣玉

沅水羅紋海燕回❶柳條牽恨到荊臺❷定知行路春愁裏故郢城邊見落梅❸

詮評：先寫別時海燕初回，沅水如羅；柳條牽恨，直到荊臺；再推及行路時見故郢城落海。但寫別地及經途景物，情餘言外，虛實關合，詞流意遠。

❶ 沅水在辰洲沅陵西。
❷ 荊臺在江陵縣，楚王遊荊臺，即此也。
❸ 杜祐通典曰：江陵楚之郢地，秦分置江陵縣，今縣界有故郢城。

靈岩寺

趙 嘏

館娃宮畔千年寺。❶水闊雲多客到稀。聞說春來倍惆悵百花深處一僧歸。

詮評：寫前已水闊雲多，寺稀客到；今則聞說百花深處，惟一僧歸；遞進遞悽，一語傳神。

❶ 按孫覿記：梁天監中，以吳故館娃宮地爲靈岩寺。

柳枝

薛 能

和風煙雨九重城。夾路春陰十萬營。❶惟向邊頭不堪望一株憔悴少人行。

詮評：述昔日柳植萬營，今惟一株矣。繁盛蕭條，反正對形，不堪卒讀。亦憂國傷時，情餘言外，故神韻悠緲。

❶ 細柳原在長安縣西北，周亞夫嘗營軍其地，令軍營皆樹柳，謂之柳營，蓋本此。

自遣❶

陸龜蒙

數尺遊絲墮碧空。年年長是惹春風。爭知天上無人住。亦有春愁鶴髮翁。❷

詮評：以後層天上愁人墮髮之擬想，釋前層世間遊絲之即此。見愁之普及上下，白髮之遍被天人，化奇想爲實境物，放言恣遣己愁懷，文思入神。然則白髮不止世間，並及天上，益見其公道，而竟不然。當與許渾「送隱者」之作對觀，彼實此虛，彼明理而此遣懷，所注之主恉不同，所謂「隨手之變，良難以辭逮」，詩之巧變，固如是也。註釋自是。

❶ 自注云：自遣詩者，震澤別業之作。故病未平，厭厭臥田舍中，農夫以耒耜相聒，夜分不睡，百端興懷，思益無緒，因作四句詩，累二十絕。

❷ 意謂遊絲者，天上愁人白髮墮也。此蓋放言自遣，非有實事，觀題及自注可見。

華陽巾❶

蓮花峯下得佳名❷雲褐相兼上鶴翎。須是古壇秋霽後。靜焚香炷禮寒星。

詮評：先寫巾以蓮峯得佳名，配以雲褐兼鶴翎，形巾有仙氣；繼以秋霽後焚香禮星，形道家高行。託巾寫境象，即境象以託情，一物可以發興，所謂言近旨遠。

❶ 巾譜云：始於陶隱居。

❷ 蓮花峯在華山。

秋色

吳融

染不成乾畫未消。霏霏拂拂又迢迢。曾從建業城邊過。蔓草寒煙鎖六朝。

詮評：秋色顯現，可神會而無總型；王氣黯收，可心領而無具象；此二者皆難形容。今乃先寫秋色之渥潤，如畫之染色，不乾而不消；又如細雨之霏微，輕風之飄拂，更遠遠廣被；皆以比喻，形其難形。化縹緲之秋色，爲空靈之境象。此寫秋色之題旨也。再從行過建業，惟一望蔓草寒煙，形六朝淒涼之境，都付此蒼茫景色封鎖之中。化王氣之黯然，爲蕭索之境象。此寫秋色所籠之遠旨也。盡態極妍，詞流調響，神來之筆。龔鼎孳詩云「流水青山送六朝」，從此脫化，工妙相同。

已前共一十九首

詮評：：此皆寄實事於虛意，託情景於微茫，所謂妙遠不測。故集爲一格。

酬李穆

劉長卿

孤舟相訪至天涯。萬轉雲山路更賒。欲掃柴門迎遠客。青苔黃葉滿貧家。❶

詮評：由遠路相訪，敘入欲迎，寫出青苔黃葉貧家景境。致望客耽寂之意，酬遠涉慇懃之思。詞工情至。

❶李穆有發桐廬寄劉員外云：處處雲山無盡時，桐廬南望更參差，舟人莫道新安近，欲上潺湲行自遲。故長卿以此答之。時長卿在歙。

休日訪人不遇

韋應物❶

九日驅馳一日閑。尋君不遇又空還。怪來詩思清人骨。門對寒流雪滿山。

詮評：先寫訪人不遇之事；接以門對寒流雪山之清境，驚悟其詩思所以入骨之奇清。詩思與境養攸關，觸境印詩，結句一語傳其神理。調響韻遠，詞秀景新。

❶沈喆作韋應物傳云：長安京兆人。仕於開元，卒文宗以後。

湘江夜泛

熊孺登

江流如箭月如弓。行盡三湘數夜中。無奈子規知向蜀。一聲聲似怨春風❶

詮評：首寫夜泛行盡三湘實事；接以想像子規向蜀而聲怨，寄己亦有思歸之怨意；託鳥聲抒歸思，即事之興也，意深語婉。

❶成都記：蜀望帝死化爲鳥，名杜鵑，聲低怨。

贈侯山人

一見清容愜素聞。有人傳是紫陽君❶。來時玉女截春服。剪破湘山幾片雲❷

詮評：先稱以眞人；接以玉女製服，剪破湘雲，雲作衣裳，並以仙擬；蓋以虛想寫虛事，形容山人容服，縹緲若仙，御虛爲實，移近入遠，巧變之格也。

❶大茅君傳有云：紫陽左公太極仙，伯山友卿周義山，皆號紫陽眞人。

❷湘山在泉州郡治後。

寫情

李益❶

水紋珍簟思悠悠。千里佳期一夕休。從此無心愛良夜。任他明月下西樓。❷

詮評：先寫珍簟之悠思；接以一夕即別，故怨恨至深，乃至不復愛夜，任其月下西樓。意癡情切，詞卻流麗，憾惜而不纖冶，此豔情之作。

❶ 李揆祥子。大曆四年齊口榜進士。
❷ 舊史謂昔有妬癡，夜散灰扃戶，以妨妻妾。觀此詩非悼亡怨別，則不得於妻妾而作也。

竹枝詞❶

劉禹錫

日出三竿春霧消。江頭蜀客繫蘭橈。欲寄狂夫書一紙。家住成都萬里橋。❷

詮評：先言蜀客繫舟；接敘欲託寄夫書，並告居址，此設擬之詞，語意樸直，而慇懃之情，思望之意自見。此竹枝體，蓋遠源漢樂府。仿自民歌，聲近淇澳綠竹詩，故以竹枝名歟！

❶集中竹枝詞，來建平至中口，歌竹枝，吹笛擊鼓以赴節，含思宛轉，有淇澳之聲，故余作竹枝詞。

❷萬里橋在浣花溪東，昔諸葛孔明送吳使至此曰：萬里之行，從此始矣。因得名。

聽舊宮人穆氏歌

曾隨織女渡天河。❶記得雲間第一歌。休唱貞元供奉曲。❷當時朝士已無多。❸

詮評：先以隨織女渡天河，比舊宮人入宮；以雲間第一歌，比所習歌之高妙；接以「休唱」擬囑，感昔宮曲之遺韻，慨前朝士之零落；既傷己遇之蕭蓼，並感先朝之奄忽，調咽情悲，激昂頓挫。以天雲為比者，尊君也。

❶齊諧志：桂陽城武丁謂其弟曰：七月七夕，織女當渡河，吾向已被召。此詩借用。

❷貞元、憲宗年號。

❸夢得貞元時入仕，元和初謫，二十四年方歸，故有是語。

訪隱者不遇

竇　鞏❶

籬外涓涓澗水流。種花半照夕陽收。欲題名字知相訪。又恐芭蕉不耐秋。❷

詮評：寫所居處景物，惟不遇其人；即題名亦恐蕉葉不耐。形不遇之惋惜，益婉益切，善於言情。

❶字友封。元和進士，卒武昌副使。
❷古人多喜書芭蕉葉，如懷素種芭蕉供書，是也。

重過文上人院

李　涉

南隨越鳥北燕鴻。松月三年別遠公。❶無限心中不平事。一宵清話又成空。

詮評：言三年浪迹，心鬱不平至多，思與世外人清話一吐；而重過亦不遇，則人世不平，即一宣亦不可得；憤懣之情，曲寄乎辭，委宛不盡。

❶ 以遠公比文上人。

題鶴林寺❶

終日昏昏醉夢間。忽聞春盡強登山。因過竹院逢僧話。又得浮生半日閑。

詮評：言醉夢浮生、強勉登山，逢僧話而得半日之閑，蓋謂「慰情良勝無」爾！無奈之情思，亦曲寄乎辭，澹宕不盡。兩首皆情懷稍逾常人。

❶ 在鎮江府。

宮詞

李商隱❶

君恩。如。水。向。東。流。❷得寵。憂。移。失。寵。愁。莫。向。樽。前。奏。花。落。❸涼。風。只。在。殿。西。頭。❹

詮評：以水流「比」君恩，往而不返；以得寵憂失寵，「賦」宮人深衷；接以莫奏花落，涼風即在殿西，「興」失寵近而易至，而涼風又比寵衰，即兼比之「興」。四句中賦比興皆具，洵所謂驚心動魄，盡得風流，三百篇之正槼也。史傳及秘笈所載歷代宮闈情事，甚至衍及治亂興亡，要不離此詩所詠之意相，七言絕之神品也。注釋亦得之。

❶ 字義山。懷州河內人。開成進士。

❷ 往而不還。

❸ 古樂府有菊花落曲，其詞曰：念爾零落逐風颺，徒有霰花無霜實。

❹ 班婕妤云：切恐涼風至，吹我玉堦樹，君子恩未畢，零落在中路。蓋以涼風喻寵衰而冷落，此詩用之。殿西頭者，言近而易至也。

將赴吳興登樂遊原❶

杜　牧

清時有味是無能。閑愛孤雲靜愛僧。欲把一麾江海去❷樂遊原上望昭陵。❸

詮評：以閑靜乃無能，爲清時有味之事；而末結以望昭陵，語意似不相銜貫。註釋謂思明君之世，似得其隱之恉。則傷清時非無能，乃緣不遇，故望仕明君，轉反爲正，隱釋之怨辭也。中言一麾出守，亦不遇中不得已之俯就耳。此詩隱曲支紛，似微傷晦。

❶ 吳興統紀：歸命侯寶鼎元年，分吳郡立吳興郡。
❷ 顏延年詩：屢薦不入官，一麾乃出守。麾，斥也。自此詩誤以爲旌麾之麾，至今襲其誤。
❸ 昭陵在醴泉縣西，太宗所葬。西京記：唐太平公主於樂遊原上置亭四望。舊史云：牧自負才略，兄悰隆盛於時，而牧居下位，心常不樂。望昭陵者，不得志於時，而思明君之世，蓋怨也。首言清時之辭也。

鄭瓘協律❶

廣文遺韻留樗散。❷雞犬圖書共一船。自說。江湖不歸事。阻風中酒過年年。

詮評：首述鄭稟先人樗散遺韻，接寫家境之清貧，後狀不歸之生涯，一意貫注，極盡樗散之神致，瀟灑之風度，磊落有態。

❶ 瓘乃虔之孫。爲協律郎。
❷ 鄭虔爲廣文館博士，杜甫云：鄭公樗散鬢成絲。此用之。謂瓘猶有乃祖樗散遺韻。

贈魏三十七

李羣玉

名珪似玉淨無瑕。美譽芳聲有數車。莫放燄光高二丈❶來年燒殺杏園花

詮評：首以珪玉爲比中之比，聲譽無形而量以有形之車，美其才名之盛；繼即借術士語，寫燄燒杏花，爲預祝高第之頌；與比玉載車，相配爲奇語，以滑稽出之。以虛御實，狀實若虛而成之。

❶唐遺史云：江淮間術士姓吳，有赴宏詞者，所以術士曰：公頭上燄光高二丈，必登高第。

湘妃廟

少將風月怨平湖。❶見盡扶桑水到枯。❷相約杏花壇上去。畫欄紅紫鬭樗蒲

詮評：寫仙後久歷滄桑之幽怨，囑改作約鬭樗蒲之閑情，涉想新奇，亦從九歌神降時情境，脫化得之，故饒秀色。以虛御虛，化虛若實而成之。

❶ 謂二女從舜不及，沉湘而死，故怨平湖風月也。
❷ 十洲記：扶桑在碧海中。見扶桑之枯者，猶麻姑三見海爲田之意。

已前共十五首

詮評：此皆以虛意運虛實事，多所寄託，其間有深淺遠近之異，曲直高下之別。故集爲一格。

唐賢三體詩法詮評　卷三

諸城　王禮卿　學

用事

周弼曰：詩中用事，既易窒塞，況於二十八字之間，尤難堆疊。若不融化，以事爲意，更加以輕率，則鄰於里謠巷歌，可擊筑而謳矣。凡此，皆用事之妙者也。

秋日過員太祝林園

李　涉

望水尋山二里餘。竹林斜到地儇居。❶秋光何處堪消日。玄晏先生滿架書。❷

詮評：先述過園地，以中散竹林仙居，比太祝林園仙境；繼以玄晏之好書，比狀太祝林園消日之雅趣；融化故事於運意中，不著痕迹，逸韻自永。

❶ 嵇康與七賢游竹林，今懷州修武縣東北五十里崇明寺，是其地。崔愷之曰：鮑靚通靈手也，徐寧師之。夜聞琴，督問之，靚曰：叔夜。寧曰：嵇留命東邸，何得在此。靚曰：叔夜迹示終而實尸解。故此詩謂之地仙，蓋以中散比員。

❷ 皇甫謐號玄晏先生，好讀書，人謂之書淫。

長安作

宵分獨坐到天明又策羸驂信脚行每日除書雖滿紙不曾聞有介推名❶

詮評：傷己之晝夜奔波旅途，而始終如介推之名不及祿。信手拈來，一語盡情，輕靈有致。

❶ 左傳：介子推不言祿，祿亦不及。

奉誠園聞笛❶

竇　牟❷

曾絕朱纓吐錦茵❸欲披荒艸訪遺塵秋風忽灑西園淚❹滿目山陂笛裏人❺

詮評：題爲奉誠園聞笛，即山陽聞笛思舊之義，故惟陳傷舊之情。首述己爲馬燧故吏，用絕纓吐茵二事，致宥罪感恩之意；再用劉楨西園灑淚事，致文酒深交念昔之意；末用向秀山陽聞笛事，進傷馬燧身後之寥落，致感舊悲痛之意，及不平諷君之意。典應意而貼切自具，意運典而入化傳神，用事自然，調響情痛，所謂「意到筆隨」，用典實之逸品也。

❶唐史：馬燧之子暢，以第中大杏餉竇文場，文場以進德宗，德宗未嘗見，怪之，令中使封杏樹。暢懼，進宅爲奉誠園。雍錄云：在安邑坊內。

❷字貽周。貞元進士，終國子祭酒。

❸司馬標戰略曰：楚莊王賜羣臣酒，日暮燭滅。有客引美人衣，美人絕其纓，告王取火，視絕纓者。王曰：今日飲，不絕纓者不歡。君臣百官皆絕纓，然後出火。漢丙吉御史醉嘔車上，曹吏白斥之，吉曰：第忍之，不過污丞相車茵耳。

❹魏志：陳思王置西園於鄴，與諸才子夜游賦詩，故劉楨於王去後作詩云：步出北寺門，遙望西苑園，乖人易感動，涕下與衿連。

❺向秀思舊賦序曰：余與嵇康呂安居止相近，後各以事見法。余西返，經其舊廬，鄰人有吹笛者，追思曩昔宴遊之好，感音而歎。山陜、今懷州修武縣。舊史謂馬暢自父死後，屢爲豪幸邀取財產，末年妻子凍餒，無室可居。余觀德宗播越，非馬燧幾亡，不能卹其孤，又奪其財業，使之失所，此故吏之所以傷也。通鑑載大歷十四年，德宗初即位，疾將帥治節奢麗，命毀馬璘第，乃命馬氏獻其園爲奉誠園者，誤也。按新舊史皆言，奉誠爲馬暢園；盧氏雜記亦云：馬璲宅爲奉誠園；而舊史載其本末尤詳；璘家所獻乃山池也，通鑑蓋誤以山池爲奉誠耳。

冬夜寓懷寄王翰林

竇　庠

滿地霜蕪葉下枝幾回吟斷四愁詩❶漢家若欲論封禪須及相如未病時❷

詮評：首寫冬景淒涼，苦吟四愁詩者，望美人之有所贈，以引起下意。接言相如封禪書，致望即奏之意，文人多以其文之工重之，不第不爲菲詆。此詩題言寓懷，所寄又爲翰林，蓋望其舉薦文章，故用相如禪文事，而以未病爲言，冀其勿遲也。婉而不澀，實而融虛，亦善於用事之作。註說論人，自是正論。

❶ 張衡作四愁詩，皆懷吳之意。

❷ 史記：天子曰：相如病甚，可往悉取其書。使所忠往，相如已死，家無遺書。妻曰：長卿未死時，爲書一卷，曰：有使來求，奏之。言封禪事。所忠以奏，天子異之。余謂封禪秦漢侈奢，既非古禮，而相如至死不忘獻諛，夫豈忠臣，而甘以自比，或以比人，此唐儒之陋也。韓退之亦上表勸封禪，又數自謂希相如，退之儒宗猶爾，如庠何議焉。

焚書坑❶

章　碣❷

竹帛煙消帝業虛❸。關河空鎖祖龍居❹。坑灰未冷山東亂。劉項元來不讀書❺。

詮評：述焚書後秦即亡；接用山東亂起，而劉項並非讀書人之史事，反證焚書免亂之愚。化事於意，轉實融虛，妙於立言。陡折處磊落不可羈。

❶ 在驪山，始皇焚書坑儒於此。

❷ 咸通中人，或曰孝標之子。

❸ 古以竹帛爲書，後漢方用紙。

❹ 史記：明年祖龍死。蘇林曰：祖、始也。龍、君象。謂秦始皇死。

❺ 陳勝起，亂發山東，劉項繼之，遂滅秦。高祖云：馬上安事詩書。項羽亦云：書足記姓名而已，不肯學。二公皆不讀書者也。

赤壁❶

杜牧

折戟沉沙鐵未銷自將磨洗認前朝東風不與周郎便銅雀春深鎖二喬❷

詮評：以折戟起戰蹟；反轉東風助瑜敗曹之事，擬成二喬虜入雀臺景境。轉實爲虛，運虛成實，所謂「隨手之變」，肖物之奇也。論詩者或譏爲「輕薄之言」，然事若儻然，則理亦或然，觀詩語，亦可見詩人擬想之深微，不宜徒詆之也。

❶ 在鄂州蒲圻縣西北二十里。

❷ 吳周瑜傳：年二十四，吳中呼爲周郎。孫策攻皖，得喬公二女，皆國色，策納大喬，瑜納小喬。又：瑜與曹遇於赤壁，曹公在北岸，瑜在南岸。瑜將黃蓋，以舡載薪燒北船，時東南風急，北船燒盡，曹公敗走。又：曹公作銅雀臺於鄴，置妓其上。詩意謂非東風助順，則瑜不能勝，家必爲虜矣。

秦淮❶

煙籠寒水月籠沙夜泊秦淮近酒家商女不知亡國恨隔江猶唱後庭花❷

詮評：先敘夜泊景事；接以反筆跌入商女不知人世亡國之悲恨，猶唱亡陳後庭花曲。託後庭一曲，寄千古亡國之憾，言近意遠，巧於用事。音調悽婉。

❶秦淮水在建業，秦望氣者言：江東有天子氣。故鑿斷地脉，方山是其斷處，水爲秦淮。

❷陳後主作玉樹後庭花之曲，聞者泣下，後爲隋所滅。

漢宮

李商隱

青雀西飛竟未回❶君王長在集靈臺❷侍臣最有相如渴❸不賜金莖露一杯❹

詮評：首言仙使竟不回，見仙之無憑；繼言長在靈臺而無仙至，見仙之虛無；後言相如最有渴疾，何不賜莖露治之，見仙露之無驗；反用三實事，表一虛意，即諷求仙得長生之妄。此用事之含蓄法，韻長味深。義山詩多沉鬱頓挫，乃其本色。昔賢解沉鬱頓挫，爲意在筆先，神餘言外，最爲得之。

❶ 漢武故事：七月七日，上於承華殿齋，忽青鳥從西方來，上問東方朔，朔曰：西王母欲來。有頃，王母至。及去，許帝以三年後復來，後竟不至。
❷ 黃圖云：集靈宮、通天臺、在華陰縣界，武帝所造。
❸ 司馬相如口吃，有消渴疾。
❹ 西都賦：抗仙掌以承露，擢雙立之金莖。武帝取此服玉屑，以求不死者也。詩意謂方士妄言，君王惑而不悟，若食露果可不死，相如最渴，何不以此試之，則信否見矣。

賈　生

宣室求賢訪逐臣。❶賈生才調更無倫。可憐夜半虛前席。不問蒼生問鬼神。❷

詮評：述文帝召才調之賈生，問鬼神事；而以「可憐」提跌，揭出問鬼神不問蒼生，非重民德治之舉。就實事反併於虛意，一語中肯，理高境遠。亦沉鬱頓挫之作也。

❶宣室、未央前殿正室。

❷漢賈誼謫爲長沙傅。歲餘，帝思之，徵入。見上方坐宣室受釐，因感鬼神之事而問之。誼具道所以。至夜半，文帝前席。

集靈臺❶

張 祜❷

虢國夫人承主恩平明騎馬入金門❸卻嫌脂粉污顏色淡掃蛾眉朝至尊❹

詮評：用虢國夫人素面朝天之今時事，狀其美豔絕倫，一語盡致。變衛風碩人之詳寫，爲片言之居要，工於脫化。此用事體以今代古之變格也。

❶集靈臺、玄宗所作。雍錄云：在華清宮中。非漢集靈宮中之臺也。

❷字承吉。爲處士，居蘇州。令狐楚嘗薦之。

❸楊妃外傳：妃有三姨，韓國虢國秦國三夫人。又明皇雜錄：虢國常乘驄馬入禁，金門、金馬門也。

❹楊妃外傳：虢國夫人不施朱粉，自有美艷，常素面朝天。

遊嘉陵後溪

薛　能

山屐經過滿徑蹤。❶隔溪遙見夕陽舂。❷當時諸葛成何事只合終身作臥龍。❸

詮評：首述嘉陵遊蹤；即接以菲薄諸葛，泯滅諸史事功，若無所知，洵屬無根妄言。可爲妄人之文士戒，亦可爲作者褻瀆筆墨惜也。不知此何以入選？

❶宋謝靈運常著木屐，上山則去前齒，下山則去後齒。

❷淮南子曰：日經于隅泉，是謂高舂；起于連石，是謂下舂；薄于虞泉，是謂黃昏。

❸諸葛初隱草廬，徐庶謂之臥龍，後相蜀。能性傲誕，其題籌筆驛自注云：余爲蜀從事，常薄武侯非王佐才，故有是題。此章意亦同。然去後鎮彭門，廣明初軍亂殺死，則武侯未可薄也。

已前共一十一首

詮評：此皆藉用事，爲抒情、寓意、明理、詠人，變化甚多，深淺亦殊。故集爲一格。

唐賢三體詩法詮評 卷四

諸城 王禮卿 學

前對

周弼曰：接句兼備虛實兩體。但前句作對，而其接亦微有異焉。相去僅一間，特在乎消停之別耳。

山店

盧綸❶

登登山路何時盡決決溪泉到處聞。風動葉聲山犬吠。一家松火隔秋雲。

詮評：前寫山店路與境，對句凡近；承接二語，景眞境遠，而興象窈渺。

❶字允言。河中人。天寶亂，客□□。

韋處士郊居

雍陶

滿庭詩景飄紅葉繞砌琴聲滴暗泉門外晚晴秋色老蕭條寒玉一溪煙

詮評：以詩景形紅葉，琴聲擬暗泉，對句工巧飄逸。承接二句，清新淡遠，皆即景之清高，見人之瀟灑，有態有境。

江南

陸龜蒙

村邊紫豆花乘次岸上紅梨葉戰初莫怪煙中重回首酒旗青紵一行書

詮評：以乘次寫花之整齊，以戰初形葉之紛亂，對句掩映生動。接處尤能寫景如畫，寄情無迹，特著江南風致。

旅食

高蟾[1]

風散古陂驚宿鴈，月臨荒戍起啼鴉。不堪吟斷無人見，時復寒燈落一花。

詮評：以風驚鴈，月起鴉，寫寂中動景，對句澹宕。轉接處則無人見而燈花落，又動中之寂，景愈寂，情愈悽，神流詞外，所以見旅食之味外味。

[1] 乾符三年孔緘榜第。

金陵晚睡

曾伴浮雲歸晚色，猶陪落日泛秋聲。世間無限丹青手，一段傷心畫不成。

詮評：對句寫晚睡所伴，浮雲晚色，落日秋聲，皆有迹可像，意境灑脱。接轉傷心難畫，進明晚睡由於傷心，而傷心無形難畫，爲寫情高絕之境，可謂傳神。

春

明月斷魂清靄靄。平蕪歸路綠迢迢。人生莫遣頭如雪。縱得春風亦不消。

詮評：寫望月思歸，對句平安。而由歸愁，念及人生苦短，即春風亦不能消白髮，所以傷春；以奇思抒悲情，詩中逸品。

已前共六首

詮評：此前對句亦多婉秀工穩，而神韻仍在接處景境清逸，情意超脫。故集爲一格。

唐賢三體詩法詮評 卷五

諸城 王禮卿 學

後對

周弼曰：此體唐人用之亦少。必使末句雖對，而詞足意盡，若未嘗對。不然，則如半截長律，皚皚齊整，略無結合，此王荊公所以見誚於徐師丹也。

過鄭山人所居

劉長卿

寂寂孤鶯啼杏園❶寥寥一犬吠桃源❷落花芳草無尋處萬壑千峯獨閉門

詮評：以杏園桃源比山人所居，前已用對，句亦清健愜適；再以芬芳窈渺之境，綰合寂寥幽雅之居，其人之清高自見，神餘言外。此則本句自對格，不著偶對迹，與通常對句法尚不同。然通首用對，則後用變例亦是也。

❶ 吳董奉山居不種田，爲人治病不取錢，但栽杏五株。人欲買杏，不須報奉，惟將穀一器，取杏一器。

❷ 長卿蓋以杏園桃源比山人隱居。

寒食汜上❶

廣武城邊逢暮春❷汶陽歸客淚沾巾❸落花寂寂啼山鳥楊柳青青渡水人

詮評：首述逢春思歸淚落；後對則託景寓情，與歸客沾巾綰合，詞雙而意一，以人鳥之自在，反形歸客之羈留也。意婉語秀。

❶ 汜上、在成皐東。

❷ 廣武城、在鄭州滎澤縣。西征記曰：三皇山上有二城，東曰東廣武，西曰西廣武，漢祖與霸王口口口此。

❸ 汶陽、今兗州奉荷縣。

與從弟同下第出關

盧綸

出關愁暮一沾裳。滿野蓬生古戰場。孤村樹色昏殘雨。遠寺鐘聲帶夕陽。

詮評：先述出關淒景，引下第人落淚；後對與上首法同，而下第悲情，則惟以景色之淒涼正映，於主恉所謂「不著一字」是也。此首亦拗體。

宿石邑山中❶

韓翃

浮雲不共此山齊。山靄蒼蒼望轉迷。曉月暫飛千樹裏。秋河隔在數峰西❷。

詮評：此詩一氣貫注，寫雲不能齊山，靄則轉成蒼茫，曉月竟飛於山樹中，銀河亦隔在山峯西，狀山難形之高，新奇峭勁。註謂四句皆形容山之高，得之。後對尤詞流景警，無對句之迹，而著對句之工。

❶漢江邑縣，今眞定府井陘獲鹿縣。
❷四句皆形容山之高。

贈張千牛❶

蓬萊闕下是天家❷上路新回白鼻騧。❸急管晝催平樂酒❹春衣夜宿杜陵花。❺

詮評：前寫宮路，爲張禁臣往還之處；後遞形花酒豔情。偶對而以動宕出之，婉而多風，蓋狀千牛少年貴盛，風流情致。綺靡新雋，有聲有色。

❶千牛衛、將軍官名。
❷蓬萊宮在口口之側，皆口口年建，蓋千牛禁衛之宮也。
❸張銑曰：上路、苑路也。李翰林白鼻騧詞云：銀鞍白鼻騧，綠池障泥錦，細雨春風花落時，揮鞭直就胡姬飲。
❹呂延濟曰：平樂、館名。薛綜曰：平樂館大作樂處也。
❺杜陵在萬年縣東也。

已前共五首

詮評：前對以景境實寫，語整詞鍊，較易下筆；後對以景境虛形，詞顯意隱，較難曲達。此兩者難易之別，亦篇什多寡之故也。故集爲一格。

案：杜少陵詩云：「兩箇黃鸝鳴翠柳，一行白鷺上青天；牕含西嶺千秋雪，門泊東吳萬里船。」即前後皆對，如截律體之中二聯，而上下仍綰合之體格也。又，歐陽永叔詩云：「雲陰忽送千峯雨；路暗迷人百種花；曲罷不知人換世；酒闌無奈客思家。」亦前後皆對，而各句獨立，不相綰合之體格也。是知此對體，於本書所舉者外，尚多變體云。

唐賢三體詩法詮評 卷六

諸城 王禮卿 學

拗體

周弼曰：此體必得奇句時出而用之，姑存此以備一體。

旅望

李頎❶

百花原頭望京師。黃河水流無盡時。秋天曠野行人絕。馬首西來知是誰。

詮評：首寫所立處及望境之遠；接入曠野無人，惟此一騎獨來，莫明其人其事。以其獨特而生問，形成遼闊迷茫之奇境，所謂寄興無端者也。此通首之拗體。

❶ 開元二十三年賈季陽榜進士。

滁州西澗❶

韋應物

獨憐幽草澗邊生。上有黃鸝深處鳴。春潮帶雨晚來急。野渡無人舟自橫。❷

詮評：前寫草深鸝鳴；接以春潮帶雨，漾舟使橫。融動入靜，飄逸澹遠，極自然之妙境，同化工之肖物。此上正下拗也。

❶ 應物建中三年守滁。

❷ 歐陽永叔曰：滁州城西，乃是豐山，無所謂西澗者。獨城北有一澗，澗水極淺，不勝舟。又江潮不至此。豈口口口口作佳句，而實無此景也。

酧懿宗❶

皇甫冉

悵望南徐登北固。❷迢遙西塞限東關。❸落日臨川問音信。❹寒潮惟帶夕陽還。

詮評：前述遙望所在之地域；接寫臨川問音；致懷念之切；結言惟見潮帶夕照而還，致無音之惆悵，答其贈詩。託景抒情，境冷意遠。亦上正下拗也。

❶ 本集題序云：懿宗予之舊好，祗役武昌，以六言見懷，予以七言裁答。
❷ 劉宋以京口置南徐州。北固山今鎭江府甘露寺。皇甫冉、丹陽人也。
❸ 西塞、山名。王周有西塞山詩，自注云：今謂之道士磯，隸興國軍大治縣。歷陽圖經曰：東關在歷陽西南一百里。吳曆曰：諸葛恪在東關。
❹ 陸士衡詩曰：悲情臨川結。

河邊枯木

長孫佐輔❶

野火燒枝水洗根。數圍枯朽半心存。應是無機承雨露。却將春色寄苔痕。

詮評：寫枝枯心存，應由無承雨露之機，而心猶不忘春色，祗藉苔痕爲寄託耳。意隱曲而境能顯達，以擬已不遇之心情。蓋通首以物興人；以火燒水洗、喻所遇之苦；數圍枯朽，喻衰年已半；樹心半存，喻己心猶感；春色寄苔痕，喻託恩於微職。此兼比之興之佳境，不圖於唐詩見之。溫柔敦厚，亦同三百篇。拗法同上。

❶ 德宗末人。弟公輔，守吉州，佐輔依焉。

柳州二月

柳宗元

宧情羈思共悽悽春半如秋意轉迷山城過雨百花盡榕葉滿庭鶯亂啼❶

詮評：先由宧情羈思之悽，渡入春色如秋之感；接以雨過花盡，榕葉綠滿，鶯爲惜春而亂啼。總寫春半如秋景境，而抒意轉迷茫之情，調響詞流，神韻三昧，有惝怳無盡之感。李易安詞「綠肥紅瘦」，從此脫化，而以「紅綠」賅花葉，「肥瘦」括滿盡，尤詞簡意賅，妙於立言，洵有青碧於藍之工，亦或字鍊勝句鍛之巧，千古名句之稱不虛也。拗法亦同上。

❶ 榕初生如葛綠木，後乃成樹。許渾云：南方大葉榕樹，樹枝長者，下生根，垂地如杜。

贈楊鍊師

鮑溶

道士夜誦蕊珠經❶白鶴下繞香煙聽夜深經盡人上鶴天風吹入秋冥冥

詮評：直述誦經後上鶴入天，事奇語奇，一氣旋轉，一意構篇，以境仙見人仙。音調亦勁疾直下。爲全體悉拗之格。

❶謂黃庭經也。黃庭經云：閑居蕋珠作七言。

題齊安城樓❶

嗚軋江樓角一聲微陽瀲灩落寒汀不用憑闌苦回首故鄉七十五長亭

詮評：先寫見聞景象之闊遠，落到思歸不得之情意。第寫長亭之多，難歸之情自見，風致輕倩。亦上正下拗。末句「三十五」，才調集三作七，爲勝。

❶齊安即黃州，牧嘗守黃。

已前共七首

詮評：此皆以拗體爲類，音調爲主。至詩之寄興、寫景、抒情、詠人、各異，非所主論。案拗字或多或少，拗句或普或偏，變化至賾。亦有通首只拗一二字者，爲詩所恆見，則不必屬之拗體。拗體以剛而融柔，以揚而涵抑，澀不礙順，直不失婉，總歸於高古之正音，清勁之雅韻，其法槩蓋如是焉。本書所選，可見此體之槩要云爾。故集爲一格。

唐賢三體詩法詮評　卷七

諸城　王禮卿　學

側體

周弼曰：其說與拗體相類，然發興措辭，則句健矣。

營州歌

高　適❶

營州少年愛原野。❷狐裘蒙茸獵城下。❸虜酒千鍾不醉人胡兒十歲能騎馬

詮評：寫胡兒野獵勁裝，又少年強酒，兒童擅騎。性狀皆逼眞，工於肖物。音韻警拔。

❶字達夫。渤海蓨人。終渤海縣口。唐詩人達者，惟適而已。
❷營州、河北道柳城郡，本口西郡。
❸毛萇曰：蒙茸、亂貌。

山家

長孫佐輔

獨訪山家歇還涉。茆屋斜連隔松葉。主人聞語未開門。繞籬野菜飛黃蝶。

詮評：首述山家境景；接以人尚未開門，而蝶繞籬菜；狀山家幽靜之野趣，輕靈盡致。音短而韻長。

夏晝偶作

柳宗元

南州溽暑醉如酒。隱几熟眠開北牖。日午獨覺無餘聲。山童隔竹敲茶臼。

詮評：寫溽暑晝眠，覺起思茶，惟聞山童敲臼烹茶之聲，正愜所望。趣幽興逸，平淡之致。調亦悠然不盡。

（校者案：經檢四庫全書本高士奇輯注《三體唐詩》，此詩題爲「夏晝偶作」，柳宗元作。茲據逕補。）

步虛詞❶

高　駢❷

清溪道士人不識❸上天下天鶴一隻。洞門深鎖碧牕寒❹滴露研朱點周易。

詮評：先敘道士修道功深，上下天空；接寫於幽境中圈點周易，則進研最深之大道。著滴露於研朱，益彰清靈神致。音調上促下長，戛然自止。

❶吳苑曰：陳思王游漁山，忽聞岩裏有誦經聲，清惋寥亮，使解音者寫之，爲神僊之聲。道士効之，作步虛。此步虛之始也。

❷字千里。幽州人。爲淮南節度使。

❸庾仲雍荊州記曰：臨淮縣有清溪山，山上有溪，溪側有道士舍。郭景純有遊仙詩曰：清溪千餘仞，中有一仙士。

❹董賢傳注：洞門、謂門之相當。

君山

湘中老人讀黃老手援紫藟坐碧草春至不知湘水深日暮忘却巴陵道❶

詮評：寫湘老心專道書，時空都忘。即老子「致虛極，守靜篤」之意，亦即佛家遣心外妄相之理。境澹遠而調舒遲。

❶此詩伯弼不著何人作，述異記載：呂筠卿夜泊君山，忽一舟至，有老人吟此詩，呂異其詩，就之忽不見。

繡嶺宮

李　洞

春草萋萋春水綠野棠開盡飄香玉繡嶺宮前鶴髮翁❶猶唱開元太平曲❷

詮評：先述宮境花草之淒迷；接轉宮前老翁，猶唱開元太平之曲。盛衰對形，滄桑之感，溢於言外。與杜牧商女唱後庭，格法似而意含蓄。調婉韻悽。

❶繡嶺宮在陝州峽石縣，顯慶三年置。
❷玄宗開元中嘗造此，解見注後。

已前共六首

詮評：此以側體爲類，音韻爲主。其詩亦有詠人、寫趣、寄興、弔古之異，與拗體非主論從同。而拗體準詩之「神氣」，爲拗字多寡之變易；而此亦在運用者，視詩「體格意境」之異，爲相應之配合，以轉易本聲之變化。蓋聲音本出自然，應詩「情境」，即有自然之轉化，故不固於上聲強烈，去聲悽遠，入聲短促之本聲也。本書所選，可審見配應之變化焉。故集爲一格。

七言絕句共一百七十四首

唐賢三體詩法詮評　卷八

諸城　王禮卿　學

四　實

周弼曰：其說在五言。但造句差長，微有分別。七字當爲一串，不可以五言泛加兩字，最難飽滿，易疎弱，而前後多不相應。自唐大中工此者，亦有數焉，可見其難矣。

同題僊游觀

韓　翃

僊臺初見五城樓❶風物淒淒宿雨收山色遙連秦樹晚砧聲近報漢宮秋疎松影落空壇淨細草春香小洞幽何用別尋方外去人間亦自有丹丘❷

詮評：首用五城樓，用正筆，以「初見」形之；末用丹丘，用反筆，以「人間自有」擬之；總籠仙境之摹擬。頷聯以山連秦樹，砧報漢秋，寫觀境之曠渺，史時之悠長，雄健澹遠。頸聯以松影落壇，草香小洞，寫觀景之幽靜，意相之淨純，輕靈飄逸。意整筆變，七律正格。

❶仙臺在長安西山，漢文帝作。十洲記云：崑崙山有五城十二樓，黃帝效之而作。

❷楚詞：仍羽人於丹丘。注曰：丹丘晝夜常明。

和樂天早春見寄

元　稹

雨香雲淡覺微和。誰送春聲入棹歌。萱近北堂穿土早❶柳偏東面受風多。❷湖添水色消殘雪。江送潮頭湧漫波。同受新年不同賞。無由縮地欲如何❸

詮評：通首皆寫早春，並答和詩情意。頷聯以萱草興喻樂天之忘憂，以柳風興喻己之受侮，爲兼比之興，註說得之，乃以虛意馭實景。頸聯以水添殘雪，潮湧漫波，爲實寫早春景象。末以同受不同賞，無由縮地，使亦得忘憂，總㮣忘憂受侮意，神餘言外。而中用比興，意深韻長。

❶詩：焉得萱草，言樹之背。注曰：背，北堂也。萱，忘憂草也。

❷時微之以李賞之謗，自同州移浙東。樂天守杭，在北。故以北萱喻樂天之可忘己憂，以東椏喻己之受侮不少也。

❸神仙傳：壺公遺費長房一符，能縮地脉。

和趙相公登鸛雀樓❶

殷堯藩❷

危樓高架泬寥天❸上相閑登立綵旃❹樹色到京三百里河流歸漢幾千年❺晴峰聳日當周道❻秋穀垂花滿舜田❼雲路何人見高志徒看西面赤闌前

詮評：以危樓上相並起。即接以樹色連京之迢遞，見地域之形勝；河流歸漢之久長，褺漢威之緜遠；氣象雄偉，音調高朗。再接以峯當周道，見如砥如矢之政平；穀滿舜田，著如墉如櫛之穀豐；鍊字工巧，意相瀟灑。接連變化，各極其深婉之工妙。結聯歸美趙相，以雲路寥天遙應結束。

❶鸛雀樓在河中府，前瞻中條，下瞰大河。
❷秀州人。
❸九辯曰：泬寥兮天高而氣清。注謂泬寥曠蕩也。
❹漢書：田蚡爲相，前堂羅鐘鼓，立曲旃。注曰：卿大夫建旃，以旃表土壤。
❺水經注：河出崑崙，吐蕃謂之悶摩藜山。至積石山方入中國。四夷稱中國爲漢。
❻詩：周道如砥。
❼舜耕歷山。輿地廣記曰：河中府河東縣故蒲坂，舜之都，有歷山并嬀水。

凌歊臺

許　渾

宋祖凌歊樂未回三千歌舞宿層臺❶湘潭雲盡暮山出巴蜀雪消春水來行殿有基荒薺合寢園無主野棠開❷百年便作萬年計巖畔古碑空綠苔❸

詮評：先述宋祖建臺之盛美懽樂。接以雲盡雪消，見時之易變；山出水來，見境之蕭寥。再落入殿基薺合，寢園棠開，荒涼景象，爲正面憑弔，頓宕以傳神。轉跌計久而時短，即碑字亦沒而不存，深入以盡致。

❶ 圖經曰：凌歊臺在太平洲北黃山上，宋武帝南游，嘗登此臺，且建衆官。
❷ 行殿即離宮殿。漢有寢廟園，於陵上作之，以象平生。
❸ 按此詩既曰有基荒薺合，又曰無主野棠開，語自合同；但行殿乃生前之殿，寢園乃死後之園，此既不同，則語雖相類，意實異矣。

洛陽城❶

禾黍離離半野蒿❷昔人城此豈知勞水聲東去市朝變❸山勢北來宮殿高❹鵶噪暮雲歸故堞❺鴈迷寒雨下空濠❻可憐緱嶺登仙子猶自吹笙醉碧桃❼

詮評：以見今時黍蒿之荒涼，慨昔人城此之勞苦，並起。即承寫水流朝變，感傷時世之奄忽；山映殿高，見建構之艱辛。跌轉鵶歸故堞，鴈下空濠之寥落，託今衰昔盛之感。結歸惟仙人可久，而亦不知其久視之終極，故以「可憐」致不盡之意。氣勁調響，覽古正格。

❶ 河南府有洛陽故城，唐人多有題詠。
❷ 周大夫行役，過故宗廟宮室，盡爲禾黍，故作詩曰：彼黍離離。
❸ 東周、後漢、元魏、皆都洛。

❹ 連昌繡嶺等宮，皆在洛陽。

❺ 堞、女墻也。

❻ 濠隍也。

❼ 史記：周靈王太子名晉，游緱山，夜吹笙作鳳音，鳳至，乃乘鳳升仙。山在洛陽。王子年拾遺記曰：磅礴山去扶桑五萬里，有桃樹千圍，花皆青黑色。

金陵❶

玉樹歌殘王氣終❷景陽兵合戍樓空❸松楸遠近千官塚禾黍高低六代宮❹

石燕拂雲晴亦雨❺江豚吹浪夜還風英雄一去豪華盡惟有青山似洛中❼

詮評：首聯以歌殘樓空，述六代之終，淒涼清麗。頷聯以樹萃千官塚，禾沒六代宮，承寫既終後南朝亡國之境相，雄渾跌宕。頸聯以雖晴亦雨，儼然一片罨綠光陰；宜靜還風，別成江流翻碧波浪；拓寫物候之奇嫣，特著金陵之異景，秀澀風流。末以人去而豪華都盡，惟山容無改，總致人世緲茫之感，含蓄悠揚，餘意不盡。通首筆法四變，一氣搏捥，實大聲朗，洵大手筆。

❶見前注。

❷陳後主作玉樹後庭花曲。王氣終謂隋并陳，南朝至此而滅也。蘇子由詩自注云：矮雞冠、即玉樹後庭花也。

❸景陽樓、宋元嘉二十二年築。孝武大明中紫雲出景陽樓，因以名之。六朝紀勝云：今法寶寺西南遺址猶存。陳后主與張妃就擒於景陽井。

❹六代者：吳、東晉、宋、齊、梁、陳也。建康實錄云：吳太初宮、即臺城地之西南。晉建康宮、在府北五里。宋未央宮、在清溪橋東。梁金華宮、在清溪東。

❺湘州記：零陵有石燕，遇雨則飛。

❻南越志：江豚似豬，居水中。

❼李白金陵詩曰：苑方秦地少，山似洛陽多。曾景建曰：洛陽四山圍，伊洛瀍澗在中。建康亦四山圍，秦淮百瀆在中。又許渾云：似洛中。

咸陽城東樓❶

一上高城萬里愁蒹葭楊柳似汀洲溪雲初起日沉閣山雨欲來風滿樓鳥下綠蕪秦苑夕蟬鳴黃葉漢宮秋行人莫問當年事故國東來渭水流❷

詮評：首寫登樓所見景。頷聯接寫雲甫起而日即沉閣，雨將至而風已滿樓，極物象倏變之靈奇，由樓勢高闊而先得，宕逸雄健。頸聯進以鳥下蟬鳴，形秦苑漢宮之蕭寂；接以渭水東流，逝者如斯，往事煙銷，總致興亡之感，氣盛調響，語冷韻長。

❶ 雍錄曰：秦咸陽、在京兆西口上四十里太口縣地。至唐咸陽縣，則在秦都之西二十里，名雖屬秦，非舊處矣。

❷ 後漢志：隴西郡渭水所出，東流長安。

晚自東郭留一二游侶

鄉心迢遞宦情微❶吏散尋幽竟落暉林下草腥巢鷺宿洞前雲濕雨龍歸鐘隨野艇回孤棹❷鼓絕山城掩半扉❸今夜西齋好風月一瓢春酒莫相違

詮評：首句言宦情淡，次句寫晚游，頷聯狀東郭所見景物，頸聯形晚游歸來，結聯爲留游侶。面面俱到，善盡題意，俊逸自然。

❶ 王夷甫曰：吾少无宦情。

❷ 若鐘聲隨艇則暮矣，故回棹也。

❸ 謂山城昏鼓絕，則西齋扉半掩矣。

題飛泉觀宿龍池

西巖泉落水容寬。靈物蜿蜒黑處蟠。松葉正秋琴韻響。菱花初曉鏡光寒❶。雲收。星月浮山殿。雨過風雷繞石壇。仙客不歸龍亦去。稻畦長滿此池乾❷。

詮評：首聯述泉闊龍宿，直形挺勁。頷聯寫池畔松韻如琴，菱池水明如鏡，比體娟秀。頸聯狀星月浮殿，風雷繞壇，賦詠雄闊。以上皆寫昔時泉觀之勝，神龍之奇。結狀今時龍去池乾，以稻田反比，非如註說。通首以下翻上，反跌致慨，筆變格奇。

❶ 言松韻如琴，菱池如鏡。

❷ 言自龍去，池化爲田矣。

咸陽懷古❶

劉　滄❷

經過此地無窮事、一望淒然感廢興。渭水故都秦二世❸咸陽秋草漢諸陵❹天

空絕塞聞邊鴈葉盡孤村見夜燈風景蒼蒼多少恨寒山半出白雲層

詮評：首聯以興感提起。頷聯承言此秦之一代都城，止二世而亡；秋草荒蕪中，漢亦惟諸陵尚在；意婉語鍊。頸聯接寫城外夜景，曠遠緲茫。末聯括上景境，遙應無窮事，結到惟山雲無改。總致興廢之感，懷古之情，低徊委宛。

❶ 見前注。

❷ 字蘊靈。大中八年第。魯人。

❸ 秦自獻公都櫟陽，孝公作爲咸陽，築冀闕而都焉。地在渭北跨南，而其方則長樂宮西北也。至始皇王天下，二世而亡。

❹ 秦舊都以渭水與隴首山皆在其南，故曰咸陽。

黃陵廟

李羣玉

小孤洲北浦雲邊二女❶明粧共儼然野廟向江春寂寂古碑無字草芊芊❷東風近墓吹芳芷❸落日深山哭杜鵑猶似含嚬望巡狩❹九疑如黛隔湘川❺

詮評：首聯寫廟貌莊靚。接以廟無供奉而春寂，碑因時古而字無，狀境象之荒涼。進寫墓近香吹，涵同穴難得之意；山深鵑哭，擬望帝魂歸之懷；寄託遙深。落到含嚬望狩，惟九疑像斯嚬眉，伴千古無盡之深情，意奇語鍊，一片靈秀，寫二妃心曲，傳神之筆。通首詞精麗而調淒亮，有氣象且兼故實，眾美具足，允推逸品。

❶ 二女、舜二妃娥皇女英。

❷ 黃陵廟碑記曰：庭有石碑，斷裂在地，其文剝缺。晉太康元年立。

❸ 郡國志曰：舜墓在女英峯下。楚詞湘夫人歌云：沅有芷兮澧有蘭，思公子兮未敢言。

❹ 舜巡狩死於蒼梧，二妃從之不及，死湘江。蒼梧、今道州。

❺ 九疑山圖記曰：道州寧遠縣南六十里有九峯：一曰蕭韶，二曰女英，三曰石城，四曰娥皇，五曰朱明，六曰桂林，七曰華蓋，八曰巴林，九曰石樓。周回百餘里，其形相似，見者疑之，故曰九疑。詩意謂九峯之碧，如二女眉黛之嚬也。

晚歇湘源縣

張　泌❶

煙郭遙聞向晚雞。水平舟靜浪聲齊。高林帶雨楊梅熟。曲岸籠雲謝豹啼。❷二女。

廟荒宮樹老❸九疑山碧楚天低❹湘南自古多離怨❺莫動哀吟易慘悽

詮評：前幅寫湘源景色之淒清，直抒即目。後幅進寫遠境：二女廟荒樹老，九疑山碧天低，略仿上首意象，寄怨情於終古；再渾言屈子沉湘，離騷寓怨，總湘南離怨最多，莫動慘懷之憑弔，意境悽冷，亦兼寄自傷意。杜工部詩云：「湖南清絕地，萬古一長嗟。」亦有深廣之託意，此詩從彼脫化，亦得其神致，而杜意尤高備宏深。

❶江南人。南唐內史舍人。
❷張華博物志云：杜宇啼苦，則懸於樹，自呼曰謝豹。
❸即黃陵廟。
❹見上注。
❺屈原作離騷以寓怨，自沉於湘水。

廢宅

吳融

風飄碧瓦雨摧垣卻有鄰人爲鎖門幾樹好花閑白晝滿庭荒草易❶黃昏放漁

池涸蛙爭聚棲鶩梁空雀自喧不獨淒涼眼前事咸陽一火便成原❷

詮評：前六句總寫廢宅景境：頷聯以花無人賞，故長日惟閑；草盡荒蕪，故黃昏易現；妙在「閑」「易」鍊字之工。頸聯以池水涸而蛙聚，梁燕空而雀喧，有無互變，聚散儻來，妙在託象之巧。合狀廢宅如繪，肖物便足傳神。而發端言瓦飄垣摧，鄰人鎖門，先以直述入題，由質起華。末二句以國廢反跌，即理入情，餘意蕩漾。

❶ 一本作自。
❷ 項羽燒咸陽，三月火不滅。此言國猶有廢興，況家乎！

龍泉寺絕頂❶

方干❷

未明先見海底日良久遠雞方報晨❸古樹含風常帶雨寒巖四月始知春中天氣爽星河近❹下界時豐雨露均前後登臨思無盡年年改換往來人

詮評：首聯以雞未明即見日，挈起絕頂之特高。頷聯言風常帶雨，明峯高入雲而物象異；四月知春，見絕頂氣寒而暖候遲。頸聯言高及天半，故星河覺近；俯臨下界，故雷雨得均。皆從天地高大物境變化處，狀其峻巍，文境雄奇。末以往來興思，歎世人之易換，寄興感意作束。領聯四月與含風不對，唐人不拘。

❶ 寺在口縣。
❷ 字雄飛。新定人。後隱鏡湖。
❸ 泰山記：東岩名日觀，雞一鳴見日出，高數丈。
❹ 李周翰曰：中天、言及天半。

已前共十四首

詮評：此皆實狀景境。懷古者多，抒情遣興者間有之，七律四實正格。故集爲一格。

和賈至早朝大明宮❶

王維

絳幘雞人送曉籌。❷尚衣方進翠雲裘。❸九天閶闔開宮殿。❹萬國衣冠拜冕旒。❺日色纔臨仙掌動。❻香煙欲傍袞龍浮。❼朝罷須裁五色詔。❽珮聲歸到鳳池頭。❾

詮評：首聯述朝前例事；次聯正寫臨朝景象；三聯狀宮中景色；結聯歸到和早朝詩。興象雍容宏闊，氣格雄深嚴整。

❶唐制三內：皇城曰西內，大明宮曰東內，興慶宮曰南內。

❷王洙曰：雞人、宮中司曉者。曉籌、日漏也。絳幘者、朱冠以象雞。東坡云：今宋黃門人，歌如雞唱，與朝堂中所聞雞人傳鐘鼓相似。

❸百官志：尚衣掌供冕服。宋玉賦：上翠雲之裘。

❹雞曰九天：一中天，二羡天，三從天，四更天，五晬天，六廓天，七咸天，八沈天，九成天。薛綜曰：紫微宮門曰閶闔。

❺禮：天子冕有十二旒。

❻仙掌見前注。

❼袞衣畫龍其上。

❽石虎詔書用五色紙。

❾鳳池、中書也。晉荀勗爲中書監，除尚書令，人賀之，荀曰：奪我鳳凰池，何賀耶！

又

岑參

雞鳴紫陌曙光寒。鶯囀皇州春色闌。金闕曉鐘開萬戶❶玉階仙仗擁千官❷花迎劍佩星初落。柳拂旌旗露未乾。獨有鳳凰池上客。陽春一曲和皆難❸

詮評：首聯寫早朝之候；次聯正寫早朝景象；三聯狀早朝景色；結聯歸到和詩稱美。氣象壯麗生動，音節溜亮諧婉。與摩詰作工力悉敵。

❶建章宮千門萬戶。

❷唐志：凡朝會立仗，三衛番上，分爲五仗。

❸襄陽耆舊傳云：宋玉曰，楚有善歌者，始而曰下里巴人，國中唱而和之者數萬人，中而曰陽阿采菱，國中唱而和之者數百人；既而曰陽春白雪，朝日魚離，國人和者，不過數人；其唱彌高，其和彌寡。

酹暢當嵩山尋麻道士見寄

聞逐樵夫閑看棊❶忽逢人世是秦時❷開雲種玉嫌山淺❸渡海傳書怪鶴遲
陰洞石幢微有字❹古壇松樹半無枝煩君遠示青囊錄❺願得相從一問師

詮評：首聯言麻師年高道久，時歷數朝；次聯言其道行升仙，能種玉傳書；三聯言所居嵩山，境古物老；末聯歸到答詩，即煩暢示所贈書，願從問麻師大道。沖淡輕靈，游仙體風韻。

❶王質事。
❷桃源事。
❸搜神記：王雍伯致義漿饋行者，有一人飲訖，懷中出石子一片與之，謂曰：種此生好玉。後得雙璧。
❹河南志：後魏時有樵夫劉會，入洛陽石龍洞得石，上有字。
❺郭璞傳：郭公以青囊中書九卷與璞，後門人竊囊，未及讀，火焚。

別嚴士元

劉長卿

春風倚棹闔閭城❶水國春寒陰復晴細雨濕衣看不見閑花落地聽無聲日斜江上孤帆影草綠湖南萬里情東道若逢相識問青袍今已誤儒生

詮評：首聯敘別離時地，以陰復晴起下。次聯狀雨絲之細，目力所不及見；花落之輕，耳聽亦無所聞；刻劃入微，筆參造化，所謂「寄興無端」。三聯以孤帆萬里，託景物寄離情。結歸悔悟之傷懷，餘情裊裊，所謂「意到筆隨」。此詩神理法格，駘蕩不羈，爲中晚特色。

❶越絕書云：闔閭使子胥相□□水，築爲□城，開八門以象八中。

送王李二少府貶潭峽

高適

嗟君此別意何如駐馬銜杯問謫居巫峽啼猿數行淚❶衡陽歸鴈幾封書❷青

楓江上秋天遠❸白帝城邊古木疏❹聖代秪今多雨露❺暫時分手莫躊躇

詮評：詩送二人，首末皆合敘。中分一三峽，一湘潭，頷聯分承，一共猿啼而落淚，一望鴈歸而寄書，致相傷之情；頸聯第分寫兩地景物，寄情言外。末聯以恩厚有召還之望，致相慰之意。體格嚴整，情韻緜長。

❶荊州記：古歌曰：巴東三峽巫峽長，猿鳴三聲淚沾裳。

❷蘇武傳：天子上林射鴈，得帛書繫鴈足。

❸楚詞：江水湛湛兮上有楓。

❹公孫述築白帝城，今夔州。

❺詩蓼蕭注曰：雨露者、天所潤万物，喻王者恩澤。

西塞山❶

劉禹錫

西晉樓船下益州金陵王氣漠然收❷千尋鐵鏁沈江底一片降帆出石頭❸人世幾回傷往事山形依舊枕寒流今逢四海爲家日故壘蕭蕭蘆荻秋

詮評：前幅寫孫吳敗降事象，感國亡之奄忽，一氣逕下，舒捲隨意，氣格雄健。後幅轉落人、物之久暫，傷古今之變易，宛轉抑揚，神韻窈緲。各極其勝，綜爲高品。

❶ 見前注。
❷ 孫皓都金陵。
❸ 晉王濬爲益州刺史，嘗作大船連舫攻吳，吳人於江濱□□處，並以鐵鏁橫截之，以拒船。濬作大炬灌油燒之，鏁皆絕斷頓。濬徑入石頭城，孫皓乃備上國之禮，造壘門降。

已前共六首

詮評：此皆實狀事象，閒亦即景寓情，工於變化。故集爲一格。

早春五門西望

王　建

百官朝下五門西。❶塵起春風滿御堤。黃帕蓋鞍呈了馬。紅羅纏項鬪回雞。❷館松枝重墻頭出。渠柳條長水面齊。❸惟有教坊南草色。❹古城陰處冷淒淒。

詮評：言朝下塵起滿堤，見朝士馳驟之象；呈快馬，鬪旋雞，形朝士放佚之行；松出墻而柳齊水，草色淒冷城陰，狀宮、道、坊，並久荒不理；皆託物象寄意，諷刺時世，婉而多風，形容亦輕巧。

❶天子五門：臯門，庫門，雉門，應門，路門。
❷鬪雞民間之戲，明皇愛之，始置坊教習。
❸案本集云：長安御溝、植楊於上。
❹玄宗開元初，於蓬萊宮側立教坊，置使領之。

錦瑟

李商隱

錦瑟無端五十絃❶一絃一柱思華年莊生曉夢迷蝴蝶❷望帝春心託杜鵑❸滄海月明珠有淚❹藍田日暖玉生煙❺此情可待成追憶只是當時已惘然❻

詮評：此詩解者不一，其要者以適怨清和為說，謂義山傷念青衣錦瑟而作，以其能此四曲。愚著「遺山論詩詮證」，辨其非，以朱竹垞、錢澄之、厲樊榭、馮孟亭、主悼亡詩者為是。首言錦瑟五十絃，無端斷為二十五絃，即其人生世之華年。接以往事已成迷離之蝶夢，春心惟託啼血之杜鵑；月明似昔，而珠光化淚，暖日依舊，而紫玉成煙（兼用吳王女紫玉成煙事）。在當時已知尤物不能久存，不待追憶已惘然矣。宛轉盡致，一氣摶成，又典華工鍊，哀情極品。此為自來難解，迄無定論之篇，故遺山有「獨恨無人作鄭箋」之惜。詳見拙著遺山論詩詮證。至此書之註，忽於黃帝斷為二十五絃典實，則五十不得稱華年矣。

❶古今樂志云：錦瑟之為器也，其絃五十，其柱如之，其音適怨清和。

❷適也。莊子曰：昔者莊周夢為蝴蝶，栩栩適志。

❸怨也。事見前注。

❹清也。海賈云：中秋有月，則是歲多珠而圓。
❺和也。戴容州曰：詩家景如藍田日暖，良玉生煙。
❻前輩謂商隱情有所屬，託之錦瑟。

江亭春霽

李　郢

江蘺漠漠荇田田❶江上雲亭霽景鮮蜀客帆檣背歸燕楚山花木怨啼鵑春風掩映千門柳晚色淒涼萬井煙金磬泠泠水南寺上方臺殿翠微連❷

詮評：首聯以蘺荇映霽景之鮮，形題旨。次聯以背燕示反歸，怨鵑聲不如歸去亦同，皆寄思歸情意。三聯以門柳雖掩映春風，井煙則現淒涼景象，託出傷時之意。末以高寺致遠想。姿態平淡，風度自饒，以四實宕漾抑揚。

❶說文曰：江蘺、蘼蕪也。郭璞曰：似水薺。
❷陸倕石闕銘曰：上連翠微。注曰：翠微、天邊氣也。

送人之嶺南

關山迢遞古交州❶歲晏憐君走馬遊謝氏海邊逢姹女❷越王潭上見青牛❸嵩臺月照啼猿樹❹石室煙涵古桂秋❺回望長安五千里刺桐花下莫淹留❻

詮評：首挈題指。中四先述人、物之奇，續寫臺、室、景境之異。末以雖美勿留作結。中二聯全取嶺南異聞摹寫，以新奇見致。

❶漢交州，南海、蒼梧、鬱林、合浦、交趾、九眞、日南，皆屬焉。

❷發蒙記曰：侯官謝端，於海上得大螺，中有美女，曰：我天漢中白承素女，天矜卿貧，令我爲卿妻。漢書曰：河間姹女工數錢。

❸南越志：綏安縣北有連山，昔越王建德伐木爲舡，以童男女三十牽之，既而人舡俱墮於潭，時聞附舡有唱喚督造之聲，往往有青牛馳回與舡俱，蓋神靈之至。

❹南越至高要，有竦石廣六十餘丈，高二百仞，土人謂之嵩臺。

❺南越志：高要石室，南北二門，狀若人功，意者仙都。

❻嶺南異物志：刺桐花、南海至福州皆有之，繁茂不如福建。梧州城外止有三四株，未嘗見花，及以名郡，亦未前比。

九日登仙臺呈劉明府

崔曙❶

漢文皇帝有高臺。❷此日登臨曙色開。三晉雲山皆北向。❸二陵風雨自東來。❹關門令尹誰能識。❺河上僊翁去不回。❻且欲近尋彭澤宰。陶然一醉菊花盃。❼

詮評：首點登漢文臺。接狀北向東來，臺境之宏遠，氣格雄邁。進述關門尹、河上翁之仙蹟，情韻窈緲。末承落且尋彭澤醉飲，結到九日呈明府，意味深長。

❶開元三十六年進士。

❷神仙傳：河上公授帝老子而去，失所在，帝於西山築臺望之。

❸三晉：韓、魏、趙。

❹左傳：肴有二陵焉，其一，文王所以避風雨也。輿地廣記曰：肴山、在河南府永寧縣北二十八里。

❺神仙傳：老子去周，關令尹喜知之，見老子，老子授以長生之術。

❻神仙傳：河上翁、漢文帝時結草菴河上。帝讀老子有不解，遣問之。公曰：道尊德貴，非可遙問。帝幸其菴，問曰：普天之下，莫非王臣，不主自屈，无乃高乎！公即坐躍，冉冉在空，去地數丈，曰：余上不至天，中不至人，下不至地，何臣之有？帝乃下車稽首，公授素書一卷，遂失所在。

❼陶彭澤九日坐東籬，對菊花。適王弘送酒至，遂醉而歸。以比劉明府。

叢臺

李遠[1]

有客新從趙地回自言曾上古叢臺[2]雲遮襄國天邊去[3]樹繞漳河地裏來[4]
絃管變成山鳥哢綺羅留作野花開金輿玉輦無消息[5]風雨惟知長綠苔

詮評：首點叢臺。頷聯以雲遮臺域而去天邊，形其境之遠；樹繞漳河而來地裏，形其水之深；妙在鍊句之工巧。頷聯以山鳥啼歌，爲昔時絃管所轉變；野花開放，爲趙宮綺羅所留化；妙在運意之新秀。末以風雨惟知長苔，傷人世虛無，造物亦無計可挽，妙在抒情之深婉。三美并具，懷古上品。

[1] 字求古。蜀人。太和四年進士，仕至御史中丞。
[2] 叢臺在磁州東北二里，趙武靈王所築，屬邯鄲縣。
[3] 春秋時邢國，漢置邢州，後爲襄國郡。
[4] 漳河在邢州任縣。
[5] 趙及後趙北齊，皆都趙也。

寒食

來　鵬❶

獨把一杯山館中，每驚時節恨飄蓬。侵階艸色連朝雨，滿地梨花昨夜風。蜀魄啼來春寂寞，楚魂吟後月朦朧。分明記得還家夢，徐孺宅前湖水東。❷

詮評：詩家恆以風雨併言摧花，此獨以雨屬草，寫其色盛；以風屬花，形其零落；如是始當杜公所稱之「清新」。蜀魄、鵑鳥，啼來反成春之寂寞，實景融入虛意，化成人之感受；楚魂、山鬼，吟後竟覺月之朦朧，虛意落歸實景，轉成月之應情；如是始爲陸士衡所稱「隨手之變，良難以辭逮」。皆此詩寫景抒情獨擅之勝。起結惟扣題興懷爾。

❶ 洪州人。尙書韋宙欲以女妻之，不果。

❷ 徐孺子墓在洪州東湖上。

已前共三(七)首

詮評：此皆實狀景物，寄意言情。惟錦瑟雖亦託實物形人，但化實爲虛，別作理境。故集爲一格。題言三首，三爲七字之譌。

唐賢三體詩法詮評卷九

諸城 王禮卿 學

四虛

周弼曰：其說在五言。然比於五言，終是稍近於實而不全虛。蓋句長而全虛，則恐流於柔弱，要須於景物之中而情思通貫，斯爲得矣。

隋宮❶

李商隱

紫泉宮殿鎖煙霞❷欲取蕪城作帝家❸玉璽不緣歸日角錦帆應是到天涯❹
于今腐草無螢火❺終古垂楊有暮鴉❻地下若逢陳後主豈宜重問後庭花❼

詮評：首聯言煬帝棄咸陽宮殿，而取江都爲帝家，以華實對比，諷其奢誕。頷聯接以神器如不歸唐太宗，則帆檣將徧歷天涯，以存亡及遠近對比，擬斥其荒游。頸聯以放螢戲迹已無，鴉柳淒景永在，作今昔華寞對比，嗟傷其速亡。結聯以後主死生聲色對比，深詆其淫佚。通首皆用對比，格奇意深。而詞工調逸，輕靈妙婉，又意虛而典實，論新而生秀，義山本色。

❶隋煬帝大業元年，自長安至江都，置離宮四十餘所。

❷司馬相如曰：獨不聞天子之上林乎？丹水更其南，紫淵徑其北。師古曰：丹水更其南，紫泉徑其北，皆謂苑外。師古唐人，諱淵曰泉，義山用之。蓋隋都關中，鎖煙霞者，言煬帝棄國南游。

❸沈約宋書曰：鮑明遠爲臨海王子頊參軍，在廣陵，子頊叛逆，昭見蕪城蕪荒，乃吳王濞所都，遂作蕪城賦。煬帝以廣陵爲江都。

❹北齊辛術傳曰：傳國璽秦所制。漢光武龍顏日角。而唐太宗亦天日之表。南部煙花錄云：煬帝御龍舟，蕭妃乘鳳船，錦帆綵纜。詩意謂使隋之神器，不爲太宗所取，則煬帝游幸，應至天涯，豈止江都而已。

❺禮記：腐草化爲螢。又煬帝於景華宮徵求螢火數斛，夜出游山放之，光徧山谷。

❻大業元年，開邗溝自山陽至江，廣數十步。无螢火有暮鴉者，虐燄雖滅，惡聲常在也。

❼伽藍記曰：帝嘗行吳公臺下，恍惚遇陳后主。帝請張麗華舞玉樹後庭花，后主曰：每憶與張妃凭臨春閣，作璧月詞未終，見韓擒虎領万騎直來撞人，便至今日。始謂殿下治在堯舜

之上，今日還此逸游，曩日何見罪之深耶？帝斥之，不見。此言地下者，蓋煬帝既弑，葬吳公臺下。

馬嵬驛❶

海外徒聞更九州❷他生未卜此生休❸空聞虎旅傳宵柝無復雞人報曉籌❹此日六軍同駐馬❺當時七夕笑牽牛❻如何四紀爲天子❼不及盧家有莫愁❽

詮評：首聯從貴妃州外約佗生之言，跌落今生之死，以逆筆陡起，已淩厲悽婉。次聯承此生，寫馬嵬夜聞虎旅鳴柝，猶若平時警衛之常制，正寫疑似之惝怳；而死生突變，無復雞人報籌而共起，反蘊悲痛之迷茫。頸聯以六軍同駐馬，涵逼縊貴妃之劇變；七夕笑牽牛，見世世夫婦之情癡，用逆挽句法，法最妙遠。皆託事寄意，深曲隱微。鍛鍊對仗，工麗精巧。而跌宕迴環，順逆往復，意盡篇中，神餘言外。惟結聯語直意竭，惜不能稱。註釋第三句聞柝，爲寫玄宗幸蜀後事，非是。此在報籌句上，且與第五句同次，皆正寫馬嵬時。

❶馬嵬故城，在興平縣西北二十三里，本馬嵬所築以避難，有驛。

❷自注曰：鄒衍云：九州之外，更有九州。

❸仙傳拾遺曰：楊妃死，帝召楊什伍於行在，奉召至，三日夜，奏曰：人寰之中，十洲三島之內，求之不得。後於東海上蓬萊頂見妃，謂什伍曰：此後一紀當相見，願保聖體，毋憶念也。商隱用此，謂帝徒聞妃在九州之外，若他生相見未可知，此生休矣。

❹虎旅、衛士也。漢舊儀曰：夜漏起，周廬擊木柝，雞人傳曉，以警寢也。仙傳拾遺曰：玄宗幸蜀，自馬嵬之變，屬念貴妃，往往輟食忘寐。詩意用此，謂帝不寐而聞柝者，非因雞人之警也。此詩第三句與五句詞同而意異。

❺舊史云：祿山反，上出延秋門，至馬嵬驛。軍士飢憤圍驛，擒楊國忠斬之。是日貴妃縊死。

❻楊妃外傳云：玄宗與妃在驪山，當七日牛女之夕，夜半妃獨侍上，上凭肩密誓，願世世生生爲夫婦。

❼明皇幸西內，驚墜馬，高力士亡。衛士曰：五十年太平天子，汝欲何爲。

❽梁武帝河中之水歌：洛陽女子名莫愁，十五嫁爲盧家婦。

籌筆驛❶

魚鳥猶疑畏簡書風雲長爲護儲胥❷徒令上將揮神筆❸終見降王走傳車❹

管樂有才終不忝關張無命欲何如❺他年錦里經祠廟❻梁甫吟成恨有餘❼

詮評：首聯言諸葛公軍令嚴明，至今魚鳥猶若畏之；軍壘嚴固，風雲猶若護惜；頌其軍威之盛。次聯轉落徒揮袖筆，終至王降，傷其莫挽國亡。三聯由其媲管樂之高才無忝，推及關張亦良材而無命早亡，痛其同歸蹇運。結聯以一吟梁甫，爲之餘恨不盡，總致痛惜。極諸葛之平生，歸興亡於天命。抑揚跌宕，調響力沉，此義山摹杜之一格，得其雄渾之神理。

❶ 在利州綿谷縣，去州北九十七里，諸葛孔明出師嘗駐此。

❷ 管仲曰：豈不懷歸，畏此簡書，請收邪以從簡書。長楊賦：木擁槍壘，爲儲胥。注曰：木槍相壘爲柵。詩眼云：簡書、軍中督令爲柬。言督令嚴明，雖百千年魚鳥猶畏之。儲胥、軍中藩籬，言忠賢神明，風雲猶護其壘。

❸ 上將、諸葛亮也。杜牧籌筆驛詩云：永安宮受詔，籌筆驛沉思，畫地乾坤在，□□□□知。

❹ 孔明死後，蜀政益衰，魏伐蜀，炎興元年，後主輿櫬自縛，詣鄧艾軍降。師古曰：傳、若今之驛，古者以車，謂之傳車，其後置單馬曰驛騎。

❺ 亮傳云：亮躬耕隴畝，好爲梁甫吟，每自比管仲樂毅。關羽張飛皆蜀將，羽死建安二十四年，飛死先主章武元年，皆不及見武侯總戎矣。

❻ 成都記云：錦里城呼爲錦城，以江山明麗，錯雜如錦。又曰：武侯廟在先主廟右。

❼ 謂今日經公之祠，一吟梁甫，猶爲公有餘恨也。

聞歌

歛笑凝眸意欲歌。高雲不動碧嵯峨。❶銅臺罷望歸何處。❷玉輦忘還事幾多。❸青塚路邊南雁盡。❹細腰宮裏北人過。❺此聲腸斷非今日。香灺燈光柰爾何。❻

詮評：首二句寫歌聲之功力。三句用魏武雀臺事，爲故君憑弔之悲歌；四句用穆王瑤池事，爲游仙致叛之嘅歌；五句用昭君青塚事，參用馬上琵琶怨曲，以遠嫁不歸，設爲身後遺恨之哀歌；六句用息夫人入楚事，以君亡身虜，設爲生離死殉之訣歌；末二句總諸歌皆足斷腸，猶不及此香灺燈殘時之歌聲悽愴，無奈人何。以八句用六典實，攝歸最後一典。往復抑揚，分形總結，詞妍調響，情重味長，前無古人，後成崑體，此義山特刱之格。其「淚」詩同此格法。註於昭君琵琶及息夫人事，失之闕略。

❶列子曰：秦青悲歌，聲振林木，響遏行雲。

❷陸機弔魏武文云：魏武遺令曰：吾婕妤妓人皆著銅雀臺中，月朝十五，向帳作妓樂，時時登臺望吾西陵墓田。

❸拾遺記：周穆王御黃金碧玉輦。又：穆王與西王母宴於瑤池，歌謳忘歸，諸侯遂叛。

❹昭君嫁匈奴，恨死胡中，胡葬之。胡地草皆白，塚草獨青，故曰青塚。石崇昭君詞曰：願假飛鴻翼，乘之以遐征，飛鴻不我顧，佇立以屏營。

❺ 漢馬口傳：楚王好細腰，宮中多餓死。

❻ 說文：灺、盡也。項羽既敗，口虞美人歌曰：虞兮虞兮奈若何！

茂 陵❶

漢家天馬出蒲梢。苜蓿榴花徧近郊。❷內苑只知銜鳳觜。❸屬車無復插雞翹。❹

玉桃偷得憐方朔。❺金屋粧成貯阿嬌。❻誰料蘇卿老歸國，茂陵松柏雨蕭蕭。❼

詮評：註解「首二句譏武帝勤遠略，三句譏好獵，四句譏好微行，五句譏好仙，六句譏好內，末二句謂百年後但松柏蕭蕭，雄心侈志今安在哉！」其解是也。前六句分用六事，以虛議駁實事；後二句總歸前者迄無一存之一象，以反跌結出正意。每句隸事，詞工格整，此義山詩之常格。結聯一筆埽去，如天馬行空，俶詭不盡。

❶ 漢武帝葬在興平縣北。師古曰：本槐里柴茂鄉，故曰茂陵。雍錄曰：在興平縣北七里。

❷ 武帝聞宛有善馬，求之不釋，使李廣利伐敗之，取其馬以歸。張騫傳曰：帝初得烏孫馬，名天馬，又得宛馬，更名烏孫馬曰西極馬，宛馬曰天馬。西域傳贊曰：蒲梢龍文魚目，汗血之馬，充於黃門。又漢書：大宛馬耆苜蓿，張騫持千金請宛馬，采苜蓿歸，種之離宮別

館。陸機與弟書曰：張騫使外國十八年，得塗林安石榴種。此二句蓋譏武帝勤遠略。

❸ 十洲記：諸州上多鳳觜，煮蛙角鳳觜爲膠，可連斷絃。仙傳拾遺曰：武帝天漢三年北巡，西王母使使獻靈膠一兩，帝射虎華林苑，弩絃斷，使者出靈膠一分以續之。只知、猶專務也。銜鳳觜、口濡膠也。蓋譏武帝好獵。

❹ 胡廣制度曰：大駕屬車八十一乘。蔡邕獨斷曰：鸞旗者、編羽毛列繫幢傍，民或謂之雞翹。按天子出，則鸞旗在前，屬車在後，此言無復插雞翹者，蓋譏帝好爲期門微行。

❺ 漢武故事曰：西王母降，出桃七枚，曰：此桃三千年一花，三千年結子。指方朔曰：此兒已三竊吾桃矣。此句蓋譏武帝好仙。

❻ 漢武故事：帝年五歲，長公主抱問曰：兒欲得婦否？曰：欲得。指女阿嬌曰：阿嬌好否？帝曰：若得阿嬌，當作金屋貯之。此句蓋譏帝好內。

❼ 蘇武字子卿，武帝天漢元年使匈奴，昭帝始元六年歸至京師。詔武奉太牢，謁武帝園廟。此詩前六句，蓋道武帝之多欲，而結句意謂：誰料百年之後，但松柏蕭蕭，其雄心侈志今安在哉！

已前共五首

詮評：此皆溶實事於虛意，化典重爲輕靈，運巧思曲，深隱難解；且詞工句錬，各極其勝；而獺祭體殊，卻兼比興；乃構成西崑一大宗派。故集爲一格。

早秋京口旅泊❶

李嘉祐❷

移家避寇逐行舟。厭見南徐江水流。吳地征徭非舊日❸。秣陵凋弊不宜秋❹。千家閉戶無砧杵。七夕何人望斗牛。惟有同時驄馬客❺。偏題尺牘問窮愁❻。

詮評：以移家避寇提起，厭見江流者，傷飄泊之無定也。頷聯承寫寇亂事象。頸聯進形民生困苦，既無征衣可以寄遠，更何閑情望祭牛女，意婉語工。結聯以獨有書問，強作自慰及寄感作束，傷亂之悽調也。

❶ 京口、鎭江也。

❷ 字從一。趙州人。天寶七年進士，歷台袁二州刺史。

❸ 征、稅也。徭、役也。

❹ 秦始皇以金陵有王氣，掘鑿其地，改金陵曰秣陵。

❺ 桓典爲御史，乘驄馬。本集云：章侍御寄書相問。

❻ 廣武君曰：奉咫尺之書。注曰：簡牘長咫尺者。

晚次鄂州

盧　綸

雲開遠見漢陽城。猶是孤帆一日程。估客晝眠知浪靜。舟人夜語覺潮生。三湘愁鬢逢秋色❶萬里歸心對月明。舊業已隨征戰盡❷更堪江上鼓鼙聲

詮評：首述題恉。頷聯寫舟泊時江景，從事象中覺知，婉巧。頸聯以愁鬢逢秋，歸心對月，爲苦情之倍寫，挺拔。結聯以舊業既盡，豈更堪鼓聲，爲傷情之深寫，沉鬱。一篇中筆法三變而俱工。總賦傷亂思歸情懷。

❶三湘：湘潭、湘鄉、湘源。

❷本集題下自注云：至德中作。綸河中人，時安史方亂三河。

赴武陵寒食次松滋渡❶

竇　常

杏花榆莢曉風前。雲際離離上峽船。江轉數程淹驛騎❷楚曾三戶少人煙❸看

春又過清明節筭老重經癸巳年❹幸在桂山當郡舍在朝長詠卜居篇❺

詮評：首聯寫次松滋渡；次聯寫松滋境象，覺其蕭寥；三聯即寒食而傷春，計曆過六十而歎老；結聯幸武陵山郡，在朝得卜居之所。如題布置，沖淡平穩，而風韻自如。

❶常元和中自水部員外郎爲朗州刺史。
❷驛騎、見前注。
❸三戶亭在南郡口縣安密鄉，即南公所謂楚雖三戶，亡秦必楚者也。
❹癸巳、元和八年。
❺宋元嘉七年大水，武陵桂山陷。湘州謂桂山，在郡東十七里，今德山是。屈原有卜居詞。

鄂州寓嚴澗宅

元 稹

鳳有高梧鶴有松❶偶來江外寄行蹤花枝滿院空啼鳥塵榻無人憶臥龍❷心想夜閒惟是夢眼看春盡不相逢何時最是思居處月入斜牕曉寺鐘

詮評：首聯以鳳梧鶴松喻嚴宅之高雅，述得寄居。次聯即景之蕭寂，惜世之不念高人；三聯寫寄此之夢想，傷春盡猶難逢；末聯推想離後思此，月斜鐘曉時最切。於人於宅，皆深情款款，委婉盡致，言情上品。

❶ 韓詩外傳曰：鳳止叢口裏，累集梧桐，食竹實。

❷ 徐庶謂先生曰：諸葛孔明臥龍也。

九日齊山登高❶

杜牧

江涵秋影鴈初飛與客攜壺上翠微❷人世難逢開口笑❸菊花須插滿頭歸但將酩酊酬佳節不用登臨怨落暉古往今來只如此牛山何必獨沾衣❹

詮評：首句寫九日景，即詞秀調響；次句寫登高，以容與澹宕承接。中二聯全用開闔抑揚之筆，先抑以笑口難開之可傷，即揚以插花滿頭之暫樂；更揚以痛醉酬節之懽忻，復抑以倏忽日落之幽怨。結聯則開出古今悉如此，闔到不必下閔死之淚。豪情絕塵，逸興遄飛，一氣揮灑，雄勁奔放，如天馬行空。中晚無此境界，盛唐大家則超進雄渾。

❶齊山在池州賓池縣南五里。王哲齊山記曰：山有五十餘峯，其高等，故名齊山。杜牧嘗守池。

❷爾雅釋山曰：山未及上曰翠微。注曰：一說山氣青縹色曰翠微。

❸盜跖曰：一月之間，開口而笑者，不過幾日。

❹牛山在青州臨淄縣。列子：齊景公游於牛山，閔其國滅，流涕曰：美哉國乎！若何去此而死。

贈王尊師

姚　合

先生自說瀛洲路。❶多在青松白石間。海岸夜中常見日。僊宮深處却無山。犬隨鶴去游諸洞。龍作人來問大還。❷今日偶聞塵外事。朝簪未擲復何顏。❸

詮評：首以尊師自說瀛洲提起。中二聯承述仙境景象異常之奇，物類異常之靈，師之仙功自見言外。皆以語奇意遠擅勝。末聯以媿未棄官從隱，致慕意作結。此亦游仙體也。集中所選贈道師詩，大率近斯體。

❶東方朔十洲記曰：瀛洲在東海東，上有荃芝靈草。

❷眞仙傳曰：有小還丹，大還丹。舊文曰：高宗令劉道士合大還丹。

❸左思招隱詩：聊欲投吾簪。注曰：欲投棄冠簪而隱。

贈王山人

許　渾

貰酒攜琴訪我頻。始知城市有閒人。君臣藥在寧憂病❶子母錢成豈患貧❷年長每勞推甲子❸夜寒初共守庚申❹近來聞說燒丹處玉洞桃花萬樹春。

詮評：首美山人之閒。中稱其藥在無病，錢成不貧，形其恬逸生涯；年長勞其推甲子，夜寒共其守庚申，學其修煉之功。末寫燒丹處景物之幽美。總狀其爲修道之士。而以君臣藥、子母錢、甲子、庚申等鑄詞，對工意巧，中晚所擅勝也。雙用干支字，較溫飛卿「甲帳」「丁年」尤難尤工，而意象風度遜之，逆挽法傳神，並所不逮。

❶ 本艸：藥有君臣佐史。

❷ 搜神記：青蚨似蟬，稍大，生子草問，如蠶，取其子，母即飛來。以母血塗錢八十二文，子血塗錢八十一文，每市物，或先用母錢，或先用子錢，皆復飛回，循環無已。

❸ 甲子、見前注。

❹ 洛中記異曰：道士程紫書，有朝士夜會太乙口口，師其守庚申酉清齋法，曰：凡庚申日，三尸言人惡，七守庚申三尸滅，三守庚申三尸伏。

湘中送友人

李 頻❶

中流欲暮見湘煙。岸葦無窮接楚天。去鴈❷遠衝雲夢雪❸。離人獨上洞庭船。風波盡日依山轉。星漢通宵向水連。零落梅花過殘臘❹。故園歸去醉新年。

詮評：首寫別時江景。次以鴈衝雪去，引落人獨船行，輕靈自然，略示惜別。再接以日夜舟行之途景，接入抵家後新年醉酒之樂。此別詩中傷離之意輕，羨歸之情重，格法亦新。

❶字德新。陸州人。大中八年顏標榜進士，爲建州刺史。

❷作落鴈者、非，今從本集。

❸雪或作澤者，非，今從本集。雲夢二澤在鄂州，雲澤在江北，夢澤在江南。

❹一作回首羡君偏有我。

元達上人種藥

皮日休❶

雨滌煙鋤傴破籬紺芽紅甲兩三畦藥名却笑桐君少❷年紀翻嫌竹祖低❸白石淨敲蒸朮火❹清泉閒洗種花泥怪來昨夜休持鉢❺一尺雕胡似掌齊❻

詮評：首聯寫種藥境象。次聯承稱其藥名之多，種竹之老。三聯見其製藥之珍美，種花之閒適。末聯則以不須乞食，由有雕胡似掌，稱其米糧之精。寫小題種藥情境，宛轉層疊，態逸味長。

❶字襲美，一字逸少。襄陽人。咸通八年鄭弘業榜進士，爲著作郎。

❷桐君山在嚴州，有人採藥，結廬桐水下，指稱爲姓，故山得名。隋隱居本草序有桐君藥錄。詩意謂桐君所錄，不如上人種者之多。

❸竹最老，竹祖譜均新種之竹，唐人詩有祖竹叢新笋，又祖竹護么孫。

❹相微夫人服朮序云：蔡草木之益己者，並不及朮，古人名爲山精之肖，山姜之精。

❺僧律持鉢乞食。

❻本草：菰米、臺中黑者謂之茭，後結實乃雕胡黑米。

已前共九首

詮評：此應有計首數一目，闕佚，今補。

此皆以虛意馭景物事迹，寄情興於境象，融貫自然，磊落有態。故集爲一格。

唐賢三體詩法詮評　卷十

諸城　王禮卿　學

前虛後實

周弼曰：其說在五言。但五言人多留意於頸聯頷聯之分，或守之太過。至七言則自廢其說，音節諧婉者甚寡，故標此以待識者。

黃鶴樓❶

崔　顥❷

昔人已乘白雲去此地空餘黃鶴樓❸黃鶴一去不復返白雲千載空悠悠晴川歷歷漢陽樹芳艸萋萋鸚䳇洲❹日暮鄉關何處是煙波江上使人愁

詮評：前半一氣旋轉，以文筆行於詩，言人去不返，惟樓餘雲長，箸仰古慨今之意。三聯實寫境景，曠遠高華。結聯折落抒情，兼思歸傷時之意，情韻緜渺，而仍一氣迴旋。總全篇一片靈氣，如列子御風而行，泠然無盡。故太白亦爲擱筆，洵屬千古名作。

❶在鄂洲。
❷汴州人。開元十一年源少良榜進士，累官至司勳員外。天寶十三年卒。
❸齊諧志：黃鶴山者，仙人子安乘黃鶴過此，上有黃鶴樓。
❹黃祖殺禰衡，埋於洲上，後人稱曰鸚鵡洲，以衡嘗爲鸚鵡賦。

自蘇臺至望亭驛人家盡空❶

李嘉佑

南浦菰蒲覆白蘋東吳黎庶逐黃巾❷棠自發空流水❸江燕初歸不見人遠樹依依如送客平田渺渺獨傷春那堪回首長洲苑❹烽火年年報虜塵

詮評：首聯言但有菰蘋野草，由於賊亂民亡。次聯承狀野棠惟隨流水，燕歸不見人家，極亂後人空舍毀，殘破境象，情悲調咽。三聯言遠樹依倚人煙，已如送客分別；平田曠遠待耕，獨傷徒負春色；託無情之樹田，寄有情之傷感，運思工巧。末聯以連年虜塵，加重傷歎。爲閔亂離狀悽情上品。四句各本作江燕，本集作雁，非，雁不近人家也。

❶青箱誌：蘇州有姑蘇臺，故謂之蘇臺。

❷漢靈帝中平元年，鉅鹿人張角自稱黃巾，其部有三十六万，皆著黃巾，同日反叛。嘉祐玄肅時人，其詩蓋作於州。展振景起亂浙西，平盧軍大掠之後。

❸謂棠花無人，空流於水也。

❹苑見前注。

與僧話舊

劉滄

巾舄同時下翠微。舊遊因話事多違。南朝古寺幾僧在。西嶺空林惟鳥歸。莎徑晚煙凝竹塢。石池春水染苔衣。❶此時相見又相別。即是關河朔鴈飛。

詮評：首述話舊；中二聯承寫舊識諸僧不存，諸寺景象荒涼，悽寂感人；結聯致甫見即別之感。總抒憶舊之情，風韻自饒。

❶ 爾雅曰：苔、水衣也。

長洲懷古❶

野燒空原盡荻灰吳王此地有樓臺❷千年事往人何在半夜月明潮自來白鳥影從江樹沒清猿聲入楚雲哀停車日晚薦蘋藻❸風靜寒塘花正開

詮評：首從荒境入古樓臺；接寫事往人空，惟月明潮至，以人生與造物久暫對形，雖懷古常意，而以瀏離平淡出之，調諧韻長。再以烏影猿聲形其荒涼；以薦蘋景結，致詠古之情思，境工意遠。此正中晚風格。

❶ 題見前注。

❷ 越絕書曰：吳王起姑蘇臺，三年聚材，五年乃成，高見三百里。

❸ 左傳：蘋蘩荇藻之菜，可薦於鬼神。

煬帝行宮❶

此地曾經翠輦過浮雲流水竟如何香銷南國美人盡怨入東風芳草多❷殘柳宮前空露葉❸夕陽江上浩煙波行人遙起廣陵思古渡月明聞棹歌❹

詮評：首聯言人事倏過，而雲水終古，古今對形。次聯言美人已盡，而遺怨永留榮枯芳草之間，人物融化。三聯落實今時蕭寂景象，境物同古。四聯以聞歌興思，歌聲感今。總致懷古傷今之慨，自饒諧婉宕逸之致。此與義山「隋宮」同題，彼詩擬議詆譏，悉用比對，寄意深隱，而縱橫排宕。此則局限於一宮之人與境，懷古傷今，意顯境狹。比觀自見才力之高下，論詩者所尚者也。

❶見前注。
❷煬帝在江都，盛集美女，有終身不得幸，怨而作詩自縊者。
❸見前注。
❹煬帝鑿河，自造水調歌。公孫滿寓秦中，月夜聞人吳音棹歌，浩然有歸思。

經故丁補闕郊居

許　渾

死酬知己道終全❶波暖孤冰且自堅鵩上承塵纔一日❷鶴歸華表已千年❸風吹藥蔓迷樵徑水暗蘆花失釣船四尺孤墳何處是❹闔閭城外草連天

詮評：首句稱其交道之全；次句以孤冰獨堅於暖水中，喻其孤高之行。頷聯悲其一朝促逝，惟望千載魂歸，跌宕沉痛。頸聯實寫所居淒涼景物，婉轉迷茫。結聯推想荒草孤墳，以盡憑弔之思。促節哀音，言情高品。

❶戰國策：士爲知己者死。

❷賈誼謫長沙，有鵩入其舍，占之曰：野鳥入室，主人將去。誼果死。搜神記曰：長安張氏處室有鵩止于牀，張氏祝曰：爲禍即飛上承塵，爲福即飛入我懷。又說文曰：承塵、壁衣也。

❸續搜神記：遼東華表樹上有鶴人言曰：有鳥有鳥丁令威，學仙千年今始歸，城郭是兮人民非，何不學仙冢纍纍。

❹孔子封其母墳，崇四尺。

贈蕭兵曹

廣陵堤上昔離居。帆轉瀟湘萬里餘。楚澤病時無鵩鳥❶越鄉歸去有鱸魚❷潮生水國蒹葭響❸雨過山城橘柚疎。聞說攜琴兼載酒。邑人爭識馬相如❹

詮評：首聯敘蕭自廣陵回湘；次聯幸蕭病痊，歸越故里；三聯寫越景之清幽；結聯寫琴酒之風雅，邑人之爭識。以逸韻勝。次聯寄相慰之意，忻如願之情，以虛意運。

❶見前注。

❷晉張翰爲齊王掾，見秋風起，思松江蓴菜鱸魚膾，歎曰：何能羈宦千里。遂東歸。

❸爾雅釋草云：蒹葭、蘆葦也。

❹司馬相如過臨邛令王吉，邑富人卓氏程氏相謂曰：令有貴客，爲具召之。酒酣，令前奏琴，曰：竊聞長卿好此，願以自娛。

已前共七首

詮評：此皆前運實事發虛意，後寫實景抒實情，氣韻法格，則各從怡變。故集爲一格。

酬張芬赦後見寄

司空圖

紫鳳朝銜五色書❶陽春忽布網羅除已將心變寒灰後❷豈料光生腐草餘建水風煙收客淚杜陵花竹夢郊居勞君故有詩相贈欲報瓊瑤媿不如❸

詮評：首聯敘張見赦事。次聯言其心已寒灰，不料光生腐草，形意外之驚喜，生動眞切。三聯言其客淚可收，明悲之已往；夢居可返，想喜之將來；形心理之翻轉，委婉盡致。末以荅詩謙詞作結。極抒情達志之工。

❶ 後趙石虎詔書，用五色紙，銜于木鳳之口而頒行之。

❷ 莊子：心固可使如死灰。

❸ 詩：投我以木桃，報之以瓊瑤。

答竇拾遺臥病見寄

包佶❶

今春扶病移滄海幾度承恩對白花送客屢聞簷外鵲❷消愁已辨酒中蛇❸瓶

收枸杞懸泉水。❹鼎鍊芙蓉伏火砂。❺誤入塵埃牽吏役。羞將簿領到君家。❻

詮評：首聯逕敘臥病得移居遠境，對白花未詳。次聯承述問疾客多，使疑難病解。三聯寫藥餌丹砂之珍異，故醫病痊。末聯言羈於吏事，不及詣謝惟荅詩，運典敘事，工巧而自然。

❶字幼正，吳興人。天寶進士，刑部侍郎。

❷陸賈曰：鳥鵲噪而行人至。

❸樂廣有親客，久不來，廣問之，答曰：前蒙賜酒，盃中有蛇影而疾。時廳壁有弓檠，意謂弓影。乃置酒前處，問曰：有見否？答曰：如前。乃告所以，客豁然頓愈。

❹續仙傳：朱孺子汲溪，見二花犬入枸杞叢中，掘之，根形如二犬。食之身輕，飛于峯上。

❺本草：光明砂，大者謂之芙蓉砂，火洞煉。眞寶經曰：將丹砂修煉，伏火後鼓成白銀，一返也；將銀花出砂，伏火鼓之爲黃金，二返也。

❻王播每視簿領紛積於前，反爲樂。

寄樂天

元　稹

榮辱升沉影與身。世情誰是舊雷陳。❶惟應鮑叔偏憐我。❷自保曾參不殺人。❸

山入白樓沙苑暮。❹潮生滄海野塘春。❺老逢佳景惟惆悵。兩地各傷無限神。

詮評：前半言榮辱升沉，如影隨身之無定，故世尠雷陳不變之交，惟樂天偏相知愛，而己亦絕無殺人之惡。此傷罷相謫同州之往事也。後半對寫同、杭、兩地景色，落入兩地傷神，以同屬謫宦故。此傷彼此失意今時之心曲也。前以虛意表實事，跌宕徑下；後以實情合虛神，輕靈婉託；相配成章，格整法巧，情韻窈渺不盡。

❶後集：雷義與陳重友，人語曰：膠漆雖堅，不如雷與陳。

❷管仲曰：生我者父母，知我者鮑子。史謂稹與樂天友善，樂天嘗上疏理之。

❸甘茂謂秦王曰：昔曾參有與同姓名者殺人，人告其母，母曰：吾子不殺人。有頃一人來，有頃又一人來，其母投杼而走。夫以曾參之賢，其母信之，然三人則母懼；今疑臣者，非特三人，臣恐大王之投杼也。微之長慶二年爲相時，王庭湊圍牛元翼於深州。稹以天子非次拔己，欲立功報上。有于方言於稹，田有奇士王昭，王友明，嘗客燕趙，與賊黨通，可以反間出元翼。稹然之。李賞知其謀，告裴度曰：于方爲稹結客刺公。度隱而不發。及神策中尉奏于方之事，詔三司訊鞫，而害裴之事無驗，稹與度遂俱罷。出稹爲同州刺史。

❹同州白樓，令狐楚作賦刻其上。李吉甫郡國圖曰：沙苑一名沙阜，在同州馮翊縣南十二里。

❺錢塘有潮，樂天時守杭。

秋居病中

雍　陶

幽居悄悄何人到。落日清涼滿樹梢。新句有時愁裏得。古方無效病來拋。荒簷數蝶懸蛛網。空屋孤螢入燕巢。獨臥南牕秋色晚。一庭紅葉掩衡茅。❶

詮評：首聯述病中景境。次聯言新句有時而得，古方無效即拋，無意者得，失意者拋，形病中散漫情思維肖。三聯寫蝶懸蛛網，螢入燕巢，爲病居閑寂所見，眞切盡態。末聯申寫秋色蕭寂景象，合到病居。氣韻蕭瑟，而意致恬靜。

❶ 茅屋而衡門。

送崔約下第歸揚州

姚　合

滿座詩人吟送酒。離城此會亦應稀。春風下第時稱屈。❶秋卷呈親自束歸。❷日

晚山花當馬落天陰水鳥傍船飛江邊道路多苔蘚塵土無由得上衣

詮評：首述送別。次慰以下第稱屈，束卷呈親，期待再試。繼寫歸途景色，示揚州江路。末接以江路多苔，塵不上衣，反用「京洛多風塵，素衣化爲錙」，勵其雅素，以藉寬失意，思婉語巧。如題布置，平正之作。

❶唐史：劉實下第，物論囂然稱屈。

❷摭言云：唐進士下第，退而隸業，謂之避夏；執業以出，謂之秋卷。

旅館書懷

劉滄

忽看庭樹換風煙兄弟飄零寄海邊客計倦行今陝路❶家貧休種汶陽田❷雲低遠塞鳴寒鴈雨歇空山噪暮蟬落葉蟲絲滿牕戶秋堂獨坐思悠然

詮評：首寫庭樹盡換魯地風煙，以兄弟旅寄海邊。次聯言作客之計，倦行陝州東西長路；而家貧之故，不得再種汶陽魯田；致留客非宜，思歸不得之情。一味説意，委宛盡致。三聯寫秋景之淒涼，末聯續形旅館之荒寂，一致寫景，蒼茫直吐。

落到獨坐長思，關合通貫，餘意不盡。

❶ 公羊曰：自陜而東者，周公主之；自陜而西者，召公主之。然曲水詩序曰：分陜流忽翦之歎。

❷ 杜預曰：鄆、讙、龜陰、三邑之田，皆汶陽田。

穎州客舍

姚揆

素琴孤劍尙閒遊。誰共芳樽話唱酬。鄉夢有時生枕上。客情終日在眉頭。❶雲拖雨腳連天去。樹夾河聲遶郡流。回首帝京歸不得。不堪吟倚夕陽樓。

詮評：首寫客舍寂況；繼寫鄉夢有時而生，客情則終日顰眉，委宛細膩；再拓形曠闊之景，引落帝京難歸，惟倚樓吟詠。總抒羈旅情思，詞流韻長。此與上首題意同，上首情景對形，各極其致；此則融景入情，情主景賓。

❶ 庾信愁賦曰：眉頭那時伸。

春日長安即事

崔　魯

一百五日又欲來❶梨花梅花參差開行人自笑不歸去瘦馬獨吟眞可哀杏酪漸香鄰舍粥❷榆煙將變舊爐灰❸玉樓春暖笙歌夜肯信愁腸日九回❹

詮評：前半以拗體破空而來，寫寒食至而花開，自笑不歸，又客況可哀，跌宕沉著；後半以酪粥榆煙，玉樓笙歌，不信腸回，合到愁情之哀，清麗諧婉。筆法相反相配，調新格奇。仍應謂唐格唐音之高品也。

❶荊楚歲時記：去冬節一百五日，即有疾風甚雨，謂之寒食。

❷玉燭寶典曰：寒食煮大麥粥，加杏仁爲酪，以餳沃之。

❸見前注。

❹太史公曰：腸一日而九回。

江際

鄭谷

杳杳漁舟破暝煙疎疎蘆葦舊江天那堪流落逢搖落❶可得潸然是偶然❷萬頃白波迷宿鷺一林黃葉送秋蟬兵車未息年華促早晚閑吟向滻川❸

詮評：前半悉用對仗，寫江景平淡自然；再從景入情，言流落更逢搖落，潸然非出偶然，以反正加倍形悲，生秀盡態，用環疊句，尤語工意巧。後半再落實寫景，就「際」字著意，並及林蟬；氣格雄遠，調響韻長。歸到述時事之亂，以申前情所以悲悽，合成一體。

❶九辯曰：草木搖落而變衰。
❷詩：潸然出涕。
❸唐志：滻爲關內八川，在萬年縣。

中年

漠漠秦雲淡淡天新年景象入中年情多最恨花無語愁破方知酒有權❶苔色滿墻思故第❷雨聲入夜憶春田衰遲自喜添詩學更把前題改數聯

詮評：前以淡寫逕入中年；繼即從虛際花酒抑揚，抒情多愁重之無奈，意巧詞嫣；再從苔色雨聲之實景，縮入思第憶田之懷憶，意婉詞流；末以改詩自喜寬解，爲反開之筆，逕住懸合。抑揚、融縮、開反合正，各法俱具而變化。

❶阮簡久寓西山，一日友人攜酒炙雞至，簡大笑曰：今朝愁破矣。

❷漢書：列侯賜大第。注曰：甲乙次第，故曰第。

已前共十首

詮評：前以抑揚跌宕，爲虛際之盤旋；後以摹寫敘述，爲實際之關合；盤旋關合處，較前格顯而勁。故集爲一格。

秋日東郊作

皇甫冉

閒看秋水心無事。臥對寒松手自栽。廬嶽高僧留偈別。❶茅山道士寄書來。❷燕知社日辭巢去。菊爲重陽冒雨開。淺薄將何稱獻納。❸臨岐終日自徘徊。

詮評：前半從看水對松幽閒情趣，接入高僧偈別，道士書來，寫遺世交游。後半以社日燕去，重陽菊開，以知字爲字，化無情爲有情，融人物於一體，見造化之靈奇，適乘化之樂意，爲傳世之名句，即寫景而抒恬逸之情。末以謙詞結到徘徊，神情一致。此有得遣興之上品也。

❶ 廬山記：匡俗、周威王時人，生而神靈，廬于此山，故山取名焉。

❷ 茅山觀在句容縣南五十里。

❸ 西都賦序曰：日月獻納。

過乘如禪師蕭居士嵩丘蘭若❶

王維

無著天親弟與兄。❷嵩丘蘭若一峯晴。食隨鳴磬巢烏下。行踏空林落葉聲。迸水定。侵香案濕。雨花應共石牀平。❸深洞長松何所有。儼然天竺古先生。

詮評：首聯以二菩薩比禪師居士，接入蘭若，細密盡題旨。次聯寫人、物、境象、鳥習食而隨磬下，行依例而踏葉聲，韻味深長。三聯託境形人，以迸水雨花之佛迹爲居境，即以見二公禪定之道高，典華精警。末聯即境讚人，餘韻緜渺。總以興象超遠，爲盛唐特創之一格。

❶居士之號，起於商周之閒。韓非子曰：太公封于齊，有居士任矞華仕，昆弟曰：吾不臣天子，不友諸侯。禮記亦有居士錦帶。

❷無著、天親、二菩薩，以比禪師與居士，出西域記第四卷。

❸維摩居士室中，天女雨花。

❹佛也。老子化胡經曰：吾聞天竺有古皇先生，善入无爲。

送友人游江南

耿湋❶

遠別悠悠白髮新。江潭何處是通津。潮聲偏懼初來客。❷海味惟甘久住人。漠漠煙光漁浦晚。❸青青草色定山春。❹汀洲更有南回鴈。亂起聯翩北向秦。

詮評：首聯揭題旨；次聯寫初游江南，必聲怯味異，別有況味；三聯實寫江南景境；末聯以南鴈北歸，反形遠游江南作束。興象淡遠。

❶ 河東人。寶應二年進士，終左拾遺。

❷ 叢語曰：海潮來，皆有漸進所。江潮來，如山岳，震如雷霆，可畏。

❸ 吳郡記：富春東三十里有漁浦。

❹ 杭州郡志：定山在錢塘四十七里，潮至此抑聲，過此復怒。

送別友人

姚合

獨向山中覓紫芝。❶山人勾引住多時。摘花浸酒春愁盡。燒竹煎茶夜臥遲。泉落

林梢多碎滴松生石底足傍枝明朝却欲歸城市問我來期總不知

詮評：前半寫友人入山之幽閒情趣；三聯寫山中景物，泉出林上，松生石下，以委曲纖密，異於恒常，擅山境之勝。末聯以己不得同游，致相羡之情。以淡遠取致，無傷別之意。

❶四皓隱商山，作紫芝之歌曰：菀菀紫芝，可以療饑。

嶺南道中

李德裕❶

嶺水中分路轉迷桄榔椰葉暗蠻溪❷愁衝毒霧逢蛇草❸畏落沙蟲避燕泥❹五月畬田收火米❺三更津吏報潮雞❻不堪腸斷思鄉處紅槿花中越鳥啼❼

詮評：首聯逕入道中景境；次聯接寫道中毒物可畏事象；三聯述收穫之頻，報時之早之異象；末以槿花啼鳥，抒思歸之情。總狀嶺南境物之奇異，氣盛力沉，色濃語鍊，結處則易以悽婉，使餘韻不竭。

❶字文饒。常山人。吉甫子。會昌宰相。
❷廣州志：桄榔樹大四五圍，長五六丈，无枝，至其頭生葉。本草：椰子出嶺南。
❸馬援討交趾，曰：下口上霧，毒氣蒸薰。永州異蛇，齧草盡死，後人來觸草，並隨指攣腕。
❹錄異記：潭袁虔吉等州有沙蟲，即毒蛇，中蟲蛇爲所苦，則口身急流水；夜臥沙中，口蟲入沙，人中之，三日死。
❺異物志：交趾稻夏熟，一歲兩種。火米、火耕之米也。
❻輿地志曰：移風縣有潮雞，潮長則鳴。
❼嶺南異物志：紅槿自正月迄十二月常開，秋冬差少。越鳥、鷓鴣也。李白鷓鴣詞云：有客桂陽至，能吟山鷓鴣，清風動窗竹，越鳥起相呼。德裕時謫揭陽。

病起

來　鵬

春初一臥到秋深。不見紅芳與綠陰。牕下展書難久讀。池邊扶杖欲閒吟。藕穿平地生荷葉。筍過東家作竹林❶。在舍渾如遠鄉客。詩僧酒伴鎮相尋。

詮評：首述臥病長時始起；次聯承寫不能久讀，但可閒吟，形病後衰弱懶散情趣；

三聯再承寫長時未見，景物變新；末聯敘久病初起，友伴頻訪，形病後可慰之心懷，回應病時之長。氣味恬逸。

❶ 齊民要術曰：竹性愛東南，引諺曰：西家種竹，東家治地。

已前共六首

詮評：此皆首末起訖。中四景事對寫，而前以虛意運，後以實際寫，間有一為往日情境，一為今日景象，形容清晰眞切。故集為一格。

送李錄事赴饒州

皇甫冉

北人南去雪紛紛。鴈過汀洲不可聞。積水長天隨逐客。荒城極浦足寒雲。山從建業千峯出。江至潯陽九派分。❶借問督郵纔弱冠。❷府中年少不如君。

詮評：首述送李赴饒傷別之意。接寫水天隨客，形江路之長，城浦足雲，狀南州之闊，寄傷逐之意。再拓寫建業山連，潯陽江分，以別地逐地對寫，極狀江山之遠大，氣象宏麗，筆力雄健。即景之偉，落到其人之才，以反筆關合逐意，若在有意無意之閒。聲色態境俱足。

❶ 潯陽地記曰：九江：一烏白江，二蜯江，三烏江，四嘉靡江，五畎江，六源江，七廩江，八提江，九菌江。

❷ 白氏六帖：州主簿、郡督郵、並今錄事參軍。記曰：二十日弱冠。

清明日與友人遊玉塘莊

來　鵬

幾度春風共陸郎，❶清明時節好風光。細穿綠荇船頭滑，碎踏殘花屐齒香。風急嶺雲飄迥野，雨餘田水落芳塘。不堪吟罷東回首，滿耳蛙聲正夕陽。

詮評：首聯敘與友偕遊題旨：次聯承寫船穿荇滑，屐踏花香，即細蒨景事，寄幽雅情趣，嫣潤瀟灑；三聯實寫流動景象；末聯接以動耳蛙聲，以東望懷歸作結。

亦平淡之作。

❶袁術常呼陸績爲陸郎。

已前共二首

詮評：此皆首末起結。中四悉寫景，而前參人事，後專景象。故集爲一格。

宿淮浦寄司空曙

李端❶

愁心一倍長離憂❷夜思千重戀舊遊秦地故人成遠夢楚天涼雨在孤舟諸溪近海潮皆應獨樹邊淮葉盡流別恨轉深何處寫前程惟有一登樓❸

詮評：首聯述離懷戀舊之切。次聯接入故人惟託遠夢，己身獨寄孤舟，抒分別苦憶情思。三聯寫諸溪以近海皆應潮，獨樹以邊淮而葉流，狀實景，並寄比意，致升沉相異之感。末聯言故別恨轉深，惟登樓詠賦，益進一層作結。委宛盡致，風度自饒。四句集本作多雨，諸本作涼雨，今從諸本。

❶趙州人。大曆五年李溥榜進士。

❷楚詞：思公子兮徒離憂。

❸王仲宣思歸，作登樓賦。

尋郭道士不遇

白居易❶

郡中乞假來尋訪❷洞裏朝元去不逢。看院只留雙白鶴，入門惟見一青松。藥爐有火丹應伏❸雲碓无人水自舂❹欲問參同契中事❺未知何日得相從。

詮評：首述相訪不遇；接寫雙鶴一松，託境之幽靜，形人之清高；再寫煉丹舂雲母景象，見冶煉功深；末進入問道相從之企望。平淡中饒風味。

❶字樂天。京兆人。元和進士，刑部尚書。

❷舊史謂樂天貶江州司馬，立隱舍於廬山，或經時不歸，或逾月而反，郡中不之責。

❸ 見前注。

❹ 自注曰：廬山雲母多以水碓搗，俗呼爲雲碓。

❺ 神仙傳：魏伯陽齊會稽人，得古龍虎上經，約其象，著參同契。

早秋寄題天竺靈隱寺❶

賈島

峰前峰後寺新秋。絕頂高窓見沃州❶。人在定中聞蟋蟀。鶴曾棲處掛獮猴。山鐘夜度空江水。汀月寒生古石樓。心憶懸帆身未遂。謝公此地昔曾遊❷。

詮評：首聯寫寺境。次聯形容寺之蕭蓼，以人在定而仍聞蟋蟀，鶴所棲而改掛猿猴，意象怪異，語法瘦硬。三聯婉寫實景，以鐘聲近而度遠，月寒遠而生近，歸於言水言樓，語意曲折。末以居此之景慕未遂作結。總由推敲甚力，所以爲瘦之一宗。此亦清勁之體。

❶ 沃州山、在越州新昌縣東三十里。

❷ 謝安嘗經臨安山中，坐石室，臨濬谷，悠然歎曰：此去伯夷何遠。

題宣州開元寺水閣

杜牧

六朝文物草連空❶天淡雲閒今古同鳥去鳥來山色裏人歌人哭水聲中深秋簾幕千家雨❷落日樓臺一笛風惆悵無因見范蠡參差煙樹五湖東❸

●詮評：首聯言文物倏空，而天雲今古相同，人世變而自然不變；頷聯接以鳥之來去山色間，申寫自然之不變，人之歌哭水聲中，申寫人生之變速；兩聯順逆對疊，一氣搏捖。與杜少陵詩「錦江春色來天地，玉壘浮雲變古今」，言春色往來，爲自然之恆久，浮雲倏忽，變人世之古今，用意胥同。又龔鼎孳詩「流水青山送六朝」，言山水終古，六朝倏變，亦同斯旨。而杜詩雄渾超遠，此則清新秀峭，龔則簡勁瀟灑，各極其勝。頸聯實寫寺域景象，付變化於坦蕩，領現景以適懷，語秀韻諧。末聯以不得遂五湖願望，擬逍遙之遊，推展一層作結，餘意不盡。集數美爲一體，牧之特采。

❶六朝見前注。

❷按本集題云：開元寺水閣，閣下宛溪，夾溪居人。

❸國語曰：范蠡遂乘輕舟浮於五湖。

長安秋夕

趙　嘏

雲物淒涼拂曙流。漢家宮闕動高秋。殘星數點鴈橫塞。長笛一聲人倚樓❶。紫豔半開籬菊淨。紅衣落盡渚蓮愁。鱸魚正美不歸去❷。空戴南冠學楚囚❸。

詮評：首聯寫題景。頷聯以殘星下鴈橫塞而南飛，已觸羈旅長安之感；又聞笛聲鬱律感人，益棖觸情懷無已，惟倚樓惆悵。下倚樓二字，括蘊情之紛集，形凝思之神態，極化工肖物之神，入畫得風流之妙，牧之所以稱賞者在此，故爲千古名句。頸聯接寫實景，以豔開菊淨，紅落蓮愁，寫物候之變，進映觸情之感，婉轉俊逸。末聯承物候落到鱸美不歸，似楚囚之嘲歎，亦關合上意作束。此抒情之逸品。

❶ 摭言曰：杜紫微覽趙渭南詩云云，因目嘏爲趙倚樓。

❷ 見前注。

❸ 晉侯見鍾儀問曰：南冠而縶者誰也？有司曰：鄭人所獻楚囚也。

宿山寺

項　斯❶

栗葉重重覆翠❷微。黃昏溪上語人稀。月明古寺客初到。風度閒門僧未歸。山葉經霜多自落。水螢穿竹不停飛。中宵能得幾時睡。又被鐘聲催著衣。

詮評：前半寫寺之景事；後半寫宿後所見之景，及短睡之由。葉經霜落，螢穿竹飛，與王摩詰詩「雨中山果落，燈下草蟲鳴」，意境彷彿。而彼動中之靜，淒寂之景；此則靜中之動，幽閒之景；詩家長於脫化，各極其勝。

❶ 字子遷。江東人。會昌四年進士。

❷ 一作徑。

題永城驛❶

纔賦春還計盡違。❷自知身是拙求知。惟思曠海無休日。❸却喜孤舟似去時。連浦一程兼汴宋。夾堤千柳雜唐隋。❹從來此恨皆前達。敢負吾君作楚詞。❺

詮評：首聯以賦貢願違，自傷才短；次聯因興浮海避世之思，可喜孤舟宛然前狀，自遣心懷；三聯實寫水程景象，以見時世之悠遠，屏得失之短暫，自展視野；末聯歸到此恨爲前達所同有，不敢負君而作怨詞，自愼著作。抒心曲剎那變易之微妙，形容盡致，惜聲調辭華不高。

❶ 永城縣，在亳州。
❷ 賦、鄉貢也。晁錯策曰：乃以臣錯充賦。按本集題云：下第後，自夷門乘舟至永城驛。
❸ 孔子曰：道不行，乘桴浮於海。
❹ 煬帝自板渚河築御道，植以柳，名曰隋堤，一千二百里。
❺ 史記：屈原死後，楚有宋玉景差之徒，皆以賦稱，故世傳楚詞。

慈恩偶題❶

鄭谷

往事悠悠成浩歎。浮生擾擾竟何能。故山歲晚不歸去。高塔晴來獨自登。林下聽。經。秋。苑。❷鹿。溪。邊。埽。葉。夕。陽。僧。吟餘却起雙峯念。❸曾看菴西瀑布冰。

詮評：首聯抒平生失意之懷；次聯接羈旅漫游之感；三聯寫所見寺中清幽之景，藉人物之淨靜，反映擾擾之傷感；結聯由景觸及憶昔思歸之情，正映今昔同感。委宛層疊，抒情盡態，寫景有致。

❶ 雍錄曰：慈恩寺在朱雀街東第三街，自此而南，第十五坊，名進昌坊。西京雜記曰：慈恩寺、隋無漏寺，嘗廢。貞觀二十年，高宗在春宮，爲文德皇后立，故以慈恩爲名。院西浮圖，六級，高三百尺。

❷ 一作院。

❸ 雙峯、黃梅也。

已前共九首

詮評：按九字爲八字之誤。此皆前半即景事抒情致，後半寫實景申情意，間有淺深之異。故集爲一格。

都城蕭員外寄海棠花❶

羊士諤❷

珠履行臺擁附蟬❸外郎高步似神僊。陳詞今見唐風盛，從事遙瞻魏國賢❹。擲地好辭凌綵筆❺浣花春水膩魚牋❻。東山芳意須同賞❼子著囊盛幾日傳❽

詮評：首聯由行臺使者之華貴，寫出員外如仙之高崇；次聯接述所作海棠花詞之盛美，從事文才之豐富；三聯正形詞筆之精彩，花牋之鮮膩，秀麗天成；末聯以東山芳意擬曲詞，誦其流傳必速。總美文學之工，才調之高，風致嫣然。而典華新綺，似初唐氣格。

❶按詩中語，海棠花者是曲名。

❷貞元元年鄭全濟榜進士。憲宗以與呂溫善，貶資州刺史。

❸史記：趙平原君使人於春申君，趙使刀劍室皆飾珠玉，春申君客三千人，皆躡珠履見趙使，趙使大慚。漢儀：侍中冠惠文冠，加金璫附蟬爲文，貂尾爲飾。

❹獻帝以十郡爲魏國，封曹操。時文帝爲五官將，及平原侯植，皆好文學。王粲爲丞相掾，徐幹爲五官丞，陳琳阮瑀爲祭酒，應璩劉楨並爲掾屬。

❺晉孫綽作賦，示范榮期，曰：卿賦擲地當作金聲。蔡邕題曹娥碑云：絕妙好辭。江淹夢郭璞取去五色筆，後爲詩，絕無美句。

❻ 梁益記曰：浣花溪水，居人多造綵箋。國史補曰：紙之善者，蜀之金花魚子。

❼ 謝安攜妓遊東山。

❽ 見王羲之帖。

陳琳墓❶

溫庭筠

曾於青史見遺文❷今日飄零過古墳詞客有靈應識我霸才無主始憐君❸石麟埋沒藏春草❹銅雀淒涼起暮雲❺莫怪臨風倍惆悵欲將書劍學從軍

詮評：首聯言昔見遺文，今過古墓，便見慇懃關注之意。次接以同屬文人，陳有靈則應識己，而霸才無主得遇，己故始感憐陳，進寫同病相憐，惓惓之情。三聯接入塚物埋沒叢草，而魏祖高臺亦同歸荒涼，致英雄才子悉歸泡影之感。結聯言所以倍惆悵者，以己將書劍從軍，正與陳身世相同耳。以己與陳行迹相類，故通篇跌宕開闔，宛轉關合，情切調響，意興超遠，一氣搏捖，爲晚唐異采。

❶ 九域志：陳琳墓在下邳，今淮陽軍。

❷ 劉向別錄曰：治青竹作簡，曰青簡。王洙曰：史臣以記事者。
❸ 陳琳初爲何進主簿，諫不納，進敗，依袁紹。紹敗，歸太祖。故曰無主也。
❹ 西京雜記曰：石麟塚上物。
❺ 銅雀臺魏祖所築。鄴故事曰：三臺相去各六十步，以複道相通。一銅雀高三丈五尺，置樓頂。

鸚鵡洲眺望❶

崔　塗❷

悵望春襟鬱未開。重臨鸚鵡益堪哀。曹瞞尙不能容物。黄祖何曾❸解愛才。❹幽島暖聞燕鴈去。曉江晴覺蜀波來。誰人正得風濤便。一點征帆萬里回。

詮評：首由襟懷鬱悶，引入臨洲益哀；繼明因即境感人，哀才之不容於世，語快論當。後寫眺望實景，候暄船利，一反昔時厄才於世之悲氛，流利輕盈。晚唐風格。

❶ 題見前注。
❷ 字禮仙。光啓四年辟貽知榜進士。

❸ 一作因。

❹ 曹操小字阿瞞。漢書云：禰衡剛傲慢物，曹操怒之，送與劉表，後侮表，表送江夏太守黃祖殺之。

繡嶺宮

古殿春殘綠野陰上皇曾此去泥金❶三城帳屬昇平夢❷一曲鈴關悵望心❸

苑路暗迷香輦絕繚垣秋斷艸煙深❹前朝舊物東流在猶爲年年下翠岑。

詮評：首聯述此爲上皇封禪故宮。次聯溯述昇平時儀物之盛，戰亂後悼楊妃之悲，風姿悽麗。三聯寫宮境之荒涼，結聯傷前朝之永逝，詞秀韻長。爲覽古盡情之高品。

❶ 封禪儀注曰：持禮三十人發壇上石口，尙書令藏玉牒畢，持禮覆石口，尙書令纏以金絲，泥以金泥，四方各依其色。玄宗開元十三年封禪，幸東都，故杜牧洛陽長句云：連昌繡嶺離宮在，玉輦何時父老迎。又云：君王東口泥金事，蒼翠空高萬歲山。

❷ 唐百官志云：尙書奉御行幸，設三部帳，其外叢以排城。

❸ 楊妃外傳：玄宗幸蜀，霖雨涉旬，道聞鈴聲，帝擇其聲，爲雨霖鈴曲。

❹黃圖曰：西郊苑繚以周垣，四百餘里。

已前共四首

詮評：此皆前半總發題旨以盡意，後半主寫實景以盡情，聲色俱勝。故集爲一格。

唐賢三體詩法詮評 卷十一

諸城　王禮卿　學

前實後虛

周弼曰：其說在五言。然句既長，易於飽滿，景物情思，互相雜糅無痕迹，惟才有餘者能之。

春山道中寄孟侍御

張南史❶

春來游子傷歸路。時有白雲邀獨行。水流亂赴石潭響。花發不知山樹名。誰家魚網求鮮食。❷何處人煙事火耕。❸昨日已嘗村酒熟。一盃思與孟嘉傾。❹

詮評：首聯述行道；次聯承寫道中春景，見山境幽異，興象自超；三聯驗見江南民生景事，申發興致；末聯接入村酒，致邀孟之思。爲即興之作，姿態自然。

❶肅代時參軍。幽州人。寓居揚州。

❷尚書：奏應鮮食。

❸漢書：江南火耕水耨。注曰：燒草下水種稻，草與稻並生，芟去，灌下水，草死稻活，曰火耕。

❹孟嘉在桓溫府，溫歎曰：人不可無勢，我乃能馭卿。

早春歸盩厔寄耿湋李端❶

盧綸

野日初晴麥隴分。竹園村巷鹿成羣。萬家廢井生新艸。一樹繁花對古墳。引水忽驚冰滿澗。向田空見石和雲。可憐荒歲青山下。惟有松枝可寄君。❷

詮評：前半寫園巷鹿游，廢井生草，孤樹對墳，一片亂後荒涼景象，清新而悽麗。後半寫水無人用而結冰後猶存，水爲冰阻，田無農稼，惟盡石雲，形農業之空廢；草木惟松堅挺尚存，故以惟寄松枝作結。一氣揮灑，意境感人。此與李嘉祐望亭驛詩，同傷亂後之作。彼篇中二聯即景融人，託人擬物，語婉意深；此篇即景摹寫，情見言外，詞直意顯；彼作境界較高。

❶ 盩厔縣屬鳳翔府。

❷ 蓋史思明吐蕃亂後之景也。

松滋渡望峽中❶

劉禹錫

渡頭輕雨灑寒梅。雲際溶溶雪水來。夢渚草長迷楚望❷夷陵黑土有秦灰❸巴人淚應猿聲落❹蜀客船從鳥道回❺十二碧峯何處所❻永安宮外是荒臺❼

詮評：前半由春景發端，寫入松滋渡所見境曠地古，致懷古之意，意興超遠。後半進寫所望峽中，想見巴人聞猿落淚，蜀客船從高下；更推及夔州十二峯暨永安宮，縹緲何處，荒寂景象，致弔古之思。通篇氣象雄闊，意態飛動，音節淒婉，中唐高品。

❶松滋縣屬江陵，有松滋渡。
❷楚昭王曰：江漢雎漳，楚之望也。又顏延年詩曰：江漢分楚望。
❸夷陵、今峽州。毛遂說楚王曰：白起小豎子耳，一戰而舉鄢郢，再戰而燒夷陵。
❹見前注。
❺江出峽至夷陵始平。鳥道回、言自高而下也。
❻見前注。
❼永安宮在夔州奉節縣，先主崩處。

春日閑坐

官曹崇重難頻入。第宅清閒且獨行。堦蟻相逢如偶語。園鸞速去恐違程。人於紅藥偏憐色。鶯到垂楊不惜聲。東洛池臺恐抛擲。移文非久會應成。❶

詮評：首聯述官曹不欲頻入，卻喜獨行。次聯接寫蠭蟻之狀，爲閑坐時所見，細微逼眞。三聯更發人性鶯聲之偏愛，思深語巧，清新俊逸。末聯憶東洛，以移文自嘲，關合首意作結。爲肖物抒情之作。上首大題，以宏遠勝；此首小題，以纖密勝；可見詩人相題變化之法。

❶ 蕭子顯齊書曰：周彥倫隱鍾山，後應詔為令，却欲口此山，孔稚圭作北山移文譏之。

晏安寺

李紳❶

寺深松桂無塵事。地接荒郊帶夕陽。啼鳥歇時山寂寂野花殘處月蒼蒼。碧紗。凝。豔。開。金。像。清。梵。銷。聲。閉。竹。房。丘隴漸平連茂草。九原何處不心傷

詮評：前半寫寺中淒靜之景。後半由碧紗開像，清梵傳聲，佛境之高，推及丘隴茂草，九原心傷，為人生空無一哭。前景清輕，後意深重，關合成章，跌宕見致。

❶ 字公垂。亳州人。元和元年進士，官至平章事。

館娃宮

皮日休

豔。骨。已。成。蘭。麝。土❶宮墻依舊壓層崖。弩。臺。雨。壞。逢。金。鏃。香。徑。泥。銷。露。玉。釵❷硯

沼祇留山鳥浴❸屧廊空信❹野花埋❺姑蘇麋鹿眞閒事❻須爲當時一愴懷。

詮評：首以西子埋骨香土，破空而起，接入宮牆猶存。次寫金鏃偶見於臺址，玉釵或露於香徑，融今感古。繼念硯池祇留鳥浴，屧廊空任花埋，即盛弔衰。末以姑蘇麋鹿今已視同閒事，爲當時則一悽惻，總括覽古愴懷。婉秀綺麗，情韻悽切，中晚上品。六句信字，作任字爲是。

❶西子死於此。
❷劉禹錫集云：館娃宮在郡西南岸石山旁，有採香徑，王遣美人採香於此。
❸圖經云：靈巖又名硯石山，山頂有硯池。
❹一作任。
❺蘇州圖經：響屧廊吳王所作，以梗楠木板鋪地，西子行則有聲。
❻吳子胥諫吳王曰：臣見麋鹿遊姑蘇之臺。

方干隱居❶

李山甫❷

咬咬嘎嘎水禽聲。露洗松陰滿院清。溪畔印沙多鶴跡。檻前題竹有僧名。問人

遠岫千重意對客閒雲一片情早晚塵埃得休去且將書劍事先生

詮評：前半寫方所居境景之幽靜。後半念方於人，有疑難者，或請益者，用意之深厚；對客情話消日，超逸之風神；以遠岫千重、閒雲一片比擬，極微妙難形之摹寫，可謂神來之筆。結示慕從之意。

❶ 方千故居，在嚴州白雲寺。

❷ 咸通中舉進士不第，依樂彥楨幕府。

已前共七首

詮評：此皆前半多以敍事寫景，爲實際形容；後半多運景事於意想，爲情思申發。故集爲一格。

酧李端病中見寄

盧 綸

野寺昏鐘山正陰。❶亂籐高竹水聲深。田夫就餉還依草。野雉驚飛不過林。齋沐暫思同靜室。清羸已覺助禪心。寂寞日長誰問疾。❷料君惟取古方尋。❸

詮評：此多就寄詩語意酧答。前半寫李病居野寺之景境。後半寫其靜室齋沐，思與之同，而意其清羸，已知有助己禪心之定，酧寄詩意；結以問疾人稀，想像惟檢尋古方療疾，以慰病作柬。平淡盡意。

❶ 李端集題云：野寺病居，喜盧允言見訪。

❷ 維摩居士疾，佛勑文殊問疾。

❸ 按李端詩云：青青麥隴白雲陰，古寺無人春草深。乳燕拾泥依古井，鳴鳩拂羽歷荒林；千年苔蘚明山口，萬尺垂蘿入水心。一臥漳濱今欲老，誰知才子忽相尋。允言蓋次其韻，但觀李詩，則此章語意自見。

贈道士

褚　戴❶

簪星曳月下蓬壺。❷曾見東皐種白榆。❸六甲威靈藏瑞檢。❹五龍雷電遶霜都。❺惟教鶴探丹丘信❻不使人窺太乙爐。❼聞說葛陂風浪惡❽許騎青鹿從行無。❾

詮評：首聯寫道士居仙境如天上；次聯形其功力之神奇；三聯稱想其信通仙侶，爐祕仙丹，修道之高；末聯訊以騎龍相從，致慕道力從學之意。通首用仙道典實，嚴整工穩，鍛鍊之格。

❶唐詩紀事云：字厚之。

❷星冠月珮也。列子：海中五山：一岱輿，二員嶠，三方壺，四蓬萊，五瀛洲。

❸選詩：天上何所有？歷歷種白榆。注曰：白榆、星也。

❹老君六甲符云：丁卯神司馬卿，丁丑神趙子玉，丁亥神張文通，丁酉神戎文公，丁未神石叔通，丁巳神崔巨卿。神仙傳云：慈明六甲善役鬼神。檢、印匣也，言神藏匣內。

❺五龍、五方之龍。霜都、猶言霜壇，鬼神所棲。壇場謂之都，猶百粵志人都、豬都、鳥都，是也。

❻見前注。

❼太乙爐、煉太乙丹爐也。

❽神仙傳：壺公遺費長房竹一竿，乘竹縮地而歸。後投竹於葛陂，化爲龍。

❾列仙傳：鹿一千年爲蒼龍。又：蘇耽獵，常騎鹿，遇險絕處皆超越，問之，答曰：龍也。

送客之湖南

白居易

年年漸見南方物。事事堪傷北客情。山鬼趫跳惟一足。❶峽猿哀怨過三聲。❷帆開青草湖中去。❸衣濕黃梅雨裏行。❹別後雙魚定難覓。❺近來潮不到湓城。

詮評：首聯述北客至南方，見物傷情；次聯承寫景物之異；三聯想像帆從湖去，衣溼雨行；末聯以潮水不到湓城，託音書難覓之想，寄彼此懷念之情。皆就南方景物敍寫，與發端主意一氣貫注，諧婉輕靈之作。

❶廣異記：山鬼、嶺南所在有之，獨足反踵。

❷見前注。

❸洞庭湖、青草湖、半屬潭州，半屬岳州，南曰青草湖，北曰洞庭湖。

❹周處風土記曰：夏至前雨名梅雨，沾衣服皆敗黦。

❺古詩：客從遠方來，遺我雙鯉魚，呼童烹鯉魚，中有尺素書。

送劉谷

李郢

村橋西路雪初晴。雲煖沙乾馬足輕。寒澗渡頭芳草色。新梅嶺上鷓鴣聲。郵亭已送征車發。山館誰將候火迎。落日千峯轉迢遞。知君回首望高城。

詮評：前半寫送別時初春景色，語意亦清新相配。後半推想到達後何人迎接，劉必有回憶之懷念，對致己亦相思之意。風致自逸。

江上逢王將軍

虬髯憔悴羽林郎。❶曾入甘泉侍武皇。❷鵰沒夜雲知御苑。❸馬隨春仗識天香。❹五湖歸去孤舟月。❺六國平來兩鬢霜。❻惟有桓伊江上笛。臥吹三弄送斜陽。❼

詮評：前半由王憔悴衰顏，溯述其曾以羽林侍先皇；寫其放鵰夜獵御苑，馬識天香，極少年承恩之親貴；動蕩高華。後半轉落去職歸來，孤舟對月，六國既平，而兩鬢成霜；惟作笛弄，閑送斜陽，狀老退衰頹之淒寂；灑脫挺拔。以盛衰相對成篇，故氣格雄放，音調高朗，步武盛唐。

❶ 唐太宗虬髯可以掛弓。漢書：羽林孤兒。注曰：天有羽林星，喻若林木之盛，羽翼鷙擊意，故以名武官焉。

❷ 甘泉宮有三：秦甘泉在渭南，漢甘泉在雲陽縣磨石嶺上，隋甘泉在鄠縣。秦始皇迎太后入咸陽後，居甘泉。徐廣曰：表云：咸陽南宮也。秦時咸陽，跨渭南北，則此宮不在渭北咸陽，而在渭南咸陽，此秦甘泉也。漢武元封元年：始即磨盤嶺秦宮之側作甘泉，此漢甘泉也。元和志曰：隋宮在鄠縣南二十里，對甘泉谷，此唐甘泉也。

❸ 言鵰之習於獵也。鵰非夜放者，詩言夜雲，豈語病也。然古人亦有夜獵者，如齊武帝射雉鍾山，至青溪橋西雞始鳴，是也。

❹ 言馬曾於隨仗而識香也。蓋仗前必以香引輦，如隋煬帝每駕則擎香爐在輦前行，是也。

❺ 范蠡事，見前注。

❻ 秦王翦平六國。

❼ 晉桓伊爲征南將軍，王徽之遇之江上，曰：聞卿善吹笛。伊便下馬踞牀，三弄而去。

和皮日休酧茅山廣文

陸龜蒙

一片輕帆背夕陽。望三峯拜七眞堂。❶天寒夜漱雲芽淨。❷雪壞晴梳石髮香。❸

自拂煙霞安筆格。❹獨開封檢試砂牀。❺莫言洞府能招隱。❻會輾飈輪見玉皇。❼

詮評：首聯寫茅山境景；次聯承寫廣文山居景象，字新而詞生秀；三聯進寫修道功趣，詞幽而意灑脫；末聯想像其道成昇天。以輕靈見致。

❶ 茅山有三峯。

❷ 上元寶經云：太極眞人服四極雲芽。

❸ 風土記曰：石髮、苔也。

❹ 梁簡文詠筆格云：仰出寫含花，横插學仙掌，幸因提拾用，遂廁璇臺賞。

❺ 倦遊錄：辰州有硃砂處，即有小金龕，中生白石，牀上乃生砂，大者如芙蓉，重七八斤，價十萬。

❻ 五嶽圖：赤城有洞府，仙人居之。小山有招隱。

❼ 神仙傳：玄圃閬苑，環以弱水九重，非風車羽輪不可到。

蒲津河亭❶

唐彥謙

宿雨清秋霽景澄。廣庭高榭更晨興。煙橫博望乘槎水。❷日上文王避雨陵。❸孤棹夷猶期獨往。❹曲欄愁絕每長凭。思鄉懷古多傷別。此際哀吟幾不勝。

詮評：首聯寫登河亭景色；次聯由河水而溯及博望槎，由亭境而遠想文王陵，抒懷古之情，氣格雄闊；三聯進述期孤棹獨往，而惟曲欄愁凭，致思鄉之感；末聯即以思鄉懷古併收。兩意對寫以成篇，瀅宕停勻。

❶蒲津在同州。
❷張騫封博望侯，嘗泝河乘槎，直至天河，見牛女。寶曆中嘗詔有司取其槎以進見，因話錄。
❸見前注。
❹楚詞：君不行兮夷猶。

已前共七首

詮評：此皆前半寫景或述事，後半述事以抒情。故集爲一格。

感懷

劉長卿

秋風落葉正堪悲。黃菊殘花欲待誰。水近偏逢寒氣早。山深長見日光遲。愁中卜命看周易。夢裏招蒐誦楚詞❶。自笑不如湘浦鴈。飛來却是北歸時。

詮評：首聯寫葉落菊開，皆含悲悽；次聯寫水近偏寒，山深日遲，都成悽感，意餘言外，皆即景象寫感懷。三聯以卜命看易，招魂誦詞，寄抒愁懷，蘊藉風流；末聯以自笑不歸結感傷。姿態流動，寓意深婉。

❶ 宋玉招蒐：帝告巫陽曰：有人在下，我欲輔之，蒐梟離散，汝筮與之。

輞川積雨❶

王　維

積雨空林煙火遲。蒸藜炊黍餉東菑❷。漠漠水田飛白鷺。陰陰夏木囀黃鸝❸。山中習靜觀朝槿❹。松下清齋折露葵。❺野老與人爭席罷❻。海鷗何事更相疑❼。

詮評：此詩主寫積雨而發禪思。首聯寫積雨中炊食遲滯，始餉東菑；次聯接寫白鷺水鳥，喜久雨而翩飛，黃鸝夏禽，雨餘乘涼而喜囀，極積雨神理。三聯進寫槿花朝開夕落，宜靜中觀相之空無，露葵浥露清潔，爲習靜長齋之食用。末聯以「人」自稱，猶唐人以「公」自稱。野老與己爭席，則己無貢高之慢，而機心既泯，海鷗亦復何疑，我相人相眾生相俱無。此就積雨長時述自得情趣，已入禪境，意興深妙超遠，盛唐亦惟摩詰獨擅。前以神行，後以理極，皆至高境界，是以爲逸品。露葵用七啓，註說是。

❶ 輞川在藍田縣。

❷ 李周翰曰：藜、野菜。爾雅：田一歲曰菑。

❸ 李肇謂水田飛白鷺，夏木囀黃鸝，乃李嘉祐詩，王維但增二字而已。

❹ 習靜猶坐禪，張籍有和陸司業習靜詩。埤雅曰：槿花如葵，朝生夕隕。一云舜，舜之義蓋取此。

❺ 史謂維末年，長齋奉佛。故詩有此語。按顏氏家訓：蔡朗父諱純，遂呼蓴爲露葵，面墻者效之。有士人聘齊，主客郎李恕問曰：江南有露葵否？答曰：露葵是蓴，水鄉所出，今所食者綠葵耳。此詩云松下折之，豈亦誤以爲綠葵耶！然七啓云：霜蓄露葵。注曰：葵宜露。意謂維或本此耳。

❻ 列子往見壺丘子，道中舍者避席，及見壺子歸，則舍者爭席。

❼ 莊子：海上翁每之海上，則羣鷗隨之，後欲取之，機心一萌，鷗鳥舞之不下。

石門春暮❶

錢起

自笑鄙夫多野性。貧居數畝半臨湍。溪雲雜雨來茅屋。山雀將雛傍藥欄❷。仙籙滿牀閒不厭❸。陰符在篋老羞看❹。更憐童子宜春服❺。花裏尋師到杏壇❻。

詮評：首聯敘性喜野居；次聯承寫野居景物；三聯寫法籙滿而不厭，以其合學仙之性，陰符置而羞看，以其衰老無成於功名；末聯言更愛童子花中相訪，得切磋之趣。寫景瀟灑自然，抒情委宛盡致，錢劉勝處。仙籙不厭作不檢，則為學仙亦無意，與通篇恉趣亦合，惟成合掌句耳。

❶石門在濟南府臨邑縣。

❷資暇集云：園亭之藥欄，藥即欄，欄即藥，非花藥之欄也。按蘇林曰：以竹連綿為禁篻，使人不得往來。

❸厭、一作檢。北夢瑣言：法籙外，別有一百二十法，天師所禁。

❹蘇秦受太公陰符於鬼谷子。

❺論語：春服既成，冠者五六人，童子六七人。

❻莊子：孔子行乎杏壇之上，弟子讀書，夫子鼓瑟奏曲。

酧慈恩文郁上人

賈　島

袈裟影入禁池清。猶憶鄉山近赤城❶。籬落罅間寒蟹過。莓苔石上晚蛩行。期登野閣閒應甚。阻宿幽房疾未平。聞說又尋南嶽去。無端詩思忽然生。

詮評：前半寫境景，新異而寒瘦，賈詩本色。後半抒情，酧寄詩中意，述其閒中登閣而疾阻，又遊南嶽而寄詩，委宛關切以盡致。

❶孔靈符會稽記日：赤城山色赤，狀似雲霞，今在天台縣北六里。

江亭秋霽

李　郢

碧天涼冷鴈來疎。閒看江雲思有餘。秋館池亭荷葉後❶。野人籬落荳花初。無愁自得山翁術。多病能忘太史書❷。聞說故園香稻熟。片帆歸去就鱸魚。

詮評：前半盡題恉：首聯寫秋霽遠景，次聯寫秋霽近景，姿致清新。以葉對花，鍊字亦巧。後半轉入抒情，寫閒適意趣，抑揚不滯。荷葉後「後」字作歇，意顯語直，作後意婉語峭。

❶ 後、或作歇著非，今從本集。

❷ 太史公作史記。

漢南春望

薛　能

獨尋春色上高臺。三月皇州駕未回。❶幾處松筠燒後死誰家桃李亂中開姦邪用法元非法。❷唱和求才不是才。❸自古浮雲蔽白日。❹洗天風雨幾時來。❺

詮評：首聯由望揭亂；次聯承寫亂後景象，第就樹木存廢摹寫，而民之存亡，自見言外。三聯論姦人主政非法，浮文取才非才；末聯即直歎浮雲蔽日，洗亂風雨何時可來？爲傷亂正論。前寫後論，相對構篇。寫景語婉而情痛，發論語直而理正。顯諷逕斥，亦小雅之遺槩，爲唐七律之特格。

❶ 僖宗之亂，凡再幸興元。
❷ 謂田令孜輩。
❸ 唐末年，進士皆尙浮薄之文，無實用。至謂挽二石弓，不如識一丁字，天下遂亂。
❹ 苻堅宦者曰：不見雀來入燕室，但見浮雲蔽白日。
❺ 武王伐紂大雨，太公謂之洗兵雨。

春夕旅懷

崔　塗

水流花謝兩無情。送盡東風過楚城。蝴蝶夢中家萬里❶杜鵑枝上月三更。故園書動經年別華髮春惟兩鬢生。自是不歸歸便得五湖煙景有誰爭。

詮評：首聯寫流水落花送春，總挈題恉，著無情兩字，便見旅客情懷，振起全篇。次聯承寫歸鄉夢遠，望月難眠旅況，景切意婉而詞悽麗。三四聯寫書隔髮白旅境，自怨不歸，失五湖煙景，象冷意惻而詞蕩漾。中晚特采。

❶ 蝶夢見前注。

長陵❶

唐彥謙

長陵高闕此安劉❷，附葬纍纍盡列侯。豐上舊居無故里❸，沛中原廟對荒丘❹。
耳聞英主提三尺❺，眼看愚民盜一抔❻。千載豎儒騎瘦馬，渭城斜日重回頭❼。

詮評：首聯遥述長陵，及附葬冢多；次聯推及豐居已無，沛廟亦荒；前半總寫陵廟故里空荒景象。後半以提筆振起，言聞當年輕儒之英主，提劍平天下，令人則眼見愚民掘其陵，千載下則儒亦當爲之咨嗟，總致憑弔英雄，感傷興亡之意。氣格挺勁，音調悽朗。三尺一抔，用歇後語，造句工巧自然。

❶三輔黃圖云：長陵在渭北，去長安城三十五里，高祖所葬。長陵山東西廣一百二十步，高十三丈。長陵城周十里八十步。

❷高祖曰：安劉氏者必口也。此借用。

❸高祖生於豐，秦爲泗水郡，今徐州豐縣。無故里者，蓋高祖常徙豐民於驪邑。

❹高祖起兵於沛。漢書：叔孫通願爲原廟。注：原、重也，先有廟，今更立也。

❺高祖曰：吾以布衣，持三尺劍取天下。

❻張釋之曰：他日有愚民盜長陵一抔土，將何以罪之耶？

❼高祖罵酈食其曰：豎儒！幾敗乃翁事。詩意謂帝昔慢儒，今日陵寢廢掘，使豎儒千載見之。

咸陽

韋莊❶

城邊人倚夕陽樓。樓上雲凝萬古愁。山色不知秦苑廢。水聲空傍漢宮流。李斯不向倉中悟。徐福應無物外遊。❷莫怪楚吟偏斷骨。野煙蹤跡似東周。❸

詮評：前半寫秦苑漢宮俱歸荒廢，惟山色水聲，依然如舊，凝萬古興廢之愁。後半提轉李斯不相秦成帝業，始皇亦不至有求仙奢望，今此一切，與所滅東周，同歸亡國之遺跡，無怪後之楚吟悲弔而已！前景後論，虛實對立，總寫弔古之感。而一氣貫注，雄渾動宕躋步盛唐。此與薛能漢南春望詩，前寫後論，格法正同。第彼論整鍊而顯直，就實際爲言，逕虜治失之政論；此論抑揚而深婉，就推擬爲言，曲盡妄作之憑弔；似尤得詩「意在筆先，神餘言外」之致。

❶ 字端己。乾寧元年進士，後入蜀爲相。

❷ 李斯少爲小吏，見廁鼠食不潔，近人犬，數驚；視倉中鼠食粟，居大廡下，不憂。歎曰：人之賢不肖，亦猶是矣。乃從荀卿學，後相秦。仙傳拾遺及廣異記曰：徐福，字君房。始皇遺福童男女二千人，入海尋神仙，不返，唐開元中有於海中見之者。

❸ 言秦滅東周，今其故都與周俱爲亡國之跡。

已前共九首

詮評：此皆前半寫景處，清新或閒適；後半抒情發議處，恬適或高昂。故集爲一格。

唐賢三體詩法詮評 卷十二

諸城 王禮卿 學

結句

周弼曰：其說在五言。所以異者，皆取平妥婉順，意盡而止，非奇健比也。王貞白末句稍振作矣。

過九原飲馬泉❶

李益

綠楊著水草如煙舊是胡兒飲馬泉❷幾處吹笳明月夜❸何人倚劍白雲天❹從來凍合關山道今日分流漢使前莫遣行人照容鬢恐驚憔悴入新年

詮評：首由景色入飲馬泉；即承寫月夜吹笳，雲天倚劍，邊塞雄邁氣概，形人物之英傑；再溯昔之道凍合眇，跌落今之分流漢境，寫境地之變遷；落到行人照容憔悴，驚入新年，抒羈旅情思。開闔跌宕，結處去路悠然。

❶ 九原即今豐州

❷ 鸊鵜泉在豐州城北，胡人飲馬於此。

❸ 晉劉琨爲胡騎所圍，乃乘月登樓奏胡笳，賊流涕棄圍去。

❹ 宋玉大言曰：長劍耿耿倚天外。

欲到西陵寄王行

李 紳

西陵沙岸回流急。❶船底黏沙去岸遙。驛吏遞呼催下纜。棹郎閒立道齊橈。猶瞻伍相青山廟。❷未見雙童白鶴橋。欲責舟人無次第。自知貪酒過春潮。

詮評：前半寫西陵沙土黏船，離岸泊舟異象。三聯承寫所見未見之古蹟，爲舟停無聊之游目。結聯以久泊曠時，欲責舟人不知時先後之次，終知由己貪酒誤潮期之過。全篇委宛層遞，總表明貪酒誤時一情事，爲即興之作，極低徊瀟灑之致。

❶西陵渡在蕭山縣西二十里，錢王以陵非吉語，改曰西興。
❷盧文輔伍子胥祠銘曰：漢史胥山，今名青山，謬也。

洗竹

王貞白❶

道院竹繁教略洗。❷鳴琴酌酒看扶疎。不圖結實來雙鳳。且要長竿釣巨魚。錦籜裁冠添散逸。❸玉芽修饌稱清虛。有時記得三天事。自向琅玕節下書。❹

詮評：首聯述芟竹情事；次聯期竹成之用，而以抑揚出之，有虛實之異；三聯以籜冠芽饌，表清逸情趣，以閒適出之；結聯迴寫日前用竹簡寫書之雅致，以輕巧出之。就芟竹一意盤旋，爲遣興之作，姿態飄逸，調婉韻長。

❶字有道。上饒人。乾寧二年張貽憲榜進士，爲校書郎。
❷洗、芟也。
❸漢祖以竹皮爲冠。
❹謂以竹爲簡也。

惜花

韓偓

皺白離情高處切膩紅愁態靜中深眼隨片片沿流去恨滿枝枝被雨淋總得苔遮猶慰意若教泥汙更傷心臨堦一盞悲春酒明日池塘是綠陰

詮評：通首比體，哀唐之危亡也。首聯寫高枝朵現皺白，已有離情之切感；靜中姿仍紅膩，更深愁態之悽傷；形將落之始相，悲國亡之初兆也。次聯接入隕落，寫眼見片片逐水，恨滿枝枝淋雨，形片盡枝殘之正相，悲地盡士散，業隳人厄之中階也。三聯想望落時，得苔遮猶可稍慰，若泥污則更覺傷心，形落後之設相，悲危際無有力之援，恐將致權奸篡奪之辱也。末聯跌落明日池塘，惟綠陰一片，殘花牘馥無存，形落後實際之終相，意最沉痛，哀國家之滅亡也。逐步摹寫，惜花情境，盡相窮神，而亡國之痛，亦神餘言外，一一曲呈，三百篇之嗣響也。致堯春盡詩云「細水浮花歸別澗，斷雲含雨入孤村。」亦閔唐士散境孤之危亡，比意略同此，特此爲通篇之比耳。至此詩語工調婉，悱惻纏綿，猶其餘事焉爾！

已前共四首

詮評：此皆一意構篇，結句更進一境，窈緲意遠。故集爲一格。

唐賢三體詩法詮評 卷十三

諸城 王禮卿 學

詠物

周弼曰：說在五言。至唐末忽成一體，不拘所詠物，別入外意而不失橫寫之巧，有足喜者。然特前聯用意頗密，後聯未能稱。

崔少府池鷺

雍陶

雙鷺應憐水滿池風飄不動頂絲垂立當青艸人先見行傍白蓮魚未知一足獨拳寒雨裏數聲相叫早秋時林塘得爾須增價況與詩家物色宜

詮評：此詩專詠「池鷺」，工妙處在特得池鷺之神態，非同泛寫。首聯寫池鷺雙有之頂絲；次聯特狀其潔白，以池側青草反映，池中白蓮正託，摹色意巧而語秀；三聯合狀其雙棲於池之姿致，以拳足形靜，呌聲形動，摹態盡相而兼情；末聯總美其高雅之品，已增價林塘，況更宜詩家，歸到少府主人。通篇貼切而灑脫，尤足傳神，詠物詩之逸品也。

鷓鴣

鄭谷

暖戲煙蕪錦翼齊品流應得近山雞雨昏青草湖邊過花落黃陵廟裏啼遊子乍聞征袖濕佳人纔唱翠眉低❶相呼相喚湘江曲苦竹叢深春日西

詮評：首聯寫鷓鴣嫣麗，美其品流。次聯寫雨暗中過湖邊，花落時啼廟裏，形閒適姿致，瀟灑輕靈。三聯由名稱推展，寫譜入歌詞，觸人離緒，衍名入情，哀感頑豔。末聯落到呼喚江曲，竹深日落境景，餘韻緲遠。通首布境運筆，不作著迹之刻畫，惟如蜻蜓點水，澹宕悠揚，一片神行，所謂盡得風流，故獲鄭鷓鴣雅號，爲詠物詩名作。

❶ 樂府有鶡鴠詞。

緋桃

唐彥謙

短墻荒圃四無鄰烈火緋桃照地春坐久好風休掩袂夜來微雨已沾巾敢同俗態期青眼似有微詞動絳唇盡日更無鄉井念此時何必見秦人❶

詮評：此詩主詠緋桃，與泛詠桃花者異。首聯以烈火極形桃紅。三句言好風中香盛勿遮，四句言微雨後色濃若滴，以袂巾託出，平列雙形香色之美，工婉入神。五六句以青眼虛擬賞者之高，絳唇實寫歌者之肖，以反正特形緋色之豔，取譬靈巧。末聯言終日賞此，不必想見桃源，總稱其美作束。此詩限於緋色，猶能風神搖曳，氣韻悠揚，唐人詩不可及處。

❶ 桃源事。

牡丹

羅鄴❶

落盡春紅始見花。花時比屋事豪奢。買栽池館恐無地。看到子孫能幾家。門倚長衢攢繡轂。幄籠輕日護香霞。歌鐘滿坐爭歡賞。肯信流年鬢有華。

詮評：以牡丹爲富貴花，首聯即以豪奢提起；次聯倏以貧家無地可栽反承，富家亦未必子孫世賞跌落，明人與花不相應配，反示諷世可傷之意。後半轉入賞花者繡車聚門，養花者錦幄護香，滿坐沉溺於爭賞，無人肯信流年似水，鬢華人老，形富貴家豪奢之狂歡，正示諷世無知之憫。以花富貴之性相，託諷人世富貴之無常，言在此而意在彼，蓋由三百篇興體，演引而成之一體，此託物諷世之格也。次聯爲富貴豪奢之反寫，後二聯爲正寫，抑揚開闔，意態飛動，語亦新銷。

❶ 餘杭人。隱族子。

又 羅隱

似共東風別有因絳羅高捲不勝春若教解語應傾國❶任是無情也動人芍藥與君爲近侍❷芙蓉何處避芳塵可憐韓令功成後辜負穠華過此身❸

詮評：以牡丹爲花王，首聯即以與春別有因緣提醒，不勝春極形之。次聯承寫解語應傾國，無情亦動人，美其別因所獨擅，抑揚搖曳，豔溢風流，以極其特品。故就題言爲以人擬花，就意言爲以花擬人，宛轉關生，形神融一，亦神來之筆，故爲牡丹詩名句。三聯以芍藥近侍，芙蓉避塵，爲相抑之陪形，再側寫其高，亦以擬人比言之。末聯反轉韓弘不歆富貴語意，歎其辜負穠華，別蘗奇才不遇之感，陡折處傲詭不可羈。此詠物擬人之格也。此詩以解語傾國，無情動人，摹出所以爲極品，難言之微妙畢呈。陸放翁反其意云「花如解語還多事，石不能言最可人。」以石不能言，反儷花如解語，抑揚間別成一意境，亦風韻天成，異曲同工，各極其勝，故知詩境無窮，惟才高者得之。

❶李延年曰：一顧傾城，再顧傾國。
❷爾雅曰：世稱牡丹花王，芍藥花相。
❸藝苑雌黃曰：韓弘罷宣武，始至長安，第中有牡丹，令斸之，曰：吾豈效兒女輩耶！

梅花

吳王醉處十餘里。照梦拂衣今正繁。經雨不隨山鳥散。倚風如共路人言。愁憐粉豔飄歌席。靜愛寒香撲酒樽。欲寄所思無好信。爲君惆悵又黃昏。

詮評：前半欲從輕逸處取神，惜於梅性相曠遠，形神俱泛。三聯意相娟秀，得梅風姿。末聯以折梅贈遠，寄惆悵之懷，餘韻不匱。取神處視宋林君復山園小梅「疎影橫斜水清淺，暗香浮動月黃昏。」梅花「雪後園林纔半樹，水邊籬落忽橫枝。」神形氣味，盡得風流，爲詠梅千古名句者，夐乎遠矣。故詩亦不得以唐宋槩判，要以作者神來與否而定之。

已前共六首

詮評：詠物詩爲人代天工，肖相傳神，寄興託意，兼備者爲上，獨擅者亦勝，所選者蓋取諸此也。故集爲一格。

七言律共一百一十一首

唐賢三體詩法詮評 卷十四

諸城 王禮卿 學

四 實

周弼曰：謂四句皆景物而實。開元大曆多此體，華麗典實之間，有雍容寬厚之態，此其妙也。稍變，然後入於虛，間以情思，故此體當爲衆體之首。昧者爲之，則堆積窒塞，寡於意味矣。

早春遊望❶

杜審言❷

獨有宦遊人。❸偏驚物候新。雲霞出海曙。梅柳渡江春。❹淑氣催黃鳥。晴光轉綠蘋。忽聞歌古調。❺歸思欲沾巾。

詮評：首以宦遊驚物候變新陡起。中四句以春望所見承寫：雲霞出曙，形早春曉色之晴明，梅柳渡春，見早春消息之渡入，用含蘊之輕筆；繼以淑氣已催鳥發聲，晴光復轉蘋顯色，用顯直之重筆；同賦景物，統寫物候之新易，運意沉細，撰語新綺。末以聞古調思歸，寄望時情思，迴應發端驚新，首尾綰合，餘韻不盡。

❶ 復齋漫錄以爲韋蘇州詩。

❷ 子美之祖，襄陽人。咸亨元年杜易簡榜進士。

❸ 王吉曰：長卿久宦遊，不遂而困。

❹ 本集題云：和晉陵丞早春遊望，此二句蓋晉陵遊望之景。

❺ 古一作苦。

遊少林寺❶

沈佺期❷

長歌遊寶地。徙倚對珠林。❸鴈塔風霜古。❹龍池歲月深。紺園澄夕霽。❺碧殿下秋陰。歸路烟霞晚。山蟬處處吟。

詮評：此詩以「時」爲脈絡。首聯入題。頷聯承寫鴈塔風霜，龍池歲月之悠久，典重壯勁，述古時也；頸聯寫園澄夕霽，殿下秋陰，境景之清曠，流逸娟秀，言今時也；末聯以歸晚聞蟬，由寺及路，易聲陪形，以盡遊意，言歸時也；一脈珠聯，章法工整。雍容恬澹，初唐風度。

❶ 寺在河南嵩山。

❷ 字雲卿，相州內黃人。上元二年鄭益榜進士，兼脩文館直學士。

❸ 佛經：黃金七寶爲地，摩尼珠爲林。楚詞：步徙倚而遙思。注：徙倚、遷移倚立也。

❹ 佛書：西域有比丘見羣鴈飛，乃曰：可充我食，鴈即墮地。佛曰：此鴈王也，不可食。乃立鴈塔。

❺ 謂園葉紺碧，夕陽照之，如水色之澄。

晚至華陰

皇甫曾❶

臘盡促歸心。行人及華陰。❷雲霞仙掌出。❸松栢古祠深。❹野渡冰生岸。寒川燒隔林。溫泉看漸近。宮樹晚沉沉。❺

詮評：首聯提起華陰。次聯承寫雲霞仙掌，松柏古祠，古跡之境景，端重俊健；三聯拓寫冰生燒隔，曠遠景物，流動輕逸；末聯特寫漸近之溫泉，宮樹淒迷，寄懷古之意，餘韻淡遠。寫景物筆法三易，寫實之正格也。

❶ 字孝常，丹陽人。天寶十二載楊衆榜進士，累官至殿中侍御史。
❷ 華陰縣在華州東六十五里。
❸ 王涯太華仙掌辨云：西嶽太華之首峯，有五峯，自下遠望，偶爲掌形。
❹ 玄宗太華銘云：壇場廟宇，何代不修，一禱三祠，無歲而缺。
❺ 溫泉宮見前注。

經廢寶慶寺

司空曙

黃葉前朝寺。無僧寒殿開。池晴龜出曝。松暝鶴飛回。古砌碑橫草。陰廊畫雜苔。禪宮亦消歇。塵世轉堪哀。

詮評：首聯已盡廢寺題旨。次聯以龜曝鶴歸，長壽物之動態，形廢久之淒涼；三聯以碑草畫苔，堅定物之靜象，形廢久之埋沒；動靜對形；極廢寺神致。末聯以禪宮亦廢，落入人世益可哀傷，抑揚跌宕，饒憑弔意味。

次北固山下❶

王　灣❷

客路青山外行舟綠水前❸潮平兩岸闊風正一帆懸海日生殘夜江春入舊年鄉書何處達歸鴈洛陽邊

詮評：首聯由山外進入水前，揭題次山下主意。次聯寫「境」，以上象引下象，以廣闊納單一，氣象闊大，兼含俊逸。三聯寫「時」，以殘夜反起海日之初生，為初出與殘夜並時；以舊年反起江春之已入，為新春與舊年共候；此反正倒裝，迴環轉折，新雋之句法，意曲而不晦，詞鍊而不澀，骨秀神逸，盛唐始擅此異采。末聯以寄洛鄉書託鴈，致思鄉之意，亦前境後情格也。

❶英靈集題作江南意。
❷開元元年常無名榜進士。

❸ 英靈集作南國多春意，東行伺早天。

岳陽晚景

張 均❶

晚景寒鴉集秋風旅鴈歸水光浮日去霞彩映江飛洲白蘆花吐園紅柿葉稀長沙卑暑地❷九月未成衣❸

詮評：發端以鴉集鴈歸入題。次聯承晚意，寫岳陽江天遠景，色濃姿動。三聯寫江鄉近景，由蘆花之徧開，故見江洲全成白色；緣柿熟葉稀，唯見林園悉呈紅豔；紅白對映，濃淡相資，清麗新雋，摹色相特工。末聯言秋未成衣，即地寫時，結亦輕逸。

❶ 洛陽人，說之子。開元四年進士。

❷ 岳陽、漢屬長沙。十三洲志曰：西自湘江，至東萊萬里，故曰長沙。

❸ 詩：九月授衣。

晚發五溪❶

岑參

客厭巴南地。鄉鄰劍北天。江村片雨外。野寺夕陽邊。芋葉藏山徑。蘆花間渚田。舟行未可住。乘月且須牽。

詮評：首寫五溪地域。次聯承寫晚時遠景，以雨外江村，遠色迷茫；斜陽野寺，夕光掩映；明暗對顯，姿態新雋。三聯進寫近景，以芋葉大而為山徑掩藏，蘆花白而與田綠間雜，參差融會，婉曲盡致。末循晚意，述不得不乘月舟行，迴應發端「厭」字，謂無勝槩可詠，申衍餘意，興象從容。

❶ 蜀先主於五溪立黔受郡，今紹慶府也。五溪者：酉溪、辰溪、巫溪、武溪、沅溪。

仲夏江陰官舍寄裴明府

李嘉祐

萬室邊江次。孤城對海安。朝霞晴作雨。濕氣晚生寒。苔色侵衣桁❶。潮痕上井欄。題詩招茂宰。❷思爾欲辭官。

詮評：首述江陰邊江對海，挈起下意。次聯承寫朝霞本晴，忽而作雨；濕氣當夏，晚竟生寒；形水鄉時地物候變易之異，以反正轉折出之，委婉動宕。三聯踵上意，以苔色侵桁，潮痕上欄，形官舍濕潤靜象，以輕便纖密出之，纖巧工鍊。末言招裴，由思其將辭官位，別開一意作結。

❶謂梅蒸。

❷謝玄暉詩：茂宰深遐眷。□□茂爲宿令有聲，故詩人用以比宰邑者。

山行

殷遙❶

寂歷青山曉。山行趣不稀。野花成子落。江燕引雛飛。暗草薰苔徑。晴楊拂石磯。俗人猶語此。余亦轉忘歸。

詮評：以山行發端。中四句接寫山中所見：野花開成而子自落，江燕雛長而引習飛，寫物成性象，動靜異性，而同得造物自然生趣，形成大化之融和。再進寫草以暗香薰徑，楊以晴明拂磯，香色明暗異致，亦同歸大化之諧和。極天趣之微妙，工於肖物。末總上景境，以俗人猶語此趣，落到忘歸，申深賞不盡之意。

❶ 潤州人。開元中爲參軍。

送陸明府之盱眙

崔峒❶

陶令之官去離愁。慘別魂。白煙連海戍。紅葉近淮村。遠浪搖山郭。平蕪到縣門。

政成堪吏隱。❷免負府公恩。

詮評：此首原本脫題，似任近淮縣令之作。首以淵明爲令短暫自比，即接以離愁慘別，意有勉強之曲衷。故末以政成爲吏隱，期勿負府恩作結，首尾意貫。中四句承寫縣之境景，以煙連海戍，浪搖山城，形海域曠遠動象；葉近淮村，平蕪到縣，形淮區鄰近靜態；總寫山縣之蕭寥。末託政蹟之平淡，與前意致關合爲一，語淨味長。

（校者案：經檢四庫全書本高士奇輯注《三體唐詩》，此詩題作「送陸明府之盱眙」，茲據逕補。惟作者「詮評」已不及改寫，姑仍其舊。）

❶ 大曆才子。嘗爲右補闕。

❷ 汝南先賢傳：鄭欽吏隱于蟻陂之陽。

溪南書齋

楊　發❶

茅屋住來久。山深不閉門。草生垂井口。花落擁籬根。入院將雛鳥。攀蘿抱子猿。曾逢異人說。風景似桃源。

詮評：首聯以住久境寂，籠起全意。中四句承寫：草生井口而不芟，花落籬根而不埽，由人之懶散，成天然之幽象；鳥將雛而安然入院，猿抱子而隨意攀蘿，由物之率眞，成忘機之天趣；語直意婉，妙肖自然。末以桃源比擬，總成洒脫之興象。

❶字至之。大和四年進士。

泊揚子岸❶

祖　詠❷

纔入維揚郡。鄉關此路遙。林藏初霽雨。風退欲歸潮。江火明沙岸。雲帆礙浦橋。

客衣今日薄寒氣近來饒。

詮評：首聯入題。次聯寫新晴時枝葉尚存餘滴，故如雨猶未過，爲林樹所掩藏；潮歸時本已將行，適值風順向吹拂，故如潮尚未歸，而爲風吹退；象委曲而難形，詞工鍊而巧達，此盛唐勝處。三聯寫燈火閃爍，耀明於沙岸；雲際帆影，遮礙於浦橋；明暗對映，江夜異景，流動逼眞。中二聯一遠一近，參差掩映，肖物微妙。結聯緣景及時，以衣薄寒多，抒旅途情思，申念鄉感時之意。

❶ 揚子橋去揚州城十五里。

❷ 開元十三年杜綰榜進士。

新秋寄樂天

劉禹錫

月露發光彩此時方見秋。夜涼金氣應天靜火星流。❶蟲響偏依井螢飛直過樓。

相知盡白首清景復追遊。❷

詮評：首從月露光彩，重筆入秋。接以夜涼爲金氣之應，天靜見火星之下，正寫秋夜天象氣候之清明；再以蟋蟀依井初鳴，螢火過樓直飛，形新秋物候之已至；清利便娟，極新秋風致。末聯言樂天與已俱老，猶望再得同遊，以清景結全篇，復遊致寄詩主旨，亦前景末情之格。情韻澹遠，錢劉本色。

❶詩：七月流火。爾雅注曰：大火、心星也。

❷愚謂彼已皆老，復事追遊乎！言不復也。

秋日送客至潛水驛

候吏立沙際　田家連竹溪　楓林社日鼓　茅屋午時雞　雀噪晚禾地　蝶飛秋草畦

驛樓宮樹近　疲馬再三嘶

詮評：首句言偕候吏送客，次句即寫驛地田家。接以楓林紅映之鄉，鳴社日酒會之鼓；所居皆茅屋相連，午時正雞聲鳴唱；形田家居安人和之盡歡，食足畜豐之恬趣，妙造自然。張演社日七絕，極盡鄉村春社酒會神味，此以兩句括寫，足相匹美。三聯以雀噪蝶飛狀秋景，流動輕逸。末聯入宮樹近而驛遠，疲馬嘶如傷離，拓出惜別之意，餘韻悠然。

得日觀東房

李　質❶

曾入桃源路。桃源信少雙。洞霞飄素練。壁蘚畫陰窗。古木疑撐月。危峯欲墮江。自吟空向寂。誰與倒秋缸。❷

詮評：題標得字，便有倉皇中倖得之意；而以桃源比日觀，正明避亂之所；唐詩紀事所述，自合事實。寺觀蓋在深隱之處，故次聯寫洞霞飄拂如練，形洞在雲中之深闊；壁蘚滿窗如畫，形觀房暗處之陰溼；明深暗之狀也。三聯寫樹古恍疑上撐於月，峯高幾將墮落於江，著窮高之象也。皆寫其境之奇異，蒼茫勁峭，自異常格。末聯以匿跡孤吟，惜無人送酒，以諧語自嘲，值危如暇，亦超恆情，詭奇之作也。

❶字公幹。

❷唐詩紀事云：質襄陽人，應舉無成，往謁至豫章，遇寇倉皇去，得日觀東房，攜一壺上樓，朗吟曰云云。如有人曰：土主尚書在此。質後登第，果領豫章。

北固晚眺

竇常

水國芒種後，梅天風雨涼。露蠶開晚簇❶，江燕語危檣。山址北來固，潮頭西去長。年年此登眺，人事幾銷亡。

詮評：首言水國氣候，梅雨猶涼。繼寫傍晚時：露蠶開箔，見生機之緜衍；江燕語檣，識樂意之相關；狀晚晴景物，娟秀輕靈。進寫北固山固水長之壯闊，以極地之勝槩。末聯點出登眺，爲倒敘，而以人事銷亡，抒歎世之懷。景和意淒，不落常調。

❶露蠶、謂露養於外，自淮以西，其俗皆然。每至晚晴，連屋開箔，望之如雪，簇蠶箔也。

送可久歸越中

賈島

石頭城下泊，❶北固暝鐘初。汀鷺銜潮起，船窗過月虛。吳山侵越衆，隋柳入唐疎。

日欲供調膳。❷辟來何府書。❸

詮評：首述送別之時地。接寫汀鷺銜潮而起，船窗過月仍虛，形物之動而有跡，時之逝而無痕，蓋摹惜別淹留之久，以推敲功深，語成瘦硬。再由石城推及吳山聯緜入越，想像隋柳入唐已疎，致地久世遠之感。意餘言外，淡遠取致，爲閬仙尠見。末由歸越，詢及何府相辟？申致其養親之意，結亦溫婉。

❶ 建康實錄：石頭城九里，即今清涼寺。
❷ 調膳、謂養親也。
❸ 薛登疏曰：漢取士必觀其行，閭里推舉，然後府寺辟。

新安江行❶

章人元❷

江源南出永❸野飯暫維梢。❹古戍懸魚網空林露鳥巢。雪晴山脊現沙淺浪痕交。自笑無媒者逢人作解嘲。❺

詮評：此以新安爲浙江水源，言此江之長，即接入江行停帆。次聯以戍懸魚網，林露鳥巢，寫江鄉景物之靜象，質直平淡。三聯以山脊特高，水漬亦下，故雪晴而先現；灘沙特薄，岸水易入，故浪痕相交互；寫流域景物之動態，婉曲清迥。兩聯盡江行景象。末聯以解嘲自擬，抒不遇之感，亦前景後情之格。

❶ 徽州隋改爲新安郡。
❷ 睦州人。大曆六年進士。學詩於嚴維。
❸ 浙江源出徽州。
❹ 海賦：維長綃。李善注：綃、帆綱也。
❺ 楊雄事不遇，人嘲之，雄作解嘲賦。

三月五日泛長沙東湖

張又新❶

上巳餘風景。芳辰集遠坰。❷湖光迷翡翠。草色醉蜻蜓。鳥弄桐花日。魚翻穀雨萍。從今留勝會。誰看畫蘭亭。❹

詮評：註據本集，謂此本長律，伯弜擷取成此，既非原貌，姑即此評之。首聯述上巳泛湖題旨。中四句分寫景物，以湖光草色輕靡駘蕩，致翡翠蜻蜓之迷醉；以桐花日、穀雨萍、春意輕盈，致鳥魚之翻弄；皆狀春景，第以鍊字見工巧。末以蘭亭上巳禊會擬結。截爲五律，竄易原作，爲選詩者所無，自不可取。

❶深州陸澤人，夔之子。元和元年進士第一人。
❷風俗通曰：巳社也。
❸爾雅：林外謂之坰。
❹畫記有蘭亭脩禊圖。按本集此篇乃長律，蓋伯弼擷而爲此，既非警句，不知何以取也！

送人入蜀

李　遠

蜀客本多愁。今君是勝遊。碧藏雲外樹。紅露驛邊樓。杜宇呼名語。❶巴江學字流。❷不知煙雨夜。何處夢刀州。

詮評：發端以蜀地險阨，旅客多愁反起，倏即轉落所送者乃是勝遊，總挈篇綱，言勝而不言險，起首已跌宕得勢。次聯接寫遠樹迷離於雲外，碧綠若爲雲所藏；

高樓顯矗於驛邊，豔紅似驛之所吐；暗碧顯紅，反正遠近，掩映對立，字雕句琢，錯采鏤金。此形恆現之勝境。三聯寫鳥呼名語，見物性獨慧之異；江學字流，爲地性僅有之奇；骨秀音圓，端莊流麗。此狀獨特之異采。結以風雨旅途，夜夢刀州，就益州美名，致抵蜀後良遇之擬想，綰合勝意作結。全篇寫「勝」，一氣揮灑，風度絕勝。

❶ 博物志：杜宇啼苦，則自呼名曰謝豹。
❷ 巴州志：字江者、以水屈曲成巴字，故曰字江。

七里灘❶

許　渾

天晚日沉沉。孤舟繫柳陰。江村平見寺。山郭遠聞砧。樹密猿聲響。波澄鴈影深。榮華暫時事。誰識子陵心。❷

詮評：首聯以天晚繫舟發端，次寫平地可見江村之寺，形地勢之平衍；遠處得聞山城之砧，見城居之高曠；高下對映，摹灘之境形。進寫樹密而晰聞猿聲，由其響特高；波清而澈見鴈影，由其照沉深；婉轉形容，狀灘之物象。皆以清逸見致。末以灘有子陵釣臺，由景物之閒淡，拓及榮華之倏忽，美子陵立東漢氣節，心志之高，興象超脫。

❶在嚴州，俗云：有風七里，無風七十里。

❷嚴子陵釣臺在灘側。

孤山寺❶

張祜

樓臺聳碧岑一徑入湖心不雨山長潤無雲水自陰斷橋荒蘚合空院落花深

猶憶西窗夜鐘聲出北林

詮評：首聯逕形山寺之高孤。次聯承寫山之特高，故不雨而長潤澤；湖之衍漫，雖無雲而自陰沉；形寺境山水氣象之異，婉轉盡致。三聯續寫斷橋蘚合，空院花深，形寺遠古蕭寂景象，韻味亦長。末以回憶鐘聲輕漾，溯及舊遊，爲前寫後述之格。

❶在錢塘舊治四里，獨一山。

惠山寺❶

舊宅人何在空門客自過泉聲到池盡❷山色上樓多小洞穿斜竹重階夾細莎殷勤望城市雲外暮鐘和

詮評：寺爲人舊宅，故以舊宅發端，敘人今遊。接寫山泉注池而停，聲盡而水波渟滀；山色籠院而來，樓高而空翠攬多；挹遠歸近，迤邐翕融，澹蕩輕靈，妙肖自然。三聯寫小洞穿出斜竹，重階夾生細莎，形景物之密緻。末聯以城市對望，遠聞此寺鐘聲之和，演近擬遠，意興超逸。

❶惠山泉西七里。
❷惠山泉天下第二水。

登蒲澗寺後二巖❶

李羣玉

五僊騎五羊何代降玆鄉❷澗有堯時韭❸山餘禹日糧❹樓臺籠海色草樹發天香浩笑煙波裏浮溟興甚長

詮評：以澗寺在越南，首敘南粵仙蹤，接言上古神物，前幅逕述古代人物事蹟。後幅續形樓臺遠籠海色，草樹怳發天香，寫今時景物，亦縹緲有仙氣。末以浩笑煙波，有乘桴浮海意興，直抒胸臆，言情作結。全篇蒼莽朴直，詞不雕飾，以興會行之，唐律之稀格也。

❶ 南越志：菖蒲澗在熙安縣東北。咸安中姚成甫於澗側遇丈人，曰：此菖蒲安期生所種。

❷ 寰宇記：高固為楚相，有五仙人，騎五色羊，持穀穗遺州人，因呼為五羊城。

❸ 廣州蒲澗寺產菖蒲十六節。呂氏春秋曰：菖蒲亦名堯韭。典術曰：堯時天降精於庭道韭，感百陰為菖蒲。

❹ 南越志：大禹取藤根為糧，飢年人食之，名禹餘糧。

送僧還南海

李　洞

春往海南邊，秋聞半夜蟬。
鯨吞洗鉢水❶，犀觸點燈船❷。
島嶼今諸國，星河共一天。
長安卻回日，松偃舊房前。

詮評：首聯從春往海南，接入秋聞夜蟬，著越氣候之特暖。接言鯨吞鉢水，犀觸燈船，形越物類雄偉特異，並關合僧家事物。進寫島嶼分立諸國，星河則共蒞一天，狀封域之廣大，版圖之統一，氣象雄闊，調響韻長。落到長安歸日，松覆舊房，擬計別時之久，抒情亦灑脫。

❶崔豹古今注：鯨魚大者長千里，小者長數千丈。

❷交州記：犀牛毛如豕，頭如馬，鼻上頂上額上各一角。

鄠北李生舍

圭峯秋後夜❶亂葉落寒虛四五百竿竹二三千卷書雲深猿盜栗雨霽蝗沾蔬只隔門前水如同萬里餘

詮評：首從秋夜落葉，言舍之空寒。接述唯數百竿竹，數千卷書，以簡直朴質，逕形舍之清幽，而託物興情，婉示人之高遠，得興體之髣髴。續以緣雲氣遙深，猿知得掩而盜栗；以新晴餘滴，蝗因不覺而沾蔬；狀物性動態，細微生動。末以一水隔而不見，致惜曠之情，語亦朴直。

❶圭峯在終南山。

塞上

司空圖

萬里隋城在。❶三邊虜氣衰。沙填孤障角。❷燒斷故關碑。馬色經寒慘。鵰聲帶晚悲。❸將軍正閑暇。留客換歌辭。

詮評：首聯述長城障塞，故虜氣衰而罷戰。接寫惟漠沙散集，填滿小城角隅；野火屢燒，燎斷舊關碑碣；狀塞上古蹟之荒涼。繼寫邊馬經寒，色亦慘黯；寒鵰入晚，聲帶飢餒；（從本集作飢字是）形邊塞鳥獸之飢寒，沉鬱悲涼。結聯反轉將軍暇換歌辭，以輕靡對映，瑰奇有姿態。

❶隋大業三年築長城。

❷蒼頡篇：障、小城。

❸本集作飢。

寄永嘉崔道融

旅寓雖難定。乘閑是勝遊。碧雲蕭寺霽。紅樹謝村秋。❶戍鼓和潮暗。船窗照鳥幽。

詩家多滯此。風景似相留。

詮評：以旅寓之處難定振起，接入閑靜即是勝遊，稱崔之寓永嘉也。接寫碧雲齋於蕭寺，紅樹秋滿謝村，景語已瀟灑，而用蕭寺謝村，以雅鍊典實，尤見工巧。續寫戍鼓和潮聲同暗，船窗映鳥跡獨幽，形江鄉景物之閒逸。末總以詩家多滯跡於此，風景留人，反應難定，正應寫景，託出寄詩歆羨之意，一脈諧貫。

❶梁姓蕭，每寺大書蕭字，故曰蕭寺。杜陽編云：蕭子雲言：謝靈運常守永嘉，今石帆鄉有謝公嶺。

泊靈溪館

鄭　巢❶

孤雲踈雨絕。荒館亂峯前。曉鷺棲危石。秋萍滿敗船。溜從華頂落❷。樹與赤城連。已有求閑意。相期在暮年。

詮評：首寫孤雲片雨後，泊舟在峯前荒館，言時地也。接寫鷺棲高石之上，萍滿敗船之周，形雨後水鳥性適，浮萍凝聚，閒適景象。續狀雨後餘溜從華峯頂自滴，遠樹與赤城峯濃連，寫高曠遠景，氣勢勁峭。結言已有閑居之意，期在晚年，總覽物以興情，兼饒意興。

❶ 與姚合同時舉。

❷ 華頂峯在天台縣東北三十里。

甘露寺❶

孫　魴❷

寒暄皆有景。孤絕畫難形。地拱千尋嶮。天垂四面青。晝燈籠鴈塔。夜磬徹漁汀。最愛僧房好。波光滿戶庭。

詮評：發端提出寺之孤高，故寒暖皆美景而難形，起筆超邁。中二聯即專形勝境：寫險地有千尋之高，繞寺若拱向；大天展四面之遠，垂青若染覆；以天地摹狀，極孤絕形神之奇偉。續寫晝燈尚籠鴈塔，夜磬竟徹漁汀，形孤絕聲光之高遠，意態飛動，氣格高騫。末以僧房波光滿庭作結，衍輕合重，瀟灑一氣。

❶ 圖經云：李德裕所建，甘露降，遂以名寺。

❷ 南昌人，父畫工。

江行

李咸用❶

瀟湘無事後❷征棹復嘔啞。高岫留殘照。歸鴻背落霞。魚依沙雁草。蝶寄狀流槎。共說干戈苦。汀洲減釣家。

詮評：此寫亂後景象。首述湘江亂甫平後，行船得復。接寫江行晚景：高峯尚留殘照，歸鴻背映落霞；魚依沙雁曾棲之岸草，蝶寄回流孤獨之舟檣；皆狀象黯人稀之況。結以亂後遺黎存少，即舊日汀洲之釣家亦滅，結出亂後荒殘可傷，人物情景一致。

❶ 隴西人。有披沙集。

❷ 瀟水出道，湘水出全，會于永州。

春日野望

李中❶

野外登臨望蒼蒼煙景昏暖風醫病草甘雨洗荒村雲散天邊影潮回島上痕
故人不可見倚仗役吟魂

詮評：首揭野望，先以煙景蒼昏籠起。接寫春風暄暖，使憔悴之草復甦，若醫病然；甘雨清滌，使塵黯荒村宛潔，若浣垢然；醫、浣、鍊字新巧。此從昏景進入清明，以承爲轉，筆法善變。繼寫雲散而天邊影澄，潮回而島上痕晰，爲寫清景之正承。末述覽景懷人，吟詩佇想，前景後情，韻味淡遠。

❶ 唐末爲新淦令。有碧雲集。

勝果寺❶

僧處默❷

略自中峯上盤回出薜蘿到江吳地盡隔岸越山多古木叢青靄遙天浸白波

下方城郭近鐘磬雜笙歌。

詮評：首聯敘寺在山巔，取徑必盤旋而上，言寺境之高異。中二聯接寫逶迤連江，至此而吳地已盡；蒼莽隔岸，聯矗而越山則多；狀地勢平遠之曠渺，態勝音朗。續寫古樹自集青氛，遙天若浸白水，狀景象上下之緜連，清空豪邁。結處以城郭笙歌之譁靡，與寺鐘磬之幽靜對映，寄禪俗高下之判，餘意不盡。

❶ 在杭州。

❷ 越州人，一作睦州人。

靜林寺❶

僧靈一❷

靜林溪路遠。蕭帝有遺蹤。水擊羅浮磬。山鳴于闐鐘。❸燈傳三世火。❹樹老五株松。❺無數煙霞色。空聞昔臥龍。

詮評：首聯由寺徑路，敘及往蹟。次聯寫山水與鐘磬聲通；三聯寫佛燈常明，寺松古老；皆狀寺景之幽長，末以煙霞總束寺象，溯想昔之逸才，微示世無高人之意。平淡清逸，僧詩本色。

❶在安吉州，梁武曾遊。
❷閒氣集云：大曆中人。
❸羅浮、山名，于闐、國名。二物未詳，豈寺所有耶！
❹三世：去、來、今也，謂燈長明。
❺始皇避雨五松下，封爲五大夫，此以比蕭帝曾遊。

已前共三十四首

詮評：大抵發端入題，結語抒懷。中四實寫景物，皆筆法變化，綰貫成篇。雖直婉、平奇、高下、質鍊、有別，要以實擅勝，故集爲一格。

秋夜同梁鍠文宴

錢　起

客到衡門下❶盃香蕙草時好風能自至明月不須期秋水翻荷影❷清霜脆柳枝微官是何物許日廢吟詩

詮評：首聯入題，以杯香蕙草敘宴時，清綺不質。中二聯寫宴時景物：言好風自至，明月不期，灑脫流麗，妙極自然。續承以風搖波漾，故荷葉翻現於水上；更因霜未殘卉，故柳枝脆軟而不悴；翻、脆、鍊字工巧，狀物態細婉盡致。末以一官滯跡，久日廢詩嘲歎，結到宴飲。總以恬適情懷，發成天然景趣，亦中唐高品。

❶ 詩注：衡門、横木爲門。

❷ 謂荷葉倒映水中，惟見葉背，故曰翻。

望秦川

李頎

秦川朝望迥。❶日出正東峯。遠近山河淨。逶迤城闕重。秋聲萬戶竹。❷寒色五陵松。客有歸歟歎。❸淒其霜露濃。

詮評：首聯入題，點出望時。次聯寫望見之山河城闕，展現形勝曠邈巍峩。三聯以渭川有千畝竹勝槩，寫出萬户一片秋聲；秦地陵古而松耐冷，形成五陵蒼茫寒色；進寫秋意之迷濛。聲色可形容，秋意難感會，寄託松竹以曲傳，秋意宛然心目，肖物如生，興象超妙。末聯接入歸歟之歎，以秋時作結。此感秋意興之作也。

❶三秦記：長安正南秦嶺根水，流爲秦川。

❷史記：渭川千畝竹，其人與萬戶侯等。

❸孔子曰：歸歟！歸歟！

池上

白居易

嫋嫋涼風動淒淒寒露零。蘭衰花始白。荷破葉猶青。獨立棲沙鶴。雙飛照水螢。

若爲寥落境仍値酒初醒。

詮評：首聯以風涼露濃，寫秋季之淒清。中二聯承寫蘭衰花始呈白，荷破葉猶留青，見秋卉殘姿之憔悴；獨鶴棲沙，雙螢照水，又秋時物態之冷寞；總寫池境之蕭寂。故末言如何當茲寥落之境，仍値此酒醒之初，謂益增感傷。此以悲秋之情思，賦寥落之境景，興寄輕逸。

西陵夜居

吳融

寒潮落遠汀。暝色入柴扃。漏永沉沉靜。燈孤的的青。林風移宿鳥。池雨定流螢。

盡夕成愁絕。啼蟗莫近庭。

詮評：首以潮落暝入，形出夜居。接寫漏長沉靜，燈孤光青，狀夜居之孤寂；進寫宿鳥避林風搖撼而移居，流螢怯池雨礙飛而定息，狀夜物蕭寥意象；字鍊意婉。末以盡夕愁絕，總納前景於愁情，倒出緣愁主意，益以啼螿觸愁莫近，爲頰上添毫法。此以情被景，賦愁之作。

旅遊傷春

李昌符❶

酒醒鄉關遠迢迢聽漏終。曙分林外影春盡雨聲中鳥倦江村路花殘野岸風十年成底事羸馬厭西東。

詮評：首聯述旅舍夜況。次聯承夜，寫曉色漸分現林影之外，奈春光已暗盡雨聲之中，一現一盡，一欣一傷，反正對形，意婉骨秀，聲色雙超。三聯進承春盡，寫鳥倦花殘，餘春之蕭寂，娟淨輕逸。末聯以十年無成，深厭行旅，藥所以傷春之題旨，迴束旅遊。總傷春之情懷，賦殘春之景色，情蘊景中，神餘言外，一氣揮灑，風度殊高。

❶字岩夢。咸通四年及第。

春山

僧貫休❶

重疊太古色。濛濛花雨時。好山行恐盡。流水語相隨。黑壤生紅朮。黃猿領白兒。因思石橋日❷曾與道人期。

詮評：首聯以太古形山色，花雨形春時，已盡題詠。次聯承寫好山足可欣賞，故行之恐盡；流水聲與語伴，若隨人意趣而諧合，並足怡情；興會超脫，神韻自饒。三聯以田禾動物顏色相反而相生，見造物之微妙，發人興趣。末由春山思及石橋舊約，餘興盤旋。總抒興會於遊蹤，古調高格。

❶字德隱。婺州蘭溪人。

❷石橋在天台縣百十五里。

已前共六首

詮評：皆以情興馭景，與前之前景後情者異，故集爲一格。

送懷州吳別駕

岑參

灞上柳枝黃❶壚頭酒正香❷春流飲去馬暮雨濕行裝驛路通函谷❸州城接大行❹覃懷人總喜❺別駕得王祥❻

詮評：以柳黃酒香發端，敍別時景事；接寫流飲去馬，雨溼行裝，狀別途情事；一氣直下，瀟灑流逸。續寫歸程驛路州城之曠遠，並用覃懷地方之典實，敍入治績人喜，落到別駕，以王祥比頌，風韻典雅。此春雍古調。

❶古人折柳送別，王仁裕開元遺事曰：長安東灞陵有橋，於此送別。

❷司馬相如使文君當壚。

❸函谷關有二里自陝州至靈寶縣南十里，秦函谷也。自靈寶三百餘里，至河南新安縣東一里，漢函谷也。武帝爲楊僕移於此。

❹ 大行山起懷州河內縣，北至幽州，凡亘十州，有八陘，一在縣界。

❺ 書：覃懷底績。

❻ 晉呂虔有佩刀，相者以爲必登三公。虔語別駕王祥曰：卿有公輔之量，以相與。

高宮谷贈鄭鄠

谷口來相訪❶空齋不見君。澗花燃暮雨。潭樹暖春雲。門徑稀人迹。簷峯下鹿羣。

衣裳與枕席。山靄碧氤氳。

詮評：首述訪鄭不遇。接寫澗花紅豔，如在暮雨中燃灼；潭樹翠濃，若爲春雲間加暖；狀景物關生之機微，妙造自然，總由鍊字之工。進寫門稀人迹，峯下鹿羣，狀居境之蕭寥；再寫衣裳枕席，亦氤氳山靄之中；益見居處之幽深。總形谷居境象，託出高逸情致，所謂不寫之寫也。

❶ 鄭子眞隱谷口，此借以比鄭鄠。

山居即事

王維

寂寞掩柴扉。蒼茫對夕暉。鶴巢松樹久。人訪蓽門稀。❶綠竹含新粉。紅蓮落故衣。渡頭燈火起。處處採菱歸。

詮評：首聯敍山居靜寂之境。接敍鶴巢松而成伴，人訪蓽則稀來，正寫山居寂寞情事。三聯寫綠竹新粉初生，紅蓮則故衣已落，見眾卉之新易，得觀物之心賞，娟秀瀟灑。末聯以渡頭燈明，採菱者皆歸，狀村人農勞情趣，餘韻窈渺。意興高逸，攬之無盡。

❶ 杜預曰：蓽門、柴門也。

題薦福寺衡岳禪師房

韓翃

春城乞食還。高論此中閑。僧臘堦前樹。禪心江上山。疎簾看雪捲。深戶映花關。晚送門人去鐘聲杳靄間。

詮評：首聯以食畢高論，逕述禪師之閑逸。次聯以樹喻僧臘之高，以山喻禪心之定，頌禪師修道悠長高深，合比於賦，瘦硬挺拔。三聯寫捲簾看雪，映花關户，狀心識之潔清無著，眼根之爛熳不染，以寫爲比，婉細娟秀。末聯以鐘聲杳靄，結歸耳識之縹緲虛無，律細神遠。一篇中筆法三變，極禪境之妙。

送史澤之長沙

司空曙

謝朓懷西府❶單車觸火雲❷野蕉依戍客廟竹映湘君❸夢渚巴山斷長沙楚路分一盃從別後風月不相聞。

詮評：首聯以謝朓懷西府典實相擬，依題發端。次聯接寫長沙炎境景物。三聯寫至夢渚而西，與巴山隔絕；由長沙而南，與楚路劃分；狀長沙形勝雄闊，亦寄山川遙阻之意，氣勁韻長。末聯即以別後風月不聞，抒傷離之情。唐律中之古調也。

❶ 齊書曰：謝朓爲隋王文學，在荊州，世祖勅還都，道取爲詩，以寄西府。

❷ 漢張覃爲廣陵刺史，單車之職。

❸ 博物志：洞庭山帝二女居之，涕下揮竹，竹盡斑。

送裴侍御歸上都

張謂❶

楚地勞行役，秦城罷鼓鼙。
舟移洞庭岸，路入武陵溪。
江月隨人影，山花趁馬蹄。
離魂將別夢，先爾到關西。

詮評：首聯述裴以役事至楚，秦亂平後北歸。中二聯敘將行時舟移洞庭，轉入武陵；擬寫其陵路行時，山月隨人影而相偎，山花趁馬蹄而送馥，幽秀清靈，虛實互映。末聯始接致惜別之意，而以魂夢超前相形，筆法瑰奇。

❶ 天寶□年進士，大曆中爲禮部侍郎。

過蕭關

張　蠙❶

得出蕭關北。❷儒衣不稱身。隴狐來試客。沙鶻下欺人。曉戍殘烽火。❸晴原起獵塵。邊戎莫相忌。非是霍家親。❹

詮評：首述至蕭關，而以儒衣不稱自哂，以其為邊塞戰地，故末以非是霍親莫忌，綰合為一。中二聯述隴狐試客，沙鶻欺人，狀其地動物之狡悍，生硬質直。接寫曉戍猶餘烽火，則防警尚未全熄；晴原時起獵塵，則戰練尚在進習；狀其處防務之仍緊，委宛澹宕。此邊塞詩體。

❶乾寧二年進士。

❷輿地廣記：渭州青原縣，乃武州舊治蕭關縣，其地即漢朝那縣，在原州西一百八十里。龍朔中又於白草軍城置蕭關，今懷德軍也。

❸唐六典曰：鎮戍烽火，率相去三十里。

❹霍去病為驃姚將軍，胡奴畏之。

秋夜宿僧院

劉得仁

禪寂無塵地。焚香話所歸。樹搖幽鳥夢。螢入定僧衣。破月斜天半。高河下露微。翻令嫌白日。動即與心違。

詮評：首聯敍禪寂之地，提出夜話歸心主旨。中二聯寫禪寂之境：樹搖無歸心之鳥夢，螢落有定力之僧衣，形地同寂而心不同歸，深細工婉。進寫殘破之月，只斜照天之半邊，不克作圓滿之溥被；高遠之河，只低垂涼露之微濛，不克作澶漫之豐霑；形天同缺而滿不同歸，言近旨微。皆即景託意，曲形歸之神理，所謂詩外有詩。末聯反轉白日喧囂，結到與歸心相違，爲大開反合之法。一氣揮灑，隱微擬議之格，而深婉從容，格調高古。

宿宣義池亭

暮色遶柯亭。❶南山出竹青。夜深斜舫月。風定一池星。島嶼無人迹。菰蒲有鶴翎。此中休便得。何必泛滄溟。❷

詮評：發端述暮色中亭饒青竹，形境清幽。接寫舫斜不蔽，夜深時得見月光；風定不波，全池中皆見星影；狀夜景秀逸。續寫島嶼無人迹往來，菰蒲有鶴鴒冈落，形靜象新雋。末總以此地便可休居，不必浮海，致隱居之情。平淡閒適。

❶ 柯亭在山陰縣。

❷ 言何必如夫子泛海也。

送殷堯藩遊山南

姚　合

詩境西來遠。秋聲晝夜興。人家連水影。驛路在山峯。溪靜雲生石。天晴雪覆松。我爲公府繫。不得此相從。

詮評：首言山南之西境遙遠，饒有詩意，故秋聲瀰漫以發端。接寫人家與水影相連，見山境之清遠；驛路即在峯上，形居處之高深；綜狀山鄉境象之宜人。續寫靜雲生石，晴雪覆松，更狀景色自然之怡性。末總上述景物之詩境，致不得從遊之意，申相羨之情，淡遠閒適。

題李凝幽居

賈　島

閑居少鄰並。草徑入荒園。鳥宿池邊樹。僧敲月下門。過橋分野色。移石動雲根❶。暫去還來此。幽期不負言。

詮評：首以閑居鄰少，徑草園荒，逕入幽居。接寫拂曙時鳥尚宿而未起，訪僧已敲月下之門，形談禪功勤，景事如畫，傳爲佳句。續寫過橋而行，野色迷茫始分；蹴觸山石，雲根若見搖動；形居境曉色中行景，勁削新異。結以暫去還來，不負幽期，致敬人愛居之情。仍以瘦硬擅勝。

❶張協詩：雲根臨八極。注曰：五岳之雲觸石出，則石者雲之根也。

金山寺❶

張　祜

一宿金山寺。微茫水國分。僧歸夜船月。龍出曉堂雲。樹影中流見。鐘聲兩岸聞。因悲在城市終日醉醺醺。

詮評：以寺在江中，與常寺不同，故首以水國中分挈起。次聯承述寺僧夜歸，以船月伴言；池龍曉出，以乘雲形起；託歸出時之雲月，特形江寺空闊之境。三聯續寫樹影倒映中流，鐘聲分聞兩岸，即樹鐘之聲影，特形江寺深遠之象。末以終日在城醉酒，有負茲賞，反結寄意。通首寫江寺特異境象，形神俱足。

❶在鎮江府大江中。圖經云：裴頭陀開山得金，故號金山。

商山早行❶

溫庭筠

晨起動征鐸❶客行悲故鄉雞聲茅店月人迹板橋霜槲葉落山路❸枳花明驛牆因思杜陵夢鳧鴈滿回塘❹

詮評：以晨起入早行題旨，以思鄉挈起結意。接即承寫早行景色：形雞聲甫鳴，茅店月亮，即整裝首途；於時板橋霜重，經行宛然印迹；狀早行迹象，如繪如生，形同神會，詩人肖物，功侔造化，故爲千古名句。續寫早途所見景物：槎枿所生之槲葉，感秋涼而自落；驛牆疎綴之枳花，迎晨光而靜開；開落並時，參差掩映，形曉色之澹遠，娟秀流麗。末思及故鄉塘鴈，託之夢境，相映作結。意興飄逸，氣格自追初盛之間。

❶ 商谷山在商州，四皓隱處。
❷ 鐸、征車上鈴也。
❸ 許渾云：木槲生於他樹槎枿，池沼多有，謂之木松。
❹ 杜陵在萬年縣，漢宣以其東原爲陵。

秋日送方干遊上元❶

曹松

天高淮泗白。料子趨脩程。汲水疑山動。揚帆覺岸行。雲離京口樹。岸入石頭城。後夜分遙念。諸峯霧露生。

詮評：首聯由淮泗二水，敘入上元長程。次聯即承上水行，寫山影印水中，故汲水而疑山蕩動；帆行隨水進，故揚帆而覺岸隨行；祗寫途中攬取山水之廣長，納入心目之感覺，形水行之意趣。意曲語奇，生造峭勁。接寫雲離京口，岸入石城，述行程之漸達。末以夜思之情，襯以霧露之共，結到別後之思。前奇後平之格。

❶上元縣在建康府。

寄陸睦州❶

許　棠❷

下國多高趣。終年半是吟。汐潮通越分。❸部伍雜蠻音。曉郭雲藏市。春山鳥護林。
東遊雖未遂。日日至中心。

詮評：前述所處州府境事。首言邊境趣高，常寄吟詠。以其地江潮通越，頗有浩渺景象；而部伍雜作蠻音，亦見性情眞率；郭市雲藏，山林鳥護，繞山城悉閒靜風味；皆形其境之恬適。末言雖未能作睦州之遊，時繫心懷，致憶念之情。此猶通訊短牋，寄興無端，灑脫不羈。

❶陸名肱，棠嘗爲其從事。
❷字之化，宣州人。咸通十二年進士。
❸說文：朝日潮，夕日汐。

已前共一十五首

詮評：大要前敍景事，後申情意，故集爲一格。

與崔員外秋直❶

王　維

建禮高秋夜。❷承明候曉過。❸九門寒漏徹。❹萬井曙鐘多。月迥藏珠斗。雲銷出絳河。更慚衰朽質。南陌共鳴珂。❺

詮評：發端述秋夜値禁中待曉。次聯承寫拂曉漏貫九門，曙鐘響溥萬井，以聲能徧遠，可傳昕初神致，而不可形摹，故以響徹並及君民，擴狀承平典制氣象。三聯寫曉月猶掛天邊，遠藏如貫珠之斗星；曙雲已漸銷散，顯現更明淨之銀河；以初曉天象，光華異夜，故以藏與出狀之，以盡昕初風致。皆典重高華，雍容警健，大雅元音。末以謙詞，述罷直歸來；綰合與崔共直，餘韻自永。

❶ 禁中直宿。

❷ 蔡質漢官典職曰：尙書郎晝夜更直五日，於建禮門外。

❸承明廬、在石渠閣右。

❹楚詞注曰：天門九重。

❺通典曰：鵰入海化爲玳，可爲馬勒，謂之珂。

送東川李使君

萬壑樹參天千山響杜鵑山中一夜雨樹杪百重泉漢女輸賨布❶巴人訟芋田❷文翁翻教授不敢倚先賢❸

詮評：此送李使君使蜀，不作送別語，逕寫蜀境，並避去奇險恆象，易以巖深輕靈境況。先寫境景：首狀萬壑之高峻，千山鵑聲之連響，蜀地之陗秀已著；接以一夜山雨，百泉流注樹杪，形山之高入天空，樹之叢生雲裏，泉本居地而昇空，樹本吸泉而浴水，景之陗秀益奇，意之肖物益巧。次寫民風：漢女以時納賨布，爲常稅之織物；巴人有時訟芋田，亦阡陌之微爭，明賦平政簡，政風雍熙，亦閒見蜀俗之善。末入教化：用「翻」字深入一境，言文翁以學官隨行施教，不第期於政平，翻更專深教授，不敢倚先賢之教爲已足，教超常治，明蜀學之美。通首形地奇景異，政平俗良，教遠育深，若無一語及李使君者。而正以勉李珍勝境，善治政，崇教化，皆爲李言，意在言外，一貫珠聯，一氣揮灑，所謂「不著一字，盡得風流」者，斯體是已！此篇筆法變化之妙，大異常格，盛唐特擅，李杜外摩詰尤勝。

❶ 李周翰曰：漢女、蜀之美女。漢書曰：秦置黔中郡，漢興，令大人輸布一疋，小口二丈，是謂賨布。十六國春秋常璩志云：岩渠、古賨國，姓羊。

❷ 海內圖經曰：伏羲後生巴人。蜀都賦曰：瓜田芋區。又蜀卓氏以芋致富。

❸ 漢文翁爲蜀太守，選郡吏詣京受業，每出行，從學官諸生，吏民化之，蜀學比齊魯焉。

送楊長史赴果州❶

褒斜不容幰❷之子去何之。鳥道一千里❸猿聲十二時。官橋祭酒客。山木女郎祠❹別後同明月。君應聽子規。

詮評：此首發端逕入蜀之險巇，以褒斜險絕，不容車行，故以何往作問詞，抉形其阨狀。次聯即承以鳥道有千里之長，狀其艱厄；猿聲至十二時之鳴，形其悲涼；寫境閒以寄情也。三聯寫官橋有上客過往，山木存女神祠廟，見文風史蹟猶留，述事閒寄興也。末以別後對月，想其聽子規而思歸，申言情也。嚴整舒徐，含蓄蘊藉格調，意興高遠。

❶ 今順慶府。
❷ 劉良曰：幰、車幔也。
❸ 南中八志曰：鳥道四百里，以其險絕，獸猶無蹊，特上有飛鳥之道耳。
❹ 漢法：上客日祭酒。果州金華山中有觀，乃神女謝自然祠。

赴京途中遇雪

孟浩然❶

迢遞秦京道。蒼茫歲暮天。窮陰連晦朔。積雪遍山川。落鴈迷沙渚。饑烏噪野田。客愁空佇立。不見有人煙。

詮評：前幅以道遠歲暮發端；接寫窮陰相連，雪滿山川，氣勢雄闊，調響詞流。後幅寫落鴈迷茫沙渚，饑烏喧噪野田，而客亦佇立難進，以無人煙可見，總形雪勢盛大，景物蒼涼。中四嚴重工整，通篇一氣直下，氣格高邁，孟詩本色。

❶ 襄陽人。張九齡署爲從事。

早行

郭　良

早行星尙在數里未天明不辨雲林色空聞流水聲月從山上落河入斗間橫漸至重門外依稀見洛城

詮評：前幅逕以早行入題，言星尙在而未明。接寫眼猶未辨雲林兩色之別，耳唯空聞水聲昧識溪流之在，狀未明前地上景象，爲以人攝景；後幅繼寫月從山落，河入斗橫，狀漸明時天空景象，爲擷景旋人；層次深細，韻味雋永。末以依稀見城，則曙色微露，人景相融，盡早行程次。篇分三層遞進，形容生動，極早行意象，唐詩工於肖物。

宿荊溪館呈丘義興❶

嚴維

失路荊溪上❷依仁忽暝投長橋今夜月陽羨古時州野燒明山郭寒更出縣樓

先生能館我何事五湖遊

詮評：首聯敍在荊溪迷路，夜投丘令留宿，以仁稱之。次聯寫荊溪今夜明月，即昔時陽羨古州，忻此地失路之經行，遇古代文物之名縣，狀境明情，風致秀逸。三聯寫野燒光耀山郭，寒更聲出縣樓，形荊溪夜景安謐幽靜，見義興之政良，所投之得所。結聯言丘以初識而遽留宿，足見仁里風槩，至欲長此託居，不須五湖遠遊，美其境而頌其人，結到呈詩之意。此即以景寄情之格，清便婉轉，風度有餘。

❶ 常州義興，今宜興縣，太宗舊諱，改義曰宜。

❷ 荊溪在宜興南二十里。

漂母墓

劉長卿

昔賢懷一飯❶茲事已千秋古墓無人識❷前朝楚水流渚蘋行客薦山木杜鵑愁春草年年綠王孫舊此遊❸

詮評：首聯括昔以及今：述飯韓酬母盛蹟，情事已盡。用一「懷」字，賅備千金之報；用一「已」字，高驟不朽之奇；鍊字工妙，造語高古，簡陗磊落，唱歎流麗，兼而有之。頷聯言古墓幾無人識，而水流尚稱前朝，歎賢母遺迹奄忽蕪沒，傷名王功業唯餘逝水，正寫人世之空虛，反襯千秋之難遇，形今而弔昔也。頸聯寫行客薦蘋，轉入經行者或知崇敬；杜鵑啼樹，即禽鳥亦若知愁；以偶見之景象，溶縹緲之擬想，感今而悼昔也。末聯用楚辭典實，以草綠年年，王孫舊遊，迴總昔時情事，低徊掩映，首尾綰合，旋今而溯昔也。以首聯精警，情事賅備，後以澹宕盡致，風度高足。故皆用迴應申寫，括散開行，今昔迴環，盤旋往復，共作四層鋪敷。筆法變化之奇妙，與懷古常格迥異，長卿風力，躡迹輞川。

❶ 韓信貧，漂母飯之，信後為楚王，賜母千金。

❷ 東西冢在淮陰縣北八里莊，東冢韓信母墓，西冢漂母墓。

❸ 芳草王孫、見前注。漂母呼信爲王孫。

湖中閑夜

朱慶餘❶

釣艇同琴酒，良宵背水濱。風波不起處，星月盡隨身。浦迴湘雲卷，林香嶽氣春。誰知此中興，寧羨五湖人。

詮評：首聯逕籠乘舟夜遊。次聯從舟行著筆，寫風波不興，故水面星月盡隨身行，語雋意巧，寫景新秀。三聯從感覺形容，寫浦溆遠距而猶見，知湘雲之卷斂；林樹香發而能嗅，識山氣之春濃；詞麗意曲，狀物輕靈。末聯以興會總括。韻味深長。

❶ 名可久，以字行。寶曆二年裴珠榜進士。

已前共八首

詮評：要以起結盡題旨，中四句以典重雍容正寫景事，與前諸格有異，故集爲一格。送李使君及漂母墓爲變格。

此「四實」六十三首，工妙處在以景寄意，情餘言外，昔賢所謂「詩外有詩」者，正即此類，涵濡有得者庶識之。或謂中四句有景無情，彷爲「膚廓」，失之。

唐賢三體詩法詮評　卷十五

諸城　王禮卿　學

四虛

周弼曰：謂中四句皆情思而虛也。不以虛爲虛，以實爲虛，自首至尾，如行雲流水，此其難也。元和以後，用此體者，骨格雖存，氣象頓殊。向後則偏於枯瘠，流於輕俗，不足采矣。

詮評：四實者、中四句皆狀實景，而以景寄情，深隱而惟資妙悟；四虛者、中四句皆形景事，而以情馭景，婉達而易得心會。故前者典重中必饒變化，後者虛靈中必參深沉。賞景之深者，喜其調古；體情之著者，美其詞流。斯兩體之別異也。

陸渾山莊❶

宋之問❷

歸來物外情。負杖閱巖耕。源水看花入。幽林採藥行。野人相問姓。山鳥自呼名。去去獨吾樂。無能愧此生。

詮評：首聯逕以退隱，揭出「物外情」，挈篇恉統馭情事。物外情者，不著於相，會物自然。即接以負杖閱耕之閒適。次聯承寫爲看花而入水源，因採藥而行幽林，緣此適彼，漫無成心。三聯續寫野人因未識而問姓，山鳥似自樂而呼名，天趣自發，不假於相。末綜此獨得之樂，明由無能而得，以自媿嘲結。寫物外情神理一貫，所謂如行雲流水，意興深遠，初唐妙境。

❶ 河南府伊陽縣，即漢陸渾縣。

❷ 上元二年進士。

新年作

鄉心新歲切。天畔獨潸然。老至居人下。春歸在客先。嶺猿同旦暮。江柳共風煙。已似長沙傅❶。從今又幾年。❷

詮評：以新歲思鄉悲情挈起，統馭下文。接由歲增老至，而位居人下，先明慨歎所以深；又春歸人留，更覺鄉思所以切；述事興情，深婉工妙。進寫猿鳴之哀，旦暮與同；柳色之淒，風煙相共；擷景納情，融合警切。末用賈誼典實，不知謫留多久！總致位卑貶遠，望歸感傷，攝淒境以極悲情。與上首超脫情興相反，文隨情變。

❶賈誼謫爲長沙王太傅。

❷之問得罪，睿宗配徙欽州。

喜鮑禪師自龍山至❶

劉長卿

故居何日下，春草欲芊芊。猶對山中月，誰聽石上泉。猿聲知後夜❷，花發見流年。

杖錫閑來往，無心到處禪。

詮評：首聯以問語詢自龍山起程，以下悉寫途景，先接以春草已長。中二聯承寫至此途中，山月依然隨對；而山石泉水，則無人復聽；以直旋見致。猿聲循時而知夜屆後，眾花自發而見年流行，以短長達理。明造物之有迹，識禪心之無相，即景以寄意，著顯以託微，意彼言此，得比興之妙遠。故末聯以杖錫雖往來，而心定無著，到處皆禪，擷景納心，總頌鮑之禪力，而以喜命題。此首主稱禪心，以途中景物，盤旋影摹，一氣揮灑，境婉意深，而禪心至末始標出，此倒點主旨之變格也。長卿風骨，尠作平衍恆調。

❶九域志：太平州有龍山，桓溫遊其上。
❷初夜，中夜，後夜。

酧秦系

鶴書猶未至❶那出白雲來❷舊路經年別寒潮每日回家空歸海燕人老發江梅最憶門前柳閑居手自栽

詮評：此酬秦贈詩所感情事。首以未得詔徵，何遽出山？以問詞隱託因謗難歸主意。次即承寫舊路別已經年，寒潮以時自逝，歎其離家已久，逝者依然；繼寫家空唯歸燕栖，人老空餘梅發，傷其境況之非，人物之變；進寫手栽門柳，別益念切，更著手迹之感。迤邐寫來，即景託懷，意婉情悽，憐友慰藉之詠，惻惻感人。

❶ 蕭子良古今篆隸文體曰：鶴頭書與偃波書，俱詔板所用，漢謂之尺一簡。
❷ 自注云：秦系頃以家事獲謗，因出口山，欲歸未遂。

送朱放賊退往山陰❶

越中初罷戰。江上送歸橈。南渡無來客。西陵自落潮❷。空城垂故柳。舊業廢春苗。閭里稀相見。鶯花共寂寥。

詮評：首敍戰後送朱歸鄉。次聯承寫亂後無人南渡，而西陵江潮依然，言境是人非之實況也。三聯寫城郭空而故柳猶存，舊業荒而春苗廢種，言樹餘農廢之現狀也。末聯計里人亦稀，花鳥共賞，歎故舊之孑遺也。綜亂後景象，分層敍寫，情悽味永，風度自足，傷亂之詠也。

❶ 朱放、襄陽人，字長通。
❷ 西陵見前注。

尋南溪常道人隱居

一路經行處。莓苔見履痕。白雲依靜渚。青草閉閑門。過雨看松色。隨山到水源。溪花與禪意相對亦忘言。

詮評：前幅逕入尋南溪居處，言履痕印在莓苔，見所居人稀境靜；接寫雲依靜渚，草閉閑門，形居處遠曠近幽。後幅再從尋字著意，更進一境：以松色經雨益翠，忘懷雨過而舉目得賞；水流沿山曲行，無心探源而隨山自抵；加以溪岸花開，色相存而禪意不著，雖相對亦自忘言。以意馭景事，歸蘊於禪心之定，靈秀深婉，意興高逸。

題元錄事所居

幽居蘿薜情高臥紀綱行❶鳥散秋鷹下人閑春草生冒嵐歸野寺收印出山城今日新安郡因君水更清

詮評：此以元幽居山村，而任職錄事，先敍其境事。中四句承以人歸鳥散，秋鷹下捕；職簡人閑，春草任生；形所居之寥落。或冒嵐氣，依時歸野寺之居；或收典印，從容出城郭而返；形其職之蕭散。狀景合事，總摹吏隱幽居意趣，與隱逸既異，與別墅消閒並殊，愜切情事，極肖物之妙。末聯以勝水之清稱結，韻味諧合，意興恬適。

❶送錄事詩，多稱紀綱者，蓋喬琳歷四州刺史，嘗謂錄事任沼曰：子紀綱一官，能効刺史乎？唐錄事亦以糾察爲職，故六帖曰：錄事名糾司。

寄靈一上人

高僧本姓竺。❶開士舊名林。❷一去春山裏千峯不可尋新年芳草遍終日白雲深欲徇微官去懸知訝此心

詮評：首以竺支高僧比稱。中二聯接入敍寫：言一去春山，遂千峯隱迹；新年草遍，仍終日雲棲；即「落葉滿空山，何處覓行迹」，「祗在此山中，雲深不知處」，一意衍爲兩敍。總明隱深迹蘊，境遠時久，超相歸心，道力高不可形。所以層疊摹寫，不惜詞長者，必使幽秀入骨，難形者始呈，所謂「於不寫處寫者」，此首即是，是又「隨手之變」，長卿風力之勝也。末聯反拓己將徇微官而去，必有高俗懸絕之訝異，自嘲即以稱彼，以相形結到寄詩，韻味亦長。

❶生法師姓竺。

❷佛經有十六開士，支遁字道林。

已前共八首

詮評：大抵以首尾括題旨，亦間有變法。中二聯皆以情意領實景，流逸揮灑，輕靈而不虛弱，故集爲一格。

除夜宿石頭驛

戴叔倫

旅館誰相問寒燈獨可親一年將盡夜萬里未歸人寥落悲前事支離笑此身❶
愁顏與衰鬢明日又逢春

詮評：首述旅館除夜，獨對孤燈，已盡題意之孤寂。次聯申寫除夜爲一年中團圓之夕，仍爲萬里外未歸之人，極形百感交集之心曲，爲人所欲言而不能言者。詩之神妙，即在盡人之情，獲人心所同然，故誦者神會心傾，宛如親歷，是以稱千古名句。此與溫庭筠「雞聲茅店月，人迹板橋霜」，同爲入神，唯情景之異。三聯進述往事之悲慨，身世之自嘲；末聯形今愁顏衰鬢，結到逢春；綜申前截深蘊之感。一氣揮灑，言有盡而意無窮，傳神之逸品也。

❶ 莊子有支離疏。

汝南別董校書❶

擾擾倦行役相逢陳蔡間如何百年內不見一人閑對酒惜餘景問程愁亂山秋風萬里道又出穆陵關❷

詮評：前截述彼此皆疲行役，途次偶逢，因接以百年無得閑之人，傷勞人草草，流光忙迫，由事實、發歎人生碌碌之感。後截接敍對頃刻之酒，惜別時之速，自不克暢懷；問前程皆歷險阻，山行艱難，故同饒愁思；結以涼秋遠役，又出穆陵，遠別難會；由歎勞、旋傷人生暫聚旋散之悲。情味悽切，委宛盡致。兼歎人生，自異送別常格。

❶ 汝南、今蔡州。
❷ 表海圖：穆陵關在淄川兩山間，所謂南至于穆陵者也。

江山別張勸

年年五湖上厭見五湖春長醉非關酒多愁不爲貧山川迷道路伊洛暗風塵❶

今日扁舟別俱爲滄海人。

詮評：前截由己情況敘起，言久居江山，五湖雖好而厭見，明情思之侘傺也；長時沉醉，非關嗜酒，明心懷之鬱結也；盡日多愁，非緣貧困，明時世之憂傷也；三層皆用反筆，陳述事實，而情溢詞外，略同興體之隱微，反正開合，筆法巧變。後截轉正筆，用賦體，逕寫亂時道路迷茫，伊洛風塵昏黯，今時無論別往何處，皆同乘桴浮海之人，將無可安居之所。前後對映，隱顯功著，篇旨以呈。此爲生不逢辰，感時憂國之作，異乎平時送別之詠。

❶伊水洛水在河南府。

送丘為落第歸江東

王 維

憐君不得意況復柳條春爲客黃金盡還家白髮新五湖三畝宅❶萬里一歸人知爾❷不能薦羞稱獻納臣

詮評：發端逕敘憐丘落第，又值春時，已致傷歎之思。次聯承寫應舉使資斧已盡，失意致白髮新生，以歸時實況，託形相憂情懷，詞直情切。三聯寫宅唯三畝，人則遠歸，慮歸後寒境，將致憂生計，語淡惜深。末聯綜下第苦況，歸己居獻納不能薦才，媿忝職守，責己慰友，足見詩人交道之厚。禰字作禰，用孔融薦禰衡典實爲是，爾字輕泛。

❶爲吳郡人。

❷一作知禰，謂孔融薦禰衡。

岳州逢司空曙

李端

共有髫年故❶相逢萬里餘新春兩行淚故國一封書❷夏口帆初落❸涔陽雁正疎❹唯應執盃酒暫食漢江魚❺

詮評：前幅以髫齡舊友，萬里忽逢，已超常友相遇之幸；而思鄉落淚，恰逢舊侶一書傳抵，尤爲望外交集之喜；此寫難得之事實，抒衷心難形之忻慰，婉轉流逸，形神俱足。後幅寫夏口帆落，正應髫友當停駐之時；涔陽雁疎，反應鄉書有望外之得；故結以唯應執酒食魚，共此懽聚。演下以申上，極形喜幸之忱。此爲悦樂之詠，詩以道性情，唐詩多極道情之異采，妙肖如生，所以不可及。

❶ 劉良曰：髫、總髮。
❷ 本集題云：逢司空得家書。
❸ 夏口故屬鄂州。
❹ 楚詞注：涔陽浦接楚郡。
❺ 襄陽耆舊傳：漢水中有魚甚美。

洛陽早春

顧　況

何地避春愁。終年憶舊遊。一身千里外。百舌五更頭。客路偏逢雨。鄉山不入樓。故園桃李月。伊水向東流。

詮評：前幅述旅居無地避愁，總挈題旨，接以第憶舊遊，聊以自遣。承寫一身遠在千里，百舌又未曉啼春，聲悽愁起，欲遣無從。後幅進寫客路偏逢細雨，益增淒切，而家山不和雨聲，共入樓來；故園春月，正宜心賞，而伊水東逝，不同人歸；純用反正相逆之筆，情景環旋之法，抒愁之無可避免。此爲言愁之作，一意貫注，婉轉摶成，變成新雋。

送陸羽

皇甫曾

千峯待逋客❶香茗復叢生❷採摘知深處煙霞羨獨行幽期山寺遠野飯石泉清寂寂然燈夜相思磬一聲

詮評：首標送陸隱居，以其好茶著經，即接以香茗叢生，欵特好也。中四句承寫採菜不辭深入之勞，煙霞足羨獨行之趣；期息山寺而不辭遠，飯飲石泉而賞其清；總狀愛茶之清超風槩。以意興御情景，瀟灑盡致，秀逸在骨。末聯想像夜寂對燈，藉磬聲寄相思之意，結旋送行題旨。此與送無專好之常人自別，髣髴左太沖招隱詩風度。

❶北山移文曰：爲君謝逋客。

❷羽嗜茶，有茶山在口口，嘗著茶經。

贈喬尊師

張　鴻

長忌時人識有家雲澗深性惟耽嗜酒貧不破除琴靜鼓三通齒❶頻湯一味參。

❷知師最知我相引坐㮐陰。

詮評：首聯述喬長忌世識，故深居雲澗；次聯言性但嗜酒，而貧不除琴，形性情之恬澹；三聯續寫叩齒飲參，明練功之純。末聯以知深情諧，時引坐話，結到贈詩情致。唐詩中平淡之作。㮐、集韻類篇同橪，說文「酸小棗也。」

❶酉陽雜俎曰：學道頻鳴天鼓，以名衆神，左齒相扣爲天鍾，右齒相扣爲天磬，中央上下相扣爲天鼓。

❷本草：人參上品，食之長年。

客中

于武陵❶

楚人歌竹枝。游子淚沾衣。異國久爲客。寒宵頻夢歸。一封。書。未。返。千。樹。葉。皆。飛。南過洞庭水。更應消息稀。

詮評：前半以竹枝詞引遊子鄉淚發端；接以久客夢歸，申述鄉思之切。後半進寫一書猶遲遲未覆，而樹葉零落，已入深秋；由此復續南行，即消息亦更難得；進敍鄉訊之難通，益見歸鄉之無望。此思歸望信之詠，語皆平庸，唯以千樹葉飛，儷一書未返，運意有突兀偃蹇之致耳。

❶紀事云：會昌人。或云即于鄴。

長安春日

曹　松

浩浩看花晨。六街揚遠塵。塵。中。一。丈。日。誰。是。晏。眠。人。御柳垂著水。野鶯啼破春。

徒云多失意。猶自惜離秦。

詮評：前半狀看花春晨，六街塵揚；承以日臨丈高，無晏眠不至之人；形賞花之繁盛。後半寫柳著水而鶯破春，形春景之妍美；末以所遇雖失意，猶惜長安盛況；極形秦京昇平宜居。總致遊秦興會之佳，語亦平妥。次聯尚見跌宕姿態。

已前共十首

詮評：前七首發興抒情，皆新雋眞切，極肖物之致。後三首亦一氣盡題旨，法亦相類，惜語意平泛。亦集為一格。

題破山寺後院❶

常　建❷

清晨入古寺。初日照高林。曲徑通幽處。禪房花木深。山光悅鳥性。潭影空人心。萬籟此俱寂。惟聞鐘磬音。

詮評：觀詩所言，寺雖殘破，後院尚存，並有僧住。首聯以古寺日照發端。次聯接寫曲徑委婉，通至後院幽深之處，寺境之開闊可見；禪房花木叢深，栽植之蓊鬱以呈；昔勝宛存，今景足覽。三聯進寫山光無改，鳥性依然，見境相若無古今之異，由悦性實原心識之本；潭影本空，人心何有？見形神無虛實之變，空性仍理體之全；抉景歸理，深入禪機，意迥境邃，嚴滄浪所謂「入神」，是以大家莫不入選者。末聯遂歸於萬籟俱寂，唯以音聞，以寂映相，化相同空，非歸寂不足極此禪境之妙，故結亦窈緲無盡，洵逸品也。

❶ 在常熟縣。
❷ 開元十五年李嶷榜及第。

暮過山村

賈島

數里聞寒水。山家少四鄰。怪禽啼曠野。落日恐行人。初月未終夕。邊烽不過秦。蕭條桑柘外。煙火漸相親。

詮評：以水繞山鄉，孤村鄰少入題。即承孤意，狀人少境荒，一反野鳥之和鳴，而有怪禽之啼野；又一反夕陽之可賞，而墜落使行人恐惶；皆形孤村景象之異常。續寫初月倏沒，未能盡終夕之清新；邊烽卻起，不過秦地之翳掩；更狀山村之黯澹。形山村暮景奇異蒼涼，以奡兀瘦硬見長。結聯推至桑柘外漸近煙火，以舒緩相濟，去路始悠然可誦。此賦行即景之作。

山中道士

頭髮梳千下❶休糧帶瘦容養雛成大鶴種子作高松白石通宵煮❷寒泉盡日舂不曾離隱處那得世人逢

詮評：發端敍道人梳髮之勤，休糧之瘦，形功力之常態。次聯述養鶴成大，種松已高，形道齡之久長。三聯述日夜煮石舂泉，形飲食皆得道法。結聯言不離隱處，故世人不識，稱練功之專壹。此頌道者脩道功純，鍊而不苦，直而不乏。

❶陶弘景眞誥曰：清虛眞人云：櫛頭理髮，欲得過多。

❷眞誥曰：斷穀入山，當煮白石，昔白石子以石爲粮。

贈山中日南僧

張籍

獨自雙峯老❶松門閉兩涯。翻經上蕉葉。掛衲落藤花❷甃石新開井。穿林自種茶。時逢海南客。蠻語問誰家。❸

詮評：首聯言僧栖山獨老，松門雙掩，形久隱之靜。次聯承寫翻經年久，蕉葉在下者已上長；掛衲入定，藤花開盛者已下落；形研經參禪功深。以景託情，風致清蒨。三聯寫開新井而甃石，自種茶而穿林，形營治境物之勤勞。結以蠻語問客，見猶眷母語，餘韻不盡。此亦詠僧深隱功勤，淡雅自然。次聯註解過簡，今爲申詳，庶盡詩意。

❶雙峯、五祖山。
❷謂看經之久而蕉葉長，掛衲不出山而藤花落，皆形容其久居山中。
❸九眞、日南、皆屬交州郡，故日蠻語。桓溫謂郝隆曰：卿那得作蠻語？

田家

章孝標❶

田家無五行水旱卜蛙聲牛犢乘春放兒孫候暖耕池塘煙未歇桑柘雨初晴歲晚香醪熟村村自送迎

詮評：首言田家不解五行，以蛙聲卜氣候，領起朴質之意。接言乘春放牛，候暖兒耕，承寫妙合自然物候，韻致自饒。三聯寫雨後池塘，餘煙尚未全止，留迷濛掩映之象；而桑柘霑溉雨滴，正過雨初晴清新之色；極諸景明暗並現之工，宛轉關生，尤見巧秀。末聯敘至歲晚醪熟，村村送迎，則括田家社酒歲醴，以洽鄉里閭終年懽情，宛然載芟、良耜之遺風矣。此田家詩傳神之篇。

❶元和十四年進士。

秦原早望

一忝鄉書薦❶長安未得回年光逐渭水春色上秦臺❷燕掠平蕪去人銜細雨

來東風生故里又過幾花開。

詮評：首以鄉貢留秦發端；接敍年光隨渭水日逝，春色已先至秦臺，語淡情長、繼寫燕迎春而掠蕪以適性，人遣興而銜雨爲漫遊，景婉意新。末以異鄉覽物，念及故里花開，微寄懷鄉之意。即景遣興，風味深長。

❶ 謂鄉貢也。周禮：卿大夫郡吏獻異能之書于王。
❷ 輿地廣記：天興縣鳳臺，秦穆公所築。

已前共六首

詮評：題詠者或理深、景奇，或境精、意適；贈送者或恬淡熨貼；要以妙肖盡致，是以集爲一格。此「四虛」格二十四首，工妙處在以情御景，景鎔情中，骨格清健，正合「詩道性情」之體法。

唐賢三體詩法詮評 卷十六

諸城 王禮卿 學

前虛後實

周弼曰：謂前聯情而虛，後聯景而實。實則氣勢雄健，虛則態度諧婉，輕前重後，酌量適均，無窒塞輕俗之患。大中以後多此體，至今宗唐詩者尚之。然終未及前兩體渾厚，故以其法居三，善者不拘也。

雲陽館與韓升卿宿別❶

司空曙

故人江海別。幾度隔山川。乍見翻疑夢。相悲各問年。孤燈寒照雨。深竹暗浮煙。更有明朝恨。離盃惜共傳。

詮評：前幅述幾度隔離，爲時已久，忽然相遇，恍疑爲夢；心神稍定，以別久容老，各悲問年齡以憶計；境眞情切，人心同然，極言情之工妙。後幅以旅館孤燈，照細雨之淒迷；叢深纖竹，籠輕煙而蕭寂；寫所值實景，益增久別猝遇、悲忻交會之情思。奈明朝又成倏別，唯共盡離杯，珍惜此無盡之永懷。寫悲、幸、融洽情思，委宛起落，納景歸情，翕然一體，極人所難形，傳神之高品。

❶ 雲陽縣在京兆。

酬暢當

耿 緯❶

同游漆沮後❷已是十年餘幾度曾相夢何時定得書月高城影盡霜重柳條疏

且對樽前酒千般想未如

詮評：前幅述漆沮舊游，已十年之久；幾度夢遇，何意書來，言得書之忻幸。後幅接入覽書後，曉月高而城影漸盡，早霜重而柳條稀疏，狀喜而不寐之實景。起末聯對酒沉思，想像諸事不如暢之得意，以羨美酧結。此稱頌符所忻望，直抒胸臆之作，平正淡雅。

❶河東人。大曆七年張式榜進士。

❷輿地廣記曰：漆沮不一，惟雍州富平縣石川河，乃禹貢漆沮。

寄友人

張　蠙

世道復何如東西遠索居❶長疑即見面翻致久無書何麥深藏雉淮苔淺露魚

相思不我會明月幾盈虛

詮評：前幅言世道未平，故散居遠隔；長疑總有即見機緣，不意竟致久久無書，謂不第會面至難，即得書亦復不易，抒人生離多會少，發造物慳惜理象，與上耿緯詩意正相反，而各極言情之工妙。後幅續寫麥深藏雉，苔淺露魚，已居初夏之景，徒相思而不相會，不知月已幾度盈虛！申述相別之久作結。前後貫注，總抒傷別之意，情勝之章。

❶ 檀弓注：索、猶散也。

送喻坦之歸睦州

李　頻

歸心常共知歸路不相隨彼此無依倚東西又別離山雲含雨潤江樹逆潮欹莫戀漁樵興人生各有爲

詮評：前幅言歸心同而歸路不隨，先明心同事異之別，見理之無定。接言歸者留者皆無依倚之人物，故致此東西之別，進明聚散非資憑依爲準，袪人生假物始立之理象，與上兩首意義均殊，而此亦并極情理之妙。後幅繼寫別時景物：雲含雨直下以施潤，樹傍江逆潮而欹存，明所處有順逆之異，爲理之所不一；故告以漁樵興會固可戀，而人生要各有所爲，不宜滯一；發人生處境自適之理象，前後反正掩映。總詠人生遭遇之無定，而歸重於自主，意深曲而妙達，格對立而層疊，爲新奇之高品。

已前共四首

詮評：皆酬贈之格，抒別離情懷，或忻或傷，意巧法變。而於情中各閒相異之理致，得謝康樂情理兼勝，生秀筆法，爲言情高品。故集爲一格。

送李給事歸徐州覲省

孫逖❶

列位登青瑣❷還鄉服綵衣❸共言晨省日❹便是晝游歸❺春水經梁宋晴山入海沂莫愁東路遠四牡正騑騑❻

詮評：前幅言李以給事還鄉省親，人共稱此晨省，即衣錦晝游而歸，爲頌美之詞，姿態清逸。後幅接寫歸途，春水晴山，清明曠望，不愁路遠，以大夫車騎疾行易達，狀歸覲心懷之忻悅，結到送別。前後樂意相關，此美詩風格。

❶開元二年，舉哲人奇士憲命，署錄第一人。

❷漢書：給事中、黃門侍郎、日暮入，對青瑣門拜。

❸列女傳：老萊子奉親，身著五色斑爛之衣。

❹記：爲人子昏定晨省。
❺張士貴虢人，唐口授虢州，帝曰：令卿衣錦夜遊。
❻詩：四牡騑騑。

送溧水唐明府

韋應物

三爲百里宰。❶已過十餘年。秖嘆官如舊。旋聞邑屢遷。魚鹽濱海利。桑柘傍湖田。到此民安樂。琴堂人晏然。❷

詮評：前幅述唐三爲縣令十餘年，官祇仍舊，以致感歎；而邑則屢遷，以起下意。後幅接寫遷邑魚鹽桑柘之盛，民安治逸之善，致稱美之意。反正迴環，意致瀟灑。

❶漢書：郎官出宰百里。
❷呂氏春秋：宓子賤治善父，彈琴，身不下堂而治。

送王録事赴虢州

岑參

早歲即相知。嗟君最後時。青雲仍未達。❶黑髮欲成絲。小店關門樹。❷長河華嶽祠。弘農民吏得。❸莫遣馬行遲。

詮評：前幅述王爲少日知交中，仕進最後之人；迄今官仍未達，而髮將成絲，抒相惜相傷之意。後幅寫虢州函關華嶽境物之闊遠，民吏相得之親善，囑以速行，致勗慰之詞。情思委婉，調切韻長。

❶ 須賈曰：不意君致身青雲之上。
❷ 函谷關也。
❸ 虢州靈寶縣，弘農故地。

別鄭蟻

郎士元❶

暮蟬不可聽。落葉豈堪聞。共是悲秋客。那知此路分。荒城背流水。遠鴈入寒雲。

陶令門前菊。餘花可贈君。

詮評：前幅以暮蟬落葉不可聽聞，陡起悲意；即緊承明共是悲秋之客；再加以豈知在此分離；三層意愈進愈悲，一線貫注，聲重情悽。後幅繼寫別地荒城背水，別時遠鴈入雲，境景淒涼，與上映貫；末言惟陶令餘菊，可爲贈別之物，意鄭以罷官歸去，亦失意事，故以此託意。通首悱惻蕭索，情切調激，送別之感傷格也。

❶ 字君冑，中山人。天寶十五載盧庾榜進士。

送韓司直

皇甫冉

遊吳還適越。來往任風波。復送王孫去。其如芳草何❶。山明殘雪在。潮滿夕陽多。季子留遺廟❷。停舟試一過。

詮評：前幅述昔遊吳適越，迹任風波；今則復送去越，用楚辭王孫遊兮不歸，奈此萋萋芳草，益覺惜別；溯往來，感不歸，兩意遞貫，情惻詞流。後幅寫途中：山明由殘雪之存，潮滿見夕陽之多，皆兩相關合而爲一象，意婉語工；接以常州季子廟，囑一過謁，以高人遺蹟映束，文情一片。

❶ 見前注。

❷ 皇覽冢墓記：季子冢在昆陵縣暨陽鄉，至今吏民祀事。

途中送權曙

皇甫曾

淮海風濤起江關。幽思長。同悲鵲。遶樹❶獨作鴈。隨陽❷山晚雲和雪。天寒月照。霜由來濯纓處。漁父愛滄浪。❸

詮評：前幅述淮海離亂，江關何適？與人深長之思；彼此同悲無枝可依，而權獨作南行之計；故見其爲途中之送別，詞鍊色秀。後幅續寫山晚雲雪相和，寒天月霜映照，狀途景之荒寒，與上意翕融；故思及南地滄浪，水清蹟高之可愛，致歸隱無從之歎羨，餘韻自遠。此傷亂惜別感懷之作也。

❶ 曹孟德云：月明星稀，烏鵲南飛，遶樹三匝，無枝可依。

❷ 尙書注云：隨陽之鳥，鴻雁之屬。

❸ 楚詞：漁父歌曰：滄浪之水清兮，可濯我纓。

酧普選二上人

嚴　維

本意宿東林。因聽子賤琴。遙知大小朗❶已斷去來心❷夜靜溪聲近庭寒月色深。寧知塵外意定後更成吟。

詮評：前述本意在宿寺中，因得聽子賤無爲而治之琴心。提出聽琴者，意作者時任寺縣宰官，故先映酬贈詩之意。要旨則在琴義訓「禁」，以其琴心，接入二上人已斷三世塵心之妄，頌其袪妄功深，用流水句直下。後寫溪聲夜近，月色庭深，復以聲色對形，旋歸六塵妄相；倏接以然豈知塵外之意，於定後更成忘塵吟詠；再頌其超塵境高，且酬其贈詩之工，用反接句作束。此以心塵對立構篇，意深境超，自入禪機。

❶ 傳燈錄：惠朗禪師號大朗，振朗禪師號小朗。
❷ 佛經：過去、未來、見在、心不可得。

送鄭宥入蜀

李　端

寧親西陟險。君去異王陽。❶任世誰非客。還家即是鄉。劍門千轉盡❷巴水一支長。❸請語愁猿道無煩促淚行。

詮評：前述爲寧親而陟險，異王陽之見，明入蜀情事；接言如任遊蹤歷世上，誰非所到處之客子，還至家庭所在處，即是同於故鄉。意鄭父宦蜀往省，故謂其不取王陽之見，而實同故鄉之歸，以議論寄可忻之意。後寫蜀之形勝，雄闊險阻；接以告撩愁之猿，無勞促人下淚，用反接語，明鄭之入蜀，可樂而非悲。通首造語平正，而怡悅之意，寄諸言外，意曲境深，涵詠沉潛，始得其妙。唐詩亦有深微不遜六朝者，此類是已。

❶漢王陽爲益州刺史，至九折坂，嘆曰：奈何奉先人遺體乘此險，因而回車。

❷大劍山即劍門也。

❸嘉陵江、潼江、小劍水、皆巴水也。

杭州郡齋南亭

姚合

符印懸腰下。❶東山不得歸。❷獨行南北近。漸老往還稀。迸筍侵窗長。驚蟬出樹飛。田田池上葉。長是使君衣。❸

詮評：前述官郡守不得歸隱；接言在齋亭獨行近處，漸老去亦稀於往還，以慵困散漫氣象，形閒適情懷。後寫迸竹侵窗，驚蟬出樹；荷葉田田日長，長可爲衣；以盛進警迅之物象，形生動天趣。對映成篇，有行雲流水姿態。

❶漢文帝初與郡守爲銅虎符，竹使符。銅符以發兵，竹使以竹箭五枚，鐫如篆書。

❷謝安初隱東山。

❸楚辭：製芰荷以爲衣。

日東病僧

項斯

雲水絕歸路。來時風送船。不言。身。後。事。猶坐。病中。禪。深壁藏燈影。空窗出艾煙。

已無鄉土夢。起塔寺門前。

詮評：前述往還途遠，一任自然；接以今不預爲身後之囑，猶坐病中之禪；言其忘我功勝。後寫燈影藏壁，艾煙出窗，見其病境蕭索；而於此已無鄉夢，惟待起塔供灰於寺前；明其生死觀空。以述事寫景見意，平鋪中有韻致。

送友人下第歸覲

劉得仁

君此卜行日。高堂應夢歸。❶莫將和氏淚❷滴著老萊衣。❸嶽雨連河細。田禽出麥飛。到家調饍後。吟好送斜暉。

詮評：前述卜行之日，即毋氏夢歸之時，見親子同感之切；囑以莫將下第之淚，滴於覲親之衣，望自寬以舒母心，運典工巧。後寫雨細禽飛，途景淒淡；接入抵家調膳後，仍以吟詠送暮色，勉以自遣消時，並安母懷。皆相慰之詞，亦平衍之格。

❶高堂、母也。丘遲與陳伯之書云：高堂未傾，愛妾尚在。
❷卞和三獻璞玉，三刖其足，和玉後果爲國寶。
❸見前注。

南遊有感

于武陵

杜陵無厚業不得駐車輪重到曾遊處多非舊主人東風千里樹西日一洲蘋
又渡湘江去湘江水復春

詮評：首述北地無厚業可資依住，復重遊舊處，已多非昔之主人，即世事之變遷，感人生之無定。後寫南地東風搖樹，西日映蘋，爲今見之風景；而復渡湘南去，湘水又新歷一春，即景物之季候，感時光之奄忽。對寫成章，輕便婉轉。

早春寄華下同志

裴　說❶

正是花時節思君寢復興市沽終不醉春夢亦無憑嶽面懸清雨河心走濁冰

東門一條路離恨正相仍。❷

詮評：前幅述春時相思倍切，寢不入眠，承以情苦非酒所能解，故飲亦不能酣醉，憶深雖夢所能見，而夢亦無可憑依；形思懷婉巧秀逸。後幅寫嶽面懸雨，河心走冰，爲華山早春景象；因溯及長安城門昔別，正爲今離恨頻仍之處；致憶往傷今之感。通首工於抒情。

❶ 天祐三年進士第一。
❷ 劉良曰：東門、長安城門，別離之地。

途中別孫璐

方干

道路本無限又應何處逢。流年莫虛擲。華髮不相容。野渡波搖月。寒城雨翳鐘。此心隨馬去。迢遞過重峯。

詮評：前言道路無限，此日途中相別，何時又在途中相遇？明人生離合難期；而歲月如駛，流年不可虛擲，緣白髮不容寬假，以惜陰努力相勉。接寫別途景物；

水面滿鋪月光，恍如波所採置；城中掩抑鐘音，若為雨所遮覆；鍊字工巧，肖物精細。末言心隨馬去，歷遙遠之重峯，致惜別情意作結。盡抒情寫物姿致。

送友人及第歸瀨東

南行無俗侶。秋鴈與寒雲。楚趣自多慽。名香人❶共聞。吳山中路斷。瀨水半江分。此地登臨慣。攄情一送君。

詮評：首以此行伴侶不俗，即承明其為秋鴈寒雲，隱寄及第高雅之意；復接以野趣多慽，始落到及第香名共聞；筆筆用轉，於稱美及第，若近若遠，意格新奇。後寫吳山由中路截斷，瀨水則吳越半分；而此吳地與友共臨已慣，今乃於斯相送；就別地形象及遊蹤，致送別之意。純以淡遠取致，境高格異之品。

❶ 本集作鄉名。

春宮怨

杜荀鶴

早被嬋娟誤❶欲粧臨鏡慵承恩不在貌教妾若為容風暖鳥聲碎日高花影重年年越溪女相憶採芙蓉❷

詮評：首以早被嬋娟所誤，致入宮選，破空而來，突兀警拔，有意在筆先之妙。接入欲妝懶於對鏡，以承恩既不在貌之美，將如何更冶容顏以取寵？敷出嬋娟誤人之所以，狀黯然魂銷之懷，亦一篇警策之工。突起突落，有聲有色，跌宕靈秀，併入神來。頸聯實寫宮景：暖風中但聞鳥聲細碎，日高時遞見花影重疊，由長日獨坐，孤寂無聊，故有此碎疊之聞見，狀失寵之情境如繪。末聯言惟年年迴憶越溪女伴，昔時同採芙蓉，為平生之一樂，而此一誤終生，不復得矣！一氣揮灑，極妃怨之心曲，又具神餘言外之妙。諸勝俱備，自推至高之逸品。題取樂府，亦得樂府風神韻味，迥出五律之上。此詩大家名選皆入選。

❶西京賦：憎嬋娟以此豸。注曰：豸姿態妖蠱也。

❷劉良曰：芙蓉美花，思如盛年採此，自傷也。

辭崔尚書

李頻

一飯仍難受淹留已半年。終期身可報。不擬骨空鐫。❶城晚風高角江春浪起船。曾同棲止地獨去塞鴻前。

詮評：前言一飯之惠，尚難享受，矧留處半年之厚貺，終期及身報德，不欲刻骨空銘，述爲酬報而辭行之意。後寫城晚角鳴，江春船起，即半年來同棲之地，今則獨去北鴈之前，致睠舊傷別之情。淺淨而味腴。

❶鐫骨以感恩也。

下方

司空圖

三十年來往。中閒京洛塵。倦行。今。白首。歸臥。已清神。坡暖冬生笋。❶松涼夏健人。

更慚徵詔起避世迹非眞。❷

詮評：前述三十年遊蹤無定，閒處於京洛塵氛，倦行已年老，歸隱尚神清，敘今昔情事，以隱居較爲恬適。後寫居處景物，冬夏宜人，可留棲止，再寄宜隱之意。轉落今慚赴召復出，可證前迹非眞避世。反正轉跌，似惜似嘲，意態踴躍，詞流韻長。題名「下方」者，蓋謂上方高隱爲不足，下方競進尚有餘歟！

❶ 一作抽。

❷ 按舊史：巢賊亂，圖還河中。王徵之爲副使，不起；召爲知制誥，乃起。此詩豈赴召時作耶！

華下送文浦

郊居謝名利，❶何事最相親。漸與論詩久，皆知得句新。川明虹照雨，樹密鳥衝人。應念從今去，還來嶽下頻。

詮評：前述郊居已辭名利，何事可親？即與文浦論詩漸久，知其得句皆新，爲可親之事，亦即稱美之評。後寫水明由虹之照雨，樹密故鳥致衝人，狀郊居景物偶現之象，纖細有致，與論詩相協。末望仍頻來此華下居所，致惜別望會情思。平淡盡意。

❶舊史云：河北亂，圖寓華州。

遊東林寺

黃　滔❶

平生愛山水。下馬虎溪時。已到終嫌晚。重遊預作期。寺寒三伏雨。松偃數朝枝。翻譯如曾見。白蓮開滿池。❷

詮評：前述因愛山水，至虎溪遊寺，既到尚嫌其晚，重遊已作預期，極抒愛此寺之心情，宛轉跌宕。後寫三伏暑雨，在寺則變寒涼；松偃槁枝，竟歷數朝年代；極狀寺境高寒古老，婉巧新雋。末更由物及人，言翻譯佛經之靈運，曾種白蓮於茲，今滿池開放，溯想居寺之高才，形寺遊蹟之勝，即景抒懷，意態飛動。運意用筆，迥超常法，洵爲高品。

❶ 乾寧二年進士。

❷ 廬山記：謝靈運即東林翻涅槃經，且鑿臺植蓮池中。詩意謂見白蓮，猶見靈運。

已前共二十首

詮評：贈別之作，多屬稱美、慰勉、感傷意格；酬贈及詠賦亦然；自述者則攄寫懷抱。其閒皆具隨手之變，自有高下之別。故集爲一格。惟春宮怨代述情懷，體同詠賦。

送僧還嶽

周　賀❶

辭僧下水柵。因聽嶽鐘聲。遠路獨歸寺。幾時重致城。風高寒木落。雨絕夜堂清。自說深居後。鄰州亦不行。

詮評：前述送僧下水柵而去，遙聞華嶽鐘聲，已觸起離緒；接言遠路歸寺，何日返城？望後會之期。後寫風高木落，雨止堂清，形嶽寺景境幽靜；起下居寺後鄰州亦不往；見其修持功純。淺直無雕琢。

❶初爲僧，名清塞。寶曆中姚合見其詩，大愛之，因加冠冕。

送人歸蜀

馬　戴❶

別離楊柳陌。迢遞蜀門行。若聽清猿後。應多白髮生。虹蜺侵棧道。❷雨雪雜江聲。
過盡愁人處。煙花是錦城。❸

詮評：前述歸蜀，接以若聽猿聲，應生白髮，感蜀地易啓人愁。後寫虹蜺四季常侵棧道，雨雪乃雜以江聲，再形蜀地險物異之愁人；末言及愁境過，則煙花絢麗，至錦城矣！反落蜀境之嫣秀，一洗愁情。中四疊寫蜀物境愁人，一片淒惻，結以一語反形蜀城之美，綺麗警健，調響音圓，既工於結語，而對照見意，格尤新奇。

❶會昌四年進士。

❷大安軍棧道連空，天下至險。又利州至三泉橋棧閣，共一萬九千三百十八間。護險偏闌共

四萬一千七百二十四間。此詩下句言雨雪，不應有虹蜺，然杜公石龕詩亦曰：仲冬見虹蜺，蓋蜀土之雲物。

❸ 益州記：錦城在州南竹作縣東江南岸。

經周處士故居

方干

愁吟與獨行。何事不關情。久立釣魚處。惟聞啼鳥聲。山蔬和雨歇。海樹入雲生。吾在茲溪上。懷君恨不平。

詮評：以愁吟獨行，無不關情發端，便有傷感意味，亦隱寄結語之意。接以久立周釣魚舊處，聞鳥聲而不見主人，正攄關懷感舊情思。繼寫山蔬亦隨雨歇止，以無人采擷，海樹卻入雲生長，見經時已久，即物興情，傷其荒廢。末言不徒懷念，且恨其遇不平，意周有不幸之遇，直吐逕結。通首一氣逕下，激昂醒快。

送人歸山

石　召

相逢惟道在。誰不共知貧。歸路今殘雨。停舟別故人。霜明松嶺曉。花暗竹房春。亦有棲閑意。何年可寄身。

詮評：前述相知惟在於道，彼此共知安貧；今歸路正值殘雨，停舟送別故人，益切貧交分手之感。後寫嶺霜明更見曉色之清，花房暗轉覺春意之濃，形山居景境，明暗遠近對映，委宛有姿態。末言亦有棲隱之意，第未知何年，迴應道同作結。意簡文平。

送友人歸宜春

張　喬

落花兼柳絮。無處不紛紛。遠道空歸去。流鶯獨自聞。野橋喧碓水。山望入樓雲。故里南陵曲。秋期更送君。❶

詮評：前寫花絮紛飛，春色暄妍；今遠道歸去，惟己獨聽鶯聲，致惜別傷時情思。後寫野橋水緩，碓聲喧鳴，地望山高，雲入樓內，形宜春景物之特致；接出亦思南陵故里，第作秋以爲期之擬想，乃於此更送君別，抒離懷作結。淺顯簡直。而「山望」一詞生澀，「秋期」一詞迂曲，遣詞均覺未安。

❶ 南陵屬宣州。喬初隱九華，後遷居長安延興門外。意謂我亦思故里，況復送君。喬居延興門，見鄭谷詩集。

已前共五首

詮評：多屬送別，閒經行一首，要在結聯有稱美、慰籍、抱憾、追陪、思歸等意象變化，故集爲一格。

秋日別王長史

王　勃❶

別路千餘里。深恩重百年。正悲西候日❷更動北梁篇❸野色籠寒霧。山光斂暮煙。終知難再奉。懷德自潸然。

詮評：首以別路遙遠，受恩深重，貫注對起；復以正覺悲秋，更遇送別，開合對接；狀此別傷感之痛切。婉轉跌宕，風度有餘。後寫野色爲寒霧籠覆，山光經暮煙掩蔽，狀景物之黯淡，託離緒之淒悲。末以知難再奉，懷德銘心，自然淚下，迴應恩深別遠，重攄難宣不盡胸懷。通首慷慨沉鬱，贈別高品。

❶ 絳州人。
❷ 西候、秋日也。杜公云：西候別君初。
❸ 江淹別賦曰：訣北梁兮永辭。張銑曰：北梁分別之地。

汝墳別業❶

祖　詠

失路農爲業。移家到汝墳。獨愁常廢卷。多病久離羣。鳥雀乘窗柳。虹蜺出澗雲。❷山中無外事。樵唱有時聞。

詮評：首述失路業農，故移居汝墳；接以獨愁抑鬱，常廢覽書，多病慵困，久離羣輩，形容愁病情況，眞切感人。後寫鳥乘窗柳，虹出澗雲，爲別業所見景象；結到時有樵唱，爲別業所聞音聲；形容山居景象，化愁病於情趣中。色淡味永。

❶ 汝墳、今潁州。

❷ 筆談曰：世傳虹蜺入溪澗飲水，信然。

宣州使院別韋應物

劉長卿

白雲乖始願。滄海有微波。戀舊爭趍府。臨危欲負戈。春歸花殿暗。秋傍竹房多。耐可機心息。❶其如羽檄何。❷

詮評：以韋爲宣州使君，首述其白雲託迹之始願已違；今值滄海波興，時有叛亂；知交睠戀舊誼，爭趨府送；祇以國臨戰危，故欲負戈禦寇；述分別情事。後寫春歸失卻花明，花殿深而致暗，秋氣清環竹圍，竹房近而偏多，形使院景物之幽；即接入處此機心能息，奈羽檄急召，不得不迅赴，應上作結；申惜別情懷。此詩運意遣詞，鍛鍊深曲，轉接處似乏暢達。

❶ 本集題云：宣州使院夜宴，寂上人留別韋使君，故詩首有白雲之語，及息機之句，皆對寂公發也。

❷ 魏武帝奏事曰：若有急，則將羽加於檄，謂之羽檄。

送陵潛夫延陵尋友

皇甫冉

登山自補履。❶訪友不齎粮。坐歇青松晚。行吟白日長。人煙隔水見。草氣入林香。誰作招尋侶。清齋宿紫陽。

詮評：首述自補其履，訪友而不持糧，言尋友前所備之簡便；接以坐息晚松，行吟長日，言訪友時行蹤之隨意；續寫人煙隔水可見，草氣入林皆香，見訪途中見歷之適興；末問誰爲所尋之侶？相見當齋後共宿，言紫陽者，當係寺觀，此擬遠訪終境之怡情。通首皆扣題尋友摹寫，四層遞進，序次分明。雅淡清便。

❶ 謝靈運著木屐登山。

夏夜西亭即事

耿緯

高亭賓客散。暑夜最相和。細汗凝衣集。微涼待扇過。風還池水定。月晚樹陰多。遙想隨行者❶。珊珊動曉珂。

詮評：首述客散後，暑夜氣和，細汗凝衣，微涼揮扇，形消暑情事。後寫風去後池水平定，月落晚樹陰特多，形西亭夜靜景象。推想隨列朝臣，已曉行而鳴玉珂，擬其公勞，反寄已遠宦之閒適。整暇流逸，意興自饒。

❶隨行、隨朝行者。

庭春

姚合

塵中主印吏。誰遣有高情。趂暖簷前坐。尋芳樹底行。土融凝野色。冰敗滿池聲。

漸覺春相泥朝來睡不輕。

詮評：前言風塵下吏，何有高情！惟暖坐簷前，尋行樹下，形蕭散意致，並挈起庭春。後寫凍土融解，凝成野色，寒冰敗散，瀰滿池聲，以聲色對形庭中早春景象，生機煥然；遂漸覺春意纏人，晨亦濃睡不醒，形早春慵倦情趣。姿態瀟灑，極優游自得之致。

新春

官卑長少事縣僻又無城未曉衝寒起迎春忍病行樹枝風掉軟菜甲土浮輕最好林間鵲今朝足喜聲

詮評：首述官卑事少，縣僻無城；接以衝寒早起，忍病迎春，爲隨意遣興。後寫樹枝因風掉弄而軟，菜甲拆土浮出而輕，形新春景物纖婉生動；接以林鵲喜聲之美，益表新春之適意。從容澹蕩，亦極優游自得情致。此與上首相若，第彼寫庭中春意，此寫新春景象，題別故所主者別，而各擅工肖。

已前廿七首

詮評：「廿」爲衍字。送別者攄戀舊情思，自詠者多閒適情趣，皆即題中一要義主情發揮，各有風度，故集爲一格。

晚春答嚴少尹諸公見過

王維

松菊荒三徑[1]圖書共五車[2]烹葵邀上客看竹到貧家雀乳先春艸鶯啼過落花自憐黃髮暮一倍惜年華

詮評：前言松菊徑荒，而圖書尚盛；於此烹葵而邀上客，客亦看竹而至此貧家；述家貧客雅，過訪之難遇。後寫雀育雛先於春草之生，鶯啼唱已過落花時節，狀晚春時生物之自得，雅韻欲流。末由時光而自憐耄老，惜年華易逝，倍於恆人，寄知交相會之足珍。幽秀在骨，意興超遠，最難得者，氣韻天然渾厚，故非中晚所能及。

❶ 陶淵明：三徑就荒，松菊猶存。
❷ 莊子曰：惠施多方，其書五車。

送王正字山寺讀書

李嘉祐

欲究先儒教。還過支遁居。❶篠階閑聽法。竹寺獨看書。向日荷新卷。迎秋柳半疎。風流有佳句。不似帶經鋤。❷

詮評：前述爲究儒教而居寺讀書，閑時於篠階亦聽佛法，要在竹寺獨自看書，言主儒亦閒及佛也。後寫荷葉向日初卷，柳條迎秋漸踈，狀寺之物候也。末言佳句風流，不似壟畔攜讀之枯寂，稱寺讀兼吟之適意也。此蓋借寺讀書，事愜意簡，詩亦平直。

❶ 晉高僧支遁，字道林。
❷ 漢倪寬貧無資，傭作，帶經而鋤。

秋日過徐氏園林

包佶❶

回塘分越水。❷古樹積吳煙。掃竹催鋪席。垂蘿待繫船。鳥窺新钃粟。龜上半欹蓮。屢入忘歸地。長嗟俗事牽。

詮評：前寫塘分越水，樹積吳煙，形園林悠久。承以掃竹鋪席，垂蘿繫船，接入至園坐賞情趣。繼寫鳥窺新割之粟，龜上半欹之蓮，狀物之忘機近人，一片天眞。末以忘歸稱美其處，惜俗牽不得久居，致流連不盡之意。平淡而有姿態。

❶ 字幼正，延陵人。天寶六年楊護榜進士。

❷ 呂延濟曰：回塘、曲逕也。

灞東司馬郊園

許渾

楚翁秦塞住。昔事李輕車。❶白社貧思橘。❷青門老種瓜。讀書三。逕。草。❸沽酒一。

籬花。❹更欲尋芝朮。南山便寄家。

詮評：前述園主以楚人住秦，曾事將軍；今則如居白社，貧思千橘以維生，老處青門，但種瓜田以自給；述老後貧況，寄憫惜之情。後寫讀書致任三徑草荒，沽酒欣對一籬花放；欲更尋延年靈藥，將寄家於四皓之商山；述郊園物事之怡情，進擬高隱之遠志，致稱美之意。語雋音圓，意境清超。

❶李廣弟蔡爲輕車都尉。
❷晉董京常宿白社中。襄陽記：李衡種橘千樹，臨死勑男曰：木奴千頭亦足用矣。
❸蔣翊種竹下門三逕。
❹陶淵明事。

龍翔喜胡權訪宿

喻　鳧❶

林棲無異歡。煮茗就花欄。雀啄北牕晚。僧開西閣寒。衝橋二水急。扣月一鐘殘。明發還分手。❷徒悲行路難。

詮評：前以林棲無他歡迎，第就花欄煮茗共品；雀啄窗而於時已晚，僧開閣而寒意入侵，述見訪時情事。接寫近寺處，兩水合衝橋下，其流益急；一鐘籠扣月色，聲音漸殘；形留宿時景象。末以明晨分別，共悲行路之難，致惜別情懷。前喜託寫，後悲顯述，構章簡淨，寫景亦清新。

❶ 毘陵人。開成五年李從實榜進士。

❷ 詩：明發不寐。

秋晚郊居

任蕃

遠聲霜後樹秋色水邊村。野徑無來客寒風自動門。海山藏日影江石落潮痕。惆悵高飛晚❶年年別故園。

詮評：前寫遠樹經霜，有落葉聲音；水村氣寒，覺秋色先滿；狀居處晚秋景象，生動委婉；於此郊居野徑，無一來客，惟寒風自動門扇，形蕭寂境況，襯託有態。後寫海山深藏日影，江石宛印潮痕，狀居處遠近景物，迹轉痕存，亦寄流光奄忽之意；末以孤寂而惜高飛過晚，年年離鄉，致羈旅蓬飄之感。總攄惆悵情思，悽冷淡遠。

❶ 卓茂曰：寧能高飛遐舉，不在人間耶。

友人南遊不還

于武陵

相思春樹綠千里各依依鄠杜舟頻滿❶瀟湘人未歸桂花風半落煙草蝶雙飛一別無消息水南蹤跡稀❷

詮評：前述千里相思，值春歸各懷睠念，鄠杜雖往還舟滿，而瀟湘人迄未歸，以舟滿反跌不歸，攄別久憶苦之切。續寫自春至秋，桂花半落，草蝶雙飛，見物類或開落各半，或成雙並遊，反形彼此之久暌，以其善用比興義法，故意巧語工，異於恆常寫景。末遝接以一別無音，此鄠杜水南跡稀矣，直致長別之感傷。通首皆寫不還之苦思，多用反筆形容，低徊委宛，詞切情深，詩以道性情，此極道情深致，漁洋所謂神韻。

❶漢扶風有鄠縣、杜陽縣。西都賦：鄠杜濱其足。
❷蹤跡一作事跡。

夜泊淮陰

項斯

夜入楚家煙煙中人未眠。望來淮岸盡。坐到酒樓前。燈影半臨水。箏聲多在船。
乘流向東去別此易經年。

詮評：作者江東人，故首言夜入楚境家鄉人煙，在此人尚未眠；接言望見淮岸已盡，以坐到酒樓前席故，並見燈影半臨水面，聞箏聲多在船中；先言遠景，後寫近之見聞，而以坐樓前橫插綰合，總寫淮陰夜景。末以東去後別易經年，念此行之鴻迹也。平易之格。「楚家煙」似晦；「坐到樓前」涉俗。

秋夜宿淮口❶

景　池

露白草猶青。淮舟倚岸停。風帆幾處客。天地兩河星。樹靜禽眠草。沙寒鹿過汀。明朝誰結伴。直去泛滄溟。

詮評：前述露白草青之處，淮舟倚岸，於時有幾處客船並泊，而銀河照水，成天地兩河景象，意新語奇，片言警策。接言禽眠草而鹿過河，形淮口物類夜況，寫景平泛。末言誰當作伴，直泛滄溟，結處意興超遠。

❶屬揚州。

村行

姚　揆

天淡雨初晴。遊人恨不勝。亂山啼蜀魄。孤棹宿巴陵。❶影暗村橋柳。光寒水寺燈。

能吟思故國窓外有漁罾。

詮評：首言天淡雨晴，陡入遊人恨不可勝；緊承以亂山正啼杜鵑，促歸聲切，已則孤棹宿於巴陵，以烏悲人孤申上，恨始豁然，行文磊落生動。接寫橋柳影暗，寺燈光寒，以明暗對映，形村景之蕭寥，與恨意掩映。末更推及思鄉之願，視窗外漁罾，可以業漁歸去，進申孤棹未盡之恨意。婉轉澹宕，一氣貫注。

❶ 巴陵、岳州。

題江露寺

曹松

香門接巨壘畫角閒清鐘。北固一何峭。西僧多此逢。天垂。無際。海雲。白久。晴峯。旦暮然燈外潮頭振蟄龍。

詮評：前述焚香門戶接近營壘，清雅鐘聲閒以畫角，言寺地之險要；接以北固之高峭，狀其所處皆名山，故西方遊僧多相遇於此，言寺之名盛。後寫天垂籠無邊大海，雲白燦久晴高峯，更狀其近海連山之景象，氣勢雄勁；再申以日夜燃燈，潮頭振動蟄龍，進詠寺特具之勝概。一氣揮灑，意態飛動。

已前共一十七首

詮評：「七」字爲「一」字之譌。各就題旨，演爲興寄，狀景抒懷，上下相生，故集爲一格。

此「前虛後實」格，共四十七首。前幅抒情處，大要菁華已盡；後幅寫景處，骨格重挺，相配成章，共成勝境者較少，平妥者多。

唐賢三體詩法詮評　卷十七

諸城　王禮卿　學

前實後虛

周弼曰：謂前聯景而實，後聯情而虛，前重後輕，多流於弱。唐人而聞最少，必得妙句不可易，乃就一格。蓋發興盡則難於繼，後聯稍閒以實，其庶乎！

秋夜獨坐

王　維

獨坐。悲。雙。鬢。空。堂。欲。二。更。雨。中。山。菓。落。燈。下。草。蟲。鳴。白髮終難變。黃金不可成。❶
欲知除老病。惟有學無生。

詮評：發端逕入題旨，敘獨坐悲鬢衰白，正二更之際，聞山菓經雨自落，觸地之聲，草蟲撲燈集飛，迴旋而鳴。兩聲微有小大之異，斷續之別，要於夜寂心靜，始得聞知。狀秋夜景物天然之形神，妙肖如生，筆參造化，可謂入神。後應首句悲鬢，言髮白既終難變，黃金仙藥亦不可成，欲除老病，惟學「無所住而生其心」，庶可得之。意興超遠，風度瀟灑，與前幅相配。摩詰本色。

❶ 劉向父治淮南獄，得枕中鴻寶苑秘書，言神仙使老物爲金之術，獻之。言黃金可成。上令與上方鑄作不驗，下吏。

秋夜泛舟

劉方平❶

林塘夜泛舟。蟲響荻颼颼。萬影皆因月。千聲各爲秋。歲華空復晚。鄉思不堪愁。西北浮雲外。伊川何處流。

詮評：首句入題，接以蟲響荻吟，以聲摹秋；即由聲及影，寫萬影皆因月而現；復緣影旋聲，狀千聲各爲秋所發；迴環宛轉，語鍊意奇，見造物之奇偉，萬相之靈融。興寄無端，風神高邁。似亦隱寓人之寄跡境相，故與下之時空闢合。繼承上秋意，述歲華易晚，鄉思難勝，擬想西北雲外，故鄉流水流向何方？摅惜時思歸情懷，清迥相儷。

❶ 河南人。與元魯山善。不仕。

春日臥病書懷

劉　商

楚客經年病。孤舟人事稀。晚晴江柳變。春暮❶塞鴻歸。今日方知命。前年自覺非。不能憂歲計。無限故山薇。❷

詮評：首述客楚地終年臥病，寄孤舟人事稀少；接寫晚晴後江柳變濃綠之色，春暮時塞鴻正南歸之候，以春日景物鮮新，反映病中悽寂。後轉抒情，自斷今日始知命定，前年自覺行非，爲昨非今是慨歎；第不必憂歲計不足，以故鄉有無限薇菜可食，語正意反，乃致貧困無業可依之自傷，敷敘書懷。第盡題意，平鋪之格。

❶ 一作夢。

❷ 伯夷叔齊隱首陽山，採薇而食。

林館避暑

郎士諤

池島清陰裏，無人泛酒船。山蜩金奏響❶，花露水精圓❷。靜勝朝還暮❸，幽觀白已玄❹。家山正如此，何不賦歸田❺。

詮評：前述池内有島，在清陰中，第無人共泛酒船；於時山樹蟬鳴，如擊鐘連響，花蕊露凝，若水晶圓明，寫夏暑館景，綺靡瀏亮。後言以靜制勝，則朝去暮來，流水循環，年華若無所變；幽微觀物，則白髮再黑，造化亦可祕易；反正衡理，詞意俶詭新奇。末復綜上境觀，言在家山亦復如是消閑，何不賦歸自適，申敷心懷作結。鍊而不苦，秀而不澀。

❶左傳：金奏作於下。注曰：擊鐘也。
❷山海經：堂庭之山多水玉。注曰：水精也。
❸老子：靜勝熱。
❹客嘲楊雄玄尚白，此借用，言白髮再玄也。
❺張衡作歸田賦。

柏梯寺懷舊僧

司空圖

雲根禪客居。❶皆說舊吾廬。松日明金像。苔龕響木魚。❷依棲應不阻。名利本來疎。縱有人相問。林間懶拆書。

詮評：前言石室本禪客所居，舊僧皆言昔爲居廬，述寺爲舊僧故居；承寫松林日光，明照金身佛像，青苔石穴，虛應木魚響聲，狀寺境景之空明。後言舊僧棲此，心應無所阻礙；以名利本其疎遠，即有詢書，亦懶拆閱，擬議其修持之功，寄懷念之情，簡潔盡題意。

❶ 雲根、石也。

❷ 龕、石竅穴是也。如引水圖經所謂，麥積寺佛龕剞石，是也。言木魚之聲，應龕虛而響。

早春

傷懷仍客處。病眼却花朝。草嫩侵沙短。冰輕著雨消。風光知可愛。容鬢不相饒。早晚丹丘伴飛書肯見招。

詮評：前言久客已傷懷，病眼卻逢花朝，益有傷春之感；於時嫩草侵沙出而尚短，輕冰著雨後而消溶，寫早春景色，輕清流麗。承上提轉，言風光固知可愛，奈客鬢不相饒恕，白髮已生，摅歎老情懷，跌宕空靈。遂推想遊仙伴侶，何時肯飛書相招，以縹緲冀望作結，空清一氣。言盡而意餘，風度殊勝。此書原刻本作「客鬢」，以其誤字頗多，疑與上「客」字譌複，意爲「容」字，容待檢證。（校者案：經檢四庫全書本高士奇輯注《三體唐詩》，證爲「容」字之誤，逕予校改。）

江　行

地闊分吳塞。楓高暎楚天。曲塘春盡雨。方響夜深船❶。行紀添新夢。羈愁甚往年。何時京洛路。馬上見人煙。

詮評：首言地闊使吳塞相分，楓高與楚天掩映，述江行所見之曠遠。接寫曲塘鳴春盡雨聲，樂音傳夜深船舶，狀江行所聞之淒響。後言行途可紀者，惟新夢益添，羈旅與愁者，較往年更甚；何時能言旋京洛，在馬上望見人煙；抒旅愁望歸情緒。

寫景狀情，新隋宛轉。

❶舊唐書：方響、以銅爲之，長九寸，廣二寸，員上方下。

❷行紀者、塗中所紀。

春日

李咸用

澹蕩東風裏徘徊無所親。危城三面水。古木一邊春。衰世難行道。花時不稱貧。滔滔天下者何處問通津。❶

詮評：前言春日徘徊，無可親之人，謂處世孤寂。接寫所在高城，三面水繞，城有古樹，惟一邊春色，謂其半死半生，狀物蒼涼，語鍊意巧。後述當此衰世難於行道，値花時又不稱貧，謂無力購賞，言情對形，詞流意婉。結到滔滔者天下皆是，無處可問通津，致失路惘道之感。摹寫情景，四、六、兩句新異可賞。

❶子路問津，桀溺曰：滔滔者天下皆是。

雲居長老

王貞白

巘路躡雲上❶來參出世僧。松欹半巖雪。竹覆一溪冰。不說有為法。非傳無盡燈。了然方寸內。應秖見南能❷。

詮評：首言從山脊高徑而上，來參見出世僧人，所居之處，古松欹側於半峯雪中，叢竹覆遮一溪冰上，寫居境景物之幽冷。後論其不說因緣造作有為諸法，亦非傳法界緣起無盡之相，知其空虛，故皆了然方寸之內，祇見大鑒禪師之佛地，頌其禪機之高。平直簡淨。

❶說文：巘、山脊也。

❷南能、大鑒禪師。按唐儒用佛語禪機作詩文者，惟許渾、裴均、柳子厚、白樂天、裴休、諸大儒，為盡言其理。但作故事用者，多不可曉，以其未嘗留心於景道，而但用其語也。如此篇後四句，及皇甫道甫者，憶千燈看心，是一乘之語，皆得理。

送許棠

張　喬

離鄉積歲年歸路遠依然夜火山頭市春江樹杪船干戈愁鬢改瘴癘喜身全何處營甘旨波濤浸薄田

詮評：首述已離鄉多年，歸路依然難就，反映許之得歸。接入今之送別，遙望夜燈明亮於山市；追行蹤漸遠，只見春江樹杪之行船；寫別時景象，寄傷離之意。後言許際戰亂愁增白髮，居瘴癘且喜身全，將於何處甘旨養親，亦惟波浸之薄田爾！致且幸且惜之情思。轉折盡意，狀景語工。

已前共十首

詮評：前幅入題下寫景，多清新警鍊；後幅抒情處，有一氣直下之勢；故集爲一格。

穆陵關北逢人歸漁陽❶

劉長卿

逢君穆陵路。匹馬向桑乾。❷楚國蒼山古。幽州白日寒。城池百戰後。耆舊幾家殘。處處蓬蒿遍。歸人掩淚看。

詮評：首述題旨。承寫相逢地穆陵關，山皆悠古；所歸處漁陽郡，日色凜寒；以景象對映，已覺蒼涼。後述城池戰後，耆舊多殘，處處蓬蒿，歸卿者當掩淚相看，致戰亂之傷，道歸人之戚，並歸淒惻。通首簡潔高古。

❶ 漁陽、今澶州。
❷ 故桑乾縣在今灤州，有桑乾河。

早行寄朱放

戴叔倫

山曉旅人去。天高秋氣悲。明河川上沒。❶芳艸露中衰。此別又千里。少年能幾時。

心知剡溪路❷聊且寄前期。

詮評：首言山光甫曉，旅客即已起行，正秋色悲涼之候；銀漢光沒河上，承寫曉景，芳草衰萎露中，承寫秋景。後言此別又千里之隔，彼此年少能有幾時？惟心知朱居剡溪道路，姑且寄以往訪期約，攄傷別憂老情思，致寄詩約會，感慨繫之。急淡味腴，別饒風韻。

❶明河、天漢。
❷剡溪、越州。

陝西河亭陪韋大夫眺望

劉禹錫

雪霽太陽津。❶城池表裏春。河流添馬頰。❷原色動龍鱗。❸萬里思歸客。一盃逢故人。因高向西望。關路正飛塵。

詮評：首言雪霽茅津，使城內外皆有春意；接寫雪溶水流添注，馬頰河漲，原田氣色，如龍鱗片片生動；寫遠眺早春景象，生意逼眞，詞鍊對巧，氣勢雄勁。轉出已正萬里思歸，得遇故人一杯對話；藉此河亭高地，西望故鄉，奈關西道上正飛戰塵；喜幸會，傷難歸，層遞交織，婉轉流逸，言情盡致。氣格高古。

❶太陽故關，即茅津也。
❷馬頰河、乃九河之一，在德州安德縣西南。
❸西都賦：原隰龍鱗。

已前共三首

詮評：寫景或蕭索，或挺勁；抒情或傷時，或自感；故集爲一格。

巴南舟中

岑　參

渡口欲黃昏。歸人爭渡喧。近鐘清野寺。遠火點江村。見鴈思鄉信。聞猿積淚痕。

孤舟萬里夜。秋月不堪論。

詮評：首述渡口黃昏時，歸人爭渡語喧；於時野寺鐘聲清澈，遠村燈火點點，形舟中聞見聲光，意象蕭蓼。後述見鴈興鄉信思望，聞猿積諸感淚痕；加以孤舟萬里之夜，秋月最易傷懷，更不堪論往思來；正抒傷感之情。音調淒切，流動醒快。

宿關西客舍寄嚴許二山人

雲送關西雨❶風傳渭北秋孤燈然客夢寒杵搗鄉愁灘上思嚴子❷山中憶許由❸蒼生今有望❹飛詔下林丘❺

詮評：前幅寫雲送雨落，風傳秋來；孤燈熠熠，燃起聯緜客夢，寒杵聲聲，擣碎重疊鄉愁；託景狀情，燃、擣、尤鍊字工巧。後幅轉落思念嚴許，用嚴灘箕山，運典愜切。接以蒼生有望，飛詔徵隱，致頌美高仕之忱，寄詩之意。前幅精縟而瀟灑，後幅蕭散而典重，對映成篇，盛唐高格。

❶王洙曰：長安以西謂之關西。
❷嚴光不拜諫議，釣於嚴灘。
❸許由不受天下，隱於箕山。
❹謝安隱東山，人曰：安石不肯起，當如蒼生何。

❺本集題云：七月三日在內學，見有高道舉徵。

夜宿龍吼灘思峨嵋隱者❶

官舍臨江口。灘聲已慣聞。水煙晴吐月。山火夜燒雲。且欲求方士。❷無心戀史君。❸異鄉那可住。況復久離羣。

詮評：前述官舍臨江，習聞灘聲；接寫水煙銷散，由曉晴月光吐出，山火照灼，似夜間烘燒雲層，狀夜灘遠見景象，寄興會閒適之致。且將尋方士求法，無心戀職及佐史諸公；以他鄉豈可久居，況離羣復經日久，致寄隱者及幕友將離之意。接遞四層，轉折多姿，意興淡遠，蕭散不羈，已近中晚風韻。

❶俗呼龍爪灘，在眉州。
❷方、法也，蓋謂法術之士。
❸本集題云：兼寄幕中諸公。

南亭送鄭侍御還東臺

江亭❶酒甕香。白面繡衣郎。❷砌冷蟲喧坐。簾疎月到床。鐘催離興急。絃緩醉歌。

長關樹應先落隨君滿路霜

詮評：首言江亭酒甕香溢，餞送者乃少年御史，於時冷意繞砌，蟲聲喧聞坐上，簾櫳稀疎，月色直達臥床，狀餞筵人物景象，氣韻清華。接寫鐘聲急颺，似催御史離亭還臺之逸興，而絃聲悠緩，又如延長己輩惜別之醉歌，情景交融，形容工婉。末應秋冷，言關樹應已先落，而長途霜隨君滿，秋送人遠，亦寄情於景，致惜別之思。通首情景翕織，盛唐特采。

❶ 江、一作紅。

❷ 漢武帝遣繡衣使者擊斷郡國。

南溪別業

結宇依青嶂開軒對翠疇樹交花兩色溪合水重流竹徑春來掃蘭樽夜不收逍遙自得意鼓腹醉中遊❶

詮評：前幅首述依山結宇，對野開窗，形別業處境之幽敞。接寫兩樹交立，即各著兩色之花；（「生香不斷樹交花」，從此脫化）兩溪相合，又重流一派之水；

狀別業景物之新異。乃運沉細之理致，形難形之物相，靈秀新雋，極肖物工妙。後幅言竹徑至春始掃，蘭樽迄夜不收；逍遙得意，鼓腹醉遊；承上景境，述居此自得之樂趣。直吐胸臆，醒快直下，與前之靈秀對映，各極其致。岑公詩幾篇篇擅勝。

❶莊子：鼓腹而遊。

泊舟盱眙

常建

泊舟淮水次。霜降夕流清。夜久潮侵岸。天寒月近城。平沙依鴈宿。旅館聽雞鳴。鄉國雲霄外。誰堪羈旅情。

詮評：發端入題，接言正霜降時，夕流清澈；至夜深潮聲侵岸，當天寒月色近城，形泊舟景象清曠。後幅言平沙邊依鴈並宿，旅館處聽雞曉唱，想故鄉遠在雲外，誰能堪此旅情，承上景境，落入旅懷。簡淡流逸之格。

江南旅懷

祖詠

楚山不可極。歸客自蕭條。海色晴看雨。江聲夜聽潮。劍留南斗近。[1]書寄北風遙。爲報空潭橘。無媒寄洛橋。

詮評：首言楚山無盡，望歸客子自感處境蕭條；承寫海色晴明中預見雨意，江聲夜晚時恆聽潮起，狀江鄉物候異北，易興旅思。後述佩劍氣仍近斗，謂豪情未減，而鄉書寄北風遙，則羈懷難慰；當告以空有甘橘，亦無媒寄洛，以南物酬北思，同不可得；往復迴環，抒離鄉思望情懷。婉轉飄逸之格。

[1] 豐城縣嶽有劍，其氣常射斗牛。

冬日野望

于良史[1]

地際朝陽滿。天邊宿霧收。風兼殘雪起。河帶斷冰流。北闕馳心極。南圖尙旅遊。

登臨思不已何處可消憂。

詮評：前寫地上朝陽已滿，天邊宿霧全收；風颺殘雪，同時并起，河帶斷冰，一派齊流；狀冬日野望景物，意態踴躍。後述心已極馳於北闕，而尚作圖南之旅遊；登臨思集，憂何可消；抒羈旅情思，委宛盡意。

❶ 閒氣集云：肅代時侍御史。

早　行

劉洵伯

鐘靜人猶寢。天高景自涼。一星深戍火。殘月半橋霜。客老愁城下。蟬寒怨路傍。青山依舊色。宛是馬卿鄉。❶

詮評：首言人尚寢而未起，極言其早，即接以天高景涼，形早夜清爽；承寫深戍中燈火宛如一星，殘月下霜華濃覆半橋，狀黎明前景光淒冷。此以殘月橋霜，合爲一象，與溫庭筠「人迹板橋霜」加以人迹，狀景逼眞，各極其勝。後述客老多愁，陪以蟬寒似怨，落到山色依舊，宛是相如愁病之鄉，致悽惻之情。通首氣韻幽冷。

❶ 司馬相如字長卿。

逢皤公

周賀

帶病稀相見。西城早晚來。山衣。風壞。帛香。印雨。沾灰。坐久鐘聲盡。禪餘岳影回。却思同宿夜。高枕說天台。

詮評：首述公帶病稀見，然早晚亦至此西城；承寫居山所著之衣，爲風吹損壞之帛，衣上香氣，印有沾雨之灰痕，言衣之質狀，形貧老禮佛意象。繼述坐久至鐘聲已盡，禪定後岳影亦回，述晤對時久；回思過去同宿之夜，細話天台佛剎勝蹟，見信仰力堅。詠學佛老宿，從摹寫取致，眞切淡雅。

暮過山寺

賈島

衆岫聳寒色。精廬向此分。流星透疎木。走月逆行雲。絕頂人來少。高松鶴不羣。一僧年八十。世事未曾聞。

詮評：首述眾峯高聳寒色中，各山寺即向此分立；接寫隕墜流星，迅疾透過疎林，流走明月，款緩迎渡行雲，狀在寺所見天象動態，盤硬而婉轉。繼述寺居絕頂，人自來此者少，松太高古，鶴亦孤高不羣；惟一僧八十，世事曾未聞知；形境物之異，僧功之高，灑脫而新秀。

懷永樂殷侍御❶

馬戴

石田虞芮接。❷種柳白雲陰。穴閉神蹤古。❷河流禹鑿深。❹樵人應滿郭。仙鳥幾巢林。此會偏相憶。曾供雪夜吟。❺

詮評：首二聯言永樂境接虞芮，地确惟宜種柳，禹穴古蹤已閉，第有禹鑿河流，述其境古而地瘠，無何意致。雖三聯承柳，言樵人滿郭，仙鳥巢林，形其樹木之盛，語意亦平汎。惟末聯言前此盛會足憶，所賦可供吟賞相思，尚洽題情。第賦永樂一會之意象，餘皆漫述地域，似覺意少言多，頗乏韻味。

❶ 河中府永樂縣，古魏國，唐分芮城置永樂。

❷ 史記注曰：石田不可耕也。尚書傳：虞芮爭田，質于文王。入鎬，見其士大夫相讓，乃讓所爭，以爲閒田。芮城、古芮國也。國名記：虞芮所讓田，今平陸縣西六十里閑原是也。

❸ 河中府有禹穴，馬戴鶴省。按亦謂海波通禹穴是也。

❹ 龍門山在河中府龍門縣，禹所鑿。

❺ 王徽之雪夜飲酒，吟左思詩，憶戴逵。

韋處士山居

許　渾

斸藥去還歸，家人半掩扉。山風藤子落，溪雨豆花肥。寺遠僧來少，橋危客過稀。不聞砧杵動，應解製荷衣。

詮評：首言砍藥還歸，家人掩半扉相待；居處山風吹藤子飄落，溪雨潤豆花肥盛；狀山居景事恬淡之趣。後言其境寺遠而僧少來，橋危而客過稀，續狀幽靜之由；末言不聞碪杵搗衣之聲，以其知製荷爲衣，用楚辭典實，託出高雅風致，意巧詞妍。風度自饒。

瀑布寺貞上人院

鄭　巢

林疎多暮蟬。師去宿山煙。古壁燈熏畫。秋琴雨慢弦。竹間窺遠鶴。巖上取寒泉。西嶽莎房在。歸期更幾年。

詮評：前言林疎暮蟬聲多，上人於此時歸宿煙靄中山院；下承寫屋壁古老，爲燈煙熏黯壁畫，秋日鳴琴，爲細雨阻緩絃聲，狀院居景象。接言自竹間窺見遠鶴，於巖上取得寒泉，形閒適意趣。本言西嶽香莎之房亦在，歸期可更有幾年？謂棲此院當久。清迥流逸之作。

已前共十四首

詮評：大抵景隨情變，情感傷者，景多蒼涼；情與景儷，情怡樂者，景多俊邁；故集爲一格。

送龍州樊史君

許　棠

曾見邛人說龍州地未深。❶碧溪飛白鳥紅旆暎青林土產惟宜藥王租只貢金。❷政成閑宴日誰伴使君吟。

詮評：前述曾聞邛人言：龍州地瘠不深厚，祇碧溪有白鳥飛翔，官行時紅旆與青林相映。謂地惟鳥樹，寄農稼不豐之象，而鳥與旆對，意過隱曲。接述土產惟多藥草，王租只貢鑛金，再形物產之殊，託明非沃壤之意。末言政成閑宴，何人伴吟，寄文風不盛之見。總寫邊地景物，惜其遠使荒裔，皆用意在言外之筆，亦得婉而多風髣髴。

❶ 龍州、漢廣漢郡，三國之江油也。

❷ 禹貢：厥貢惟金三品。漢書：□南永平中置，南界出金。

送人尉黔中

周　繇❶

盤山行幾驛。水路復通巴。峽漲三川雪。園開四季花。公庭飛白鳥。官俸請丹砂。❷知尉黔人後。高吟採物華。

詮評：前言盤礴山徑，數驛相連，其水路亦通巴郡；接寫峽中遠流三川雪水，園內時開四季羣花；狀黔中境遠物美。繼言公庭但飛白鳥，官俸惟請丹砂，狀黔尉政簡風清。末總以任黔尉後，擷物華而爲吟詠，稱其風槩之高雅。婉轉多姿，揮灑隨意。

❶ 字□憲。池州□陽人。咸□中□□□榜中第。

❷ 丹砂出辰州光明山。辰溪舊屬黔中郡，隋方立辰州。

道院

王周❶

白日人稀到簾垂。道院深。雨苔生古壁。雪雀聚寒林。忘慮憑三樂。❷消閑信五禽。❸誰知是官府。煙縷滿爐沉。

詮評：發端逕入道院，狀人稀簾垂；接寫雨後苔生古壁，雪時雀聚寒林；并狀道院冷寂景象。繼入居者，述憑三樂以忘慮，戲五禽而消閑，言自得情趣。末乃旋回道院，謂誰知此院即我府署所在，煙縷沉鑪，依然道院景象，點出己任官居此，蓋以院為府署，狀政簡境清之致。似諧似喜，意興灑然。

❶ 五代人。

❷ 榮啓期帶索鼓琴而歌，曰：天生萬物人為貴，吾得為人，一樂也；男尊女卑，吾為男，二樂也；人生有不免繦緥，吾年九十五，三樂也。貧者士之常，死者人之終，吾何憂哉！又孟子亦有三樂。

❸ 華陀曰：吾有術為五禽戲：一虎，二鹿，三猿，四熊，五鳥。每體中有不佳，起作一禽之戲。

已前共三首

詮評：以摹寫託意，爲興會閒適或有所別寄之詠。故集爲一格。

此「前實後虛」格，共三十首，前幅摹景映情，發興已重；後幅抒情繞景，直婉盡致；合成一體。

唐賢三體詩法詮評 卷十八

諸城 王禮卿 學

一 意

周弼曰：確守格律，揣摩聲病，詩家之常。若時出度外，縱横放肆，外如不整，中實應節，則又非造次所能也。

終南別業❶

王維

中歲頗好道。晚家南山陲❷。興來每獨往。勝事空自知。行到水窮處。坐看雲起時。偶然值鄰叟。談笑滯還期。

詮評：首言中歲即好道，故晚年家於南山邊，以適其性；接述興會來時，常獨自往遊，遊蹤領會之勝事，祇自心知曉，不可形之言詞，緣其微妙；繼即略申自知之勝事，謂行至流水盡頭，輒又坐看雲初起時之意象，神與造化終始融一；偶亦值鄰叟談笑，延滯歸時，心隨境適。通首詠居別業情事，情馭境景，清空如畫，骨秀音圓，神恬境逸；而一意貫注，御規矩而超常法，乃養深興遠，神來之筆。

本書作林叟，今從諸選本作鄰。

❶ 雜錄曰：終南山亘關中南面，西起秦嶺，東盡藍田，正八百里。

❷ 李肇國史補曰：王維好此，得宋之問輞川別業，山水絕勝，今清涼寺是其地。

晚泊潯陽望爐峯

孟浩然

挂席。幾。千里。名山。都。未。逢。泊舟。潯陽。郭。始見。香爐。峯。❶嘗讀遠公傳。永懷。塵外。蹤。東林。精舍。近。❷日暮。坐聞。鐘。❸

詮評：首以抑筆跌起，言舟行幾千里，迄未得逢名山；倏轉揚筆拔振，言今泊舟潯陽郭下，始得見香爐峯名勝；超脫奔放，豪邁橫溢。再用提筆高舉，由山及人，述曾讀遠公傳記，長懷塵外高蹤，明昔已深景仰之意志；末用落筆迴旋，由人及舍，言東林精舍相近，日暮時坐聞鐘聲，謂今更有省悟之心契。跌宕迴環，剛健婀娜。通首詠爐峯，情景諧融，層次極晰，筆法四變，而一意貫注；醒快中寓深微，用法中超法度，形神渾一，盛唐逸品。

❶廬山記曰：山東南有香爐峯。
❷高僧傳：劉遺民雷次宗等依遠公於廬山。遠於精舍無量壽像前，建齋立社，期生西方。
❸陶元亮訪遠公，聞鐘有省，攢眉而立。

茶人

陸龜蒙

天賦識靈草。自然鍾挫姿。閑來北山下。❶似與東風期。雨後探芳去。雲間幽路危。惟應報春鳥。❷得共斯人知。

詮評：全章言天賦茶人善識靈草，故自然集注於野卉之姿致；閑來於北山之下，似與東風期約而採茶；而雨後往採香茶，山雲間深隱之路徑艱危，人皆以爲苦；惟應報春鳥鳴春時，得與此人共知採茶興會。通首狀採茶人材性天賦，於春山經危徑採茶，惟鳥相伴而知意趣。情事淡雅，意簡而一貫，得味外味。

❶ 新唐書云：龜蒙嗜茶，置園顧渚山下。

❷ 顧渚山茶記云：山有鳥名鴝鵒，色蒼，正二月作聲，春起也；三月止，春去也。採茶人呼為報春鳥。

尋陸羽不遇❶

僧皎然

移家雖帶郭，野徑入桑麻。近種籬邊菊，秋來未著花。扣門無犬吠，欲去問西家。報道山中去，歸來每日斜。

詮評：述陸移家雖仍連外郭，野徑則已入桑麻；近來門外籬邊所種之菊，秋來尚未開花；扣門不聞犬吠，未見人出，將往問西家；據言其去山中，每到日暮始歸。前寫所居境景，續述入山行蹤，總述尋訪不遇情事，即見高隱風流。一意貫穿，流逸瀟灑，神韻三昧。

❶ 羽傳云：僧史種師見羣鴈覆小兒於橋下，得而育之。既育，筮之，得鴻漸于陸，其羽可用為儀，乃氏以陸，名羽，字鴻漸。

已前共四首

詮評：此「一意格」，王孟體高神遠，皎然體平韻永，龜蒙體狹境平，同歸一意，故集為一格。

唐賢三體詩法詮評　卷十九

諸城　王禮卿　學

起句

周弼曰：發首兩句，平穩者多，奇健者少。予所見惟兩篇，然聲太重，後聯難稱。後兩篇發句亦佳，聲稍輕，終篇均淳，然奇健不及前兩篇高遠矣。故著此爲法，使識者自擇焉。

軍中醉飲寄沈八劉叟

暢　當❶

酒渴愛江清。餘酣漱晚汀。軟莎欹坐穩。冷石醉眠醒。野膳隨行帳。華陰發從伶。❷數盃君不見。都已造沉冥。❸

詮評：首以寄突勁健之音調，逕起酒渴時愛江水澄清，酣餘後思呑漱晚汀，於時欹坐軟草覺甚安穩，醉眠冷石涼侵夢醒，正寫醉飲姿意適情，突兀中饒委宛，風格自奇。繼敍隨行帳攜野膳，從花蔭發女樂，瀟灑見致。末言數杯即已沉醉，惜兩君不見沉酣之狀，致所以寄詩之意。以沉冥總結全篇神理，意態飛動，調響聲宏。

❶ 河東人。大曆十年張□榜進士。

❷ 伶、樂人。

❸ 楊子：蜀莊沉冥。

題江陵臨沙驛樓

司空曙

江天。清更。愁風。柳入。江樓。雁識。楚山。晚蟬。知秦。樹秋。淒涼。多獨。醉零。落半。同游。豈復。平生。意蒼。然蘭。杜洲。

詮評：起句突寫江天空清而起人愁，清愁并起，意奇聲健，總領全篇。即接以柳際江風吹入江樓，音節應合。繼寫雁似知楚天已晚，蟬亦識秦樹迎秋，言一飛一鳴，合狀空清之象，爲寫景之幅，而以愁領起。後由空清拓出人愁，言當此物景淒涼，多以獨醉遣愁，緣同游零落者半，豈復前時意興，惟蒼茫託迹於蘭芷杜若之江洲爾。形愁鬱之懷，爲抒情之幅。景情對立而總於起句，風度聲韻俱饒。

已前共二首

詮評：發端突勁，意、調、穩重，集爲一格。

送耿山人遊湖南

周　賀

南行隨越僧舊業一池菱兩鬢已垂雪五湖歸掛罾夜濤鳴柵鏁寒葦露船燈此去更無事卻來猶未能

詮評：起句飄然入題，敍耿隨越僧南遊，接以舊業惟一池菱角；而兩鬢已垂白，五湖遊歸，祇可爲掛罾漁業；述其南歸後生計之清寒。繼寫籬柵邊夜濤聲鳴，寒葦中船燈光露，形所居江景之蕭寥。歸到此去更無他事可爲，還此恐亦未能，致惜別之意。慨其貧老，感其分離，意境平直，氣韻淒冷。

宿巴江

僧栖蟾❶

江聲五千里瀉碧急於絃不覺日又夜爭教人少年一汀巫峽月❷兩岸子規天❸山影似相伴，濃遮到客船。

詮評：發端破空而來，言江長五千里，碧波逕瀉，急於直絃，不覺日復繼夜，光陰迅駛，爭能使人長久少年。以江之不停，形時之奄忽，傷人之易老，一氣逕下，豪邁矯健。接寫一洲皆巫峽月色，兩岸盡子規天空，清空澈骨，調高音亮；繼言空闊無邊中，惟山影似在相伴，乃以濃色遮到客船；狀宿巴江夜景，靈秀中波瀾頓挫。前言時理，後寫物相，一片神行，洵推逸品。

❶ 大順中人。

❷ 三峽記曰：巫峽在夔州，連山急峽，非亭午夜分，不見日月。

❸ 子規、一作柹歸。

已前共二首

釋圓至曰：按伯弼分此而不著其說，惟此卷只四首，分而爲二首，以前兩首起句太重爲一例；後兩者起句稍輕，終篇匀停，爲一例。具如卷首所評，其意最爲明白，以此觀之，此可觸類而知矣。

詮評：發端飄忽，意、調、輕靈，集爲一格。此「起句格」，兩組以輕重分，圓至注是已。

唐賢三體詩法詮評 卷二十

諸城 王禮卿 學

結句

周弼曰：結句以意盡而寬緩，能躍出物事之外，前輩謂如截奔馬。

予所得獨此四首，足見四十字字字不可放過也。

送陳法師赴上元

皇甫冉

延陵初罷講[1]建業去隨緣翻譯推多學壇場最少年浣衣逢野水乞食向人烟遍禮南朝寺焚香古像前

詮評：首言在延陵講經甫罷，又隨緣轉往上元；接述翻譯梵文，共推學博，主講壇場，最爲少年，稱其宏法傳經，年少傑出。繼寫逢野水以浣衣，向人煙而乞食，狀其符高僧清苦生活。末敍徧禮南朝寺院，焚香佛前，推及行腳闊遠，括前述物事之外，結語渺然不盡，通首灑脫自如。

❶按延陵有五：其一在代。其一在口，今名延福縣者，後魏之延陵縣也。一在丹徒者，隋之延陵縣也。一在潤州者，永康二年分曲阿延陵鎮置。一在常之晉陵者，古延陵也。公羊所謂季札退居延陵者也。

送從弟歸河朔

李嘉祐

故鄉渾可到。令弟獨能歸。諸將旌旄節。❶何人重布衣。空城流水在。荒澤舊村稀。秋日平原路。❷蟲鳴桑葉飛。

詮評：首言故鄉固同可到達，而佳弟獨得先歸。惟是諸將皆表揚節旄之貴，何人尊重布衣。憐其歸後仍爲平凡生涯。接寫城空而流水仍在，澤荒即舊村亦稀，由今溯昔，致物是人非之感。末更由時演進，言此秋日平原路上，但有蟲鳴葉落，歸途淒涼景象，以擬想之境，歸於蒼涼縹緲作結，去路亦黯然不盡。通首姿態蕭索，餘韻不匱。

❶ 唐百官志：節度使初受辟，另賜以旌及節。
❷ 平原、今德州。

喜晴❶

李敬方

到台十二旬。一片雨中春。林菓黃梅盡。山苗半夏新。陽烏朝展翅。陰魄夜飛輪。坐喜無雲物。分明見北辰。

詮評：前幅寫至台州數月，一片春雨，林菓黃梅落盡，山苗半夏新生，狀久雨草木代謝景致。後幅陡反轉朝日明盛，夜月光圓，狀新晴天宇空朗景象，鍛鍊生動；結句承月推進，揭出月無雲遮，北辰星亦分明可見，寫出喜晴情景，結到主旨，如截奔馬，而意興灑然，餘情裊裊。通首反覆跌宕，流麗飄逸。

❶ 自注云：時遷台州刺史。

茅山

杜荀鶴

出步入山門。僊家鳥徑分。漁樵不到處。麋鹿自成羣。石面迸出水。❶松頭穿破雲。❷道人星月下。相次禮茅君。❸

詮評：前寫步入山門，仙家窄徑分列，漁樵所不到之處，惟麋鹿成羣往來，狀茅山高深險阻。接寫石面迸出深水，松頂穿入碎雲，狀山中景物幽異。末言惟道人於星月下，依次禮拜三茅君，由山名進及仙家，敍道者脩道虔誠，超境寫人，飄然意遠。平穩簡淨之作。

❶一作流水。

❷一作亂。

❸神僊傳：大茅君名朶，次茅君名固，三茅君名裏，號三茅君。

已前共四首

詮評：此「結句格」，結語皆別拓一意，以飄逸瀟灑傳神，故集爲一格。

五言律共一百七十六首
三體詩共四百六十一首

國家圖書館出版品預行編目資料

唐賢三體詩法詮評

／王禮卿著. --初版. --臺北市：
臺灣學生，1998(民87)
面；　公分
ISBN 957-15-0889-6 (精裝)
ISBN 957-15-0890-X (平裝)

831.4　　87010770

唐賢三體詩法詮評

著作者：王禮卿
出版者：臺灣學生書局
發行人：孫善治
發行所：臺灣學生書局
臺北市和平東路一段一九八號
郵政劃撥帳號〇〇〇二四六六八號
電話：二三六三四一五六
傳眞：二三六三六三三四
本書局登記證字號：行政院新聞局局版北市業字第玖捌壹號
印刷所：宏輝彩色印刷公司
地址：中和市永和路三六三巷四二號
電話：二二二六八八五三
定價　精裝新臺幣四五〇元
　　　平裝新臺幣三八〇元
西元一九九八年八月初版

83106

ISBN 957-15-0889-6 (精裝)
ISBN 957-15-0890-X (平裝)